Patrick Deville

Amazonia

Zu diesem Buch

Der mächtige Amazonas trägt auf seiner Reise quer durch Lateinamerika Tausende Geschichten mit sich. Legenden von ungeahnten Reichtümern, Berichte von Abenteurern, Forschungsreisenden und Industriellen, von Gier, Goldrausch und Ausbeutung sind ihm eingeschrieben. Begleitet von seinem Sohn, hält Deville die Klänge und Düfte der schillernden Landschaft fest, lässt sich vom Fluss zurücktragen in vergangene Zeiten, die den Kontinent geformt und verwundet haben. Er folgt den Echos von Alexander von Humboldt, dem Konquistadoren Lope de Aguirre und Charles Darwin, vom Atlantik bis an den Pazifik, über die Anden bis zu den Galapagosinseln. Deville nimmt uns mit auf einen prächtig kolorierten literarischen Karneval und in die labyrinthischen Flüsse und Nebenflüsse der Weltgeschichte.

»Devilles Werk trägt uns fort wie ein fliegender Teppich, befördert uns an Horizonte, wo es nur so brodelt vor Träumen und Räuschen, Pioniergeist und Machtdrang, Gewinn und Ruin.« *Neue Zürcher Zeitung*

Der Autor

Patrick Deville (*1957) studierte Literatur und Philosophie. Er lebte im Nahen Osten, in Afrika und bereiste Lateinamerika. Seine Werke wurden mit zahlreichen Preisen ausgezeichnet, unter anderem als »bester Roman des Jahres« der Zeitschrift *Lire*, mit dem Fnac-Preis und dem Prix Femina.

Im Unionsverlag sind außerdem lieferbar: *Pest & Cholera*; *Kampuchea*; *Äquatoria*; *Viva* und *Taba-Taba*.

Übersetzung

Holger Fock (*1958) studierte Theaterwissenschaft, Germanistik und Philosophie. Er übersetzt u. a. Werke von Andreï Makine und Antoine Volodine. Sabine Müller (*1959) studierte Germanistik, Philosophie und Pädagogik. Sie übersetzt u. a. Werke von Andreï Makine und Alain Mabanckou.

Mehr über den Autor und sein Werk auf *www.unionsverlag.com*

Patrick Deville

Amazonia

Roman

Aus dem Französischen
von Holger Fock und Sabine Müller

Unionsverlag

Die Originalausgabe erschien 2019 bei Éditions du Seuil, Paris.
Die deutsche Erstausgabe erschien 2021 im Bilgerverlag, Zürich.

Im Internet
Aktuelle Informationen, Dokumente und Materialien
zu Patrick Deville und diesem Buch
www.unionsverlag.com

Unionsverlag Taschenbuch 980
© by Éditions du Seul, Paris 2019
© der deutschen Ausgabe by bilgerverlag GmbH, Zürich 2021
Diese Ausgabe erscheint mit freundlicher Genehmigung des Bilgerverlags.
Originaltitel: Amazonia
© by Unionsverlag 2023
Neptunstrasse 20, CH-8032 Zürich
Telefon +41 44 283 20 00
mail@unionsverlag.ch
Alle Rechte vorbehalten
Reihengestaltung: Heinz Unternährer
Umschlag: Alamy Stock Photo
Umschlaggestaltung: Peter Löffelholz
Satz: Fotosatz Amann, Memmingen
Druck und Bindung: CPI – Clausen & Bosse, Leck
ISBN 978-3-293-20980-0

Der Unionsverlag wird vom Bundesamt für Kultur mit einem
Verlagsförderungs-Strukturbeitrag für die Jahre 2021–2024 unterstützt.

Auch als E-Book erhältlich

Ich verabscheue Reisen und Forschungsreisende.
CLAUDE LÉVI-STRAUSS, Traurige Tropen

Vater & Sohn

Ein heftiger Regenschauer schüttelte das Schiff, durch die Scharniere der Bullaugen drang Wasser ein. Wir zündeten eine kleine Lampe an. Im Halbdunkel der feuchtheißen Kabine saß Pierre im Gegenlicht und füllte ein Notizbuch. Ich hatte gewartet, bis wir an Bord waren, um ihn zu fragen, ob er sich noch an den Vers von Blaise Cendrars erinnere: »Gong Tamtam Sansibar Dschungeltier Röntgenstrahlen Schnellzug Skalpell Sinfonie«, das Fragment eines Gedichts, das er vor einem Dutzend Jahren aufgelesen und in eine seiner Zeichnungen eingefügt hatte. Für diese Entdeckung hätte damals sicher ich gesorgt, war seine Antwort.

Cendrars' Vater, Vater und gescheiterter oder um den Erfolg gebrachter Erfinder, windiger Geschäftsmann, Importeur von gepanschtem Bier in Neapel und ruinierter Bauträger eines Phantompalasts in Ägypten, der ein Patent für Türfedern hielt und zu guter Letzt nach La Chaux-de-Fonds zurückgekehrt war, hatte seinem Sohn ein Buch von Gérard de Nerval geschenkt, das für sein Leben bestimmend wurde. In der väterlichen Bibliothek war ihm zudem *L'Asie russe* (»Das russische Asien«) von Élisée Reclus in die Hände gefallen, und damit war die Idee zu seinem Langgedicht *Die Prosa von der Transsibirischen Eisenbahn* geboren. Lange nach seiner Brasilienreise schenkte Cendrars seinerseits seinem Sohn Rémy den Gedichtband *La Chute d'un ange* (»Fall eines Engels«) von Alphonse de Lamartine. Der Sohn war

Flieger. Es war Krieg. Der Engel verlor sein Leben bei einem Übungsflug.

Man hüte sich vor Büchern, die Väter ihren Söhnen ans Herz legen: Aufgrund einer nachdrücklichen väterlichen Empfehlung, fast einer Anordnung, hatte ich als Kind *Moravagine* gelesen. Obwohl mir das merkwürdig erschienen war, hatte ich lange Zeit geglaubt, dieses Buch sei für mich geschrieben worden, da mein Vater es mir aufgezwungen hatte, und ich fand darin die Lust an Weltreisen, die Ähnlichkeit des Irren Moravagine mit dem Irren Taba-Taba, mit dem ich damals in der psychiatrischen Anstalt, in der wir wohnten, befreundet war. Die erotischen und pornografischen Szenen waren mir zweifellos entgangen.

Aber nicht »die Blauen Indianer«.

Als er 1924 von Bord der *Formose* geht, träumt Cendrars von brasilianischen Reichtümern. Er ist dafür so unbegabt wie sein Vater. Der Apfel fällt nicht weit vom Stamm. Er steigt die Stufen des Fallreeps hinab, streift die vergangenen zehn Jahre von sich ab: 1914 lebte er noch in Forges-par-Barbizon. Der Schweizer Cendrars, der sich der Mobilisierung hätte entziehen, sich nicht im Krieg die Finger hätte schmutzig machen müssen, startete damals einen Aufruf an »die ausländischen Freunde Frankreichs, die während ihres Frankreichaufenthalts das Land lieben und schätzen gelernt haben wie ein zweites Vaterland und deren dringender Wunsch es nun ist, ihm beizustehen«. Ein Jahr später riss ihm eine Granate den rechten Arm ab, und damit die Hand, mit der er diesen Aufruf verfasst hatte.

Mit jener Hand, die im Abfalleimer eines Feldlazaretts landete, hatte er die Gedichte *Ostern in New York* und *Die Prosa von der Transsibirischen Eisenbahn* niedergeschrieben. Züge und Schiffe wie auf Plakaten der *Messageries Maritimes*, eine Ananas und ein Papagei metonymisch für die Antillen, dieser Modernismus ist schon angestaubt, außer Mode, von Dadaismus und

Surrealismus überholt. Er träumt davon, sich an einen Roman zu machen, schleppt seit Jahren in seinen Koffern die Pläne zu *Gold* und *Moravagine* mit sich herum. An Bord der *Formose* hat er selten die Zeilenglocke seiner tragbaren Remington gehört.

Am Kai erwarten ihn, ganz in Weiß gekleidet, Paolo Prado und die kleine Bande des Movimento Modernista. Später beschrieb er seinen Mäzen als einen »Mann aus der Familie des A. O. Barnabooth und fast ebenso reich wie Valery Larbauds Held, aber viel aparter, feinsinniger, belesener, professoraler« – vor allem ist er ein millionenschwerer Kaffeebaron. Prados Vater war ein Vertrauter Kaiser Pedros II. gewesen. Und Prado selbst hatte mit Paul Claudel, damals Botschafter in Rio, den Kriegseintritt Brasiliens aufseiten der Alliierten ausgehandelt. Seit dem Waffenstillstand weilte die kleine Bande oft in Frankreich, war zum Skifahren in den Pyrenäen. Cendrars hatte ihnen in Paris Valery Larbaud und Jules Supervielle, Éric Satie und Claude Debussy vorgestellt. Wie die normannischen Seefahrer im sechzehnten Jahrhundert Indianer aus Brasilien auf die Schiffe luden, um sie dem französischen König vorzustellen, kehrte Paolo Prado, wie ein Ethnologe mit seiner Trophäe, mit einem modernistischen französischen Dichter nach Brasilien zurück.

Die Blauen Indianer

Das typische Amazonas-Schiff, das wir *Jangada* nannten, schmal, kaum Tiefgang, der Rumpf aus Itauba-Holz, die Besatzungsmitglieder, auf deren Rücken der Schriftzug MARINHA MERCANTE prangte, das alles glitt seit Tagen durch ein Labyrinth. Nach Monaten auf dem Trockendock führten sie eine Testfahrt durch. Pierre und ich waren die einzigen Passagiere, wir genossen die stundenlangen monotonen Fahrten, begleitet vom Brummen der Maschinen.

Im Schatten des Deckshauses sitzend, ließen wir die hypnotisierende grüne Wand langsam an uns vorbeiziehen, die die ersten verstörten Seefahrer in den Wahnsinn oder zur Lyrik getrieben hatte. Bei schönem Wetter wuschen wir abwechselnd unsere Kleidung im Waschbecken der Kabine, hängten die ausgebreiteten Wäschestücke mit Wäscheklammern an die Reling. Ich hatte seit Langem keine Wäscheklammer mehr gesehen – gerne würde man der Menschheit etwas so Nützliches und Vernünftiges wie eine Wäscheklammer oder einen Dosenöffner hinterlassen. Jeder für sich vertieften wir uns dann wieder in unsere Bücher und Notizbücher, respektierten uns in unserer Einsamkeit, sprachen wenig.

Die *Jangada* war wendig genug, um die Autobahn der Containerschiffe, Linienschiffe und Schubleichter zu verlassen, sie bog in die zu Hochwasserzeiten schiffbaren Seitenarme ab, *Paranas* genannt, und ging für die Nacht vor Anker. Im Morgengrauen hörten wir von den auf Pfählen im Wasser stehenden Gehöften her das Schnorcheln oder Furzen der Delfine und das Krähen der Hähne.

Im Parana do Maica hatte uns unsere Gier, wilde Tiere zu sehen, da sie fast alle vom Aussterben bedroht sind, ja sogar immer schneller aussterben, zu einer Ansammlung gelber und grüner Hütten mit einem Ponton, Hunden und einer Zapfsäule geführt. Mit dem Vorsteher dieses von Caboclos bewohnten Dorfs, das einst von entflohenen Negersklaven gegründet worden war, weshalb es seit Abschaffung der Sklaverei einen Sonderstatus genoss, waren wir im Wald auf die Suche nach Brüll- und Kapuzineraffen gegangen, die schwer auszumachen sind, weil sie reglos in den Bäumen verharren, bevor sie an ihren Schwänzen hängend Faxen machen. Wir sahen auch Faultiere, große Blaue Morphofalter, aber keinen Indianer derselben Farbe.

Die häufigen Lektüren des Romans *Moravagine* hatten meine kindlichen Leseeindrücke längst verwischt, sodass ich nie mehr wissen werde, was ich empfand, als ich vor der weit weniger üppigen Landschaft der Loiremündung Sätze wie diese las: »Wir waren von baumartigen Farnen umgeben, von haarigen Blumen, von fleischigen Gerüchen, von meergrüner Erde. Ausströmung. Werden. Durchdringung. Dehnung. Schwellen einer Knospe. Öffnen eines Blattes, schuppige Rinde, schleimige Frucht, saugende Wurzel, gärender Samen (...).« Die Piroge fuhr den Fluss hinunter, landete zum Biwakieren an einer Böschung an. »Wir hatten sie nicht kommen hören. Sie rückten näher und näher heran und schlossen schweigend ihren Kreis. Moravagine wollte gerade zu einer Ansprache ansetzen, da traf ihn ein Schlag mit dem Paddel, und er wurde schnell gefesselt. Es waren blaue Indianer.«

Viel weiter im Süden hatte Cendrars von São Paulo aus am Steuer eines Ford Conversível die Straßen von Minas Gerais abgefahren. Dann kam die Revolution. Er war Paolo Prado gefolgt. Bei Aufständen ziehen sich die Reichen immer und überall eine Weile in ihre Landhäuser zurück. Bis sich alles wieder legt.

An Bord

Mit den Händen im Nacken kann man sich diese tausend Flüsse, die sich, aus zwei Hemisphären kommend, einige Grade unterhalb des Äquators im Bett des großen Stroms vereinen, vorstellen wie viele Tausend Geschichten. Dem Einarmigen fehlt ein gutes Thema. Die »Coluna Prestes« wäre eines. Seit Monaten dreht sich Cendrars im Kreis, hält Vorträge, um sich ein Taschengeld zu verdienen. Er ist kein Modernist mehr. Auch kein Dichter. Er würde gerne mithilfe der Kontakte von Paolo Prado Geschäfte machen, reich werden, das Büro Cendrars & Co. eröffnen. Diese Revolution kommt ihm ungelegen.

Anfang Juli 1924 rebellieren in Brasilien Militärangehörige, der Aufstand ist als *Revolta Paulista* bekannt. Junge Offiziere aus dem Mittelstand verlangen soziale Gerechtigkeit, geheime Wahlen, die Entwicklung eines öffentlichen Schulwesens, alles Forderungen, bei denen Kaffeebarone wie Paolo Prado nur mit den Schultern zucken und grinsen. Die Bewegung gewinnt Zuspruch. Aufstände im Norden bis Belém und Manaus und im Bundesstaat Rio Grande do Sul. Die Rebellen halten drei Wochen lang São Paulo, dann verlassen sie als Kolonne die Stadt. Waren es anfangs tausendfünfhundert Männer, sind es bald viertausend, die noch vor Mao in China und Savimbi in Angola zu einem langen Marsch aufbrechen, um die Bauern zum Aufstand zu bewegen. An ihrer Spitze steht der sechsundzwanzigjährige Hauptmann Luiz Carlos Prestes. Er vermeidet offene Zusammenstöße, beweist strategisches Genie, setzt strikte Disziplin durch, schließt Defätisten aus, darunter Filinto Müller. Als Müller zwanzig Jahre später Chef der politischen Polizei des Präsidenten Getúlio Vargas wurde, rächte er sich an Luiz Prestes, indem er dessen Frau, die deutsche Revolutionärin Olga Benário, an die Gestapo auslieferte, die sie erst ins Konzentrationslager Ravensbrück und dann in der Tötungsanstalt Bernburg ins Gas schickte.

Die »Coluna Prestes« aber wurde in diesen Zwanzigerjahren nie besiegt, zwei Jahre lang zog sie in großen Schleifen durch die fast leeren Wüstenlandschaften des Sertão, legte die unglaubliche Entfernung von fünfundzwanzigtausend Kilometern zurück, was der Strecke Paris–Wladiwostok hin und zurück entspricht, immer bedrängt von den Cangaceiros, Horden von Banditen, die die Armee mit dem Versprechen auf Amnestie und Aufstieg gedungen und bewaffnet hatte, darunter der grausame Lampião im Bundesstaat Pernambuco. An die West- und Südgrenzen gedrängt, hatte sich die Coluna im Laufe der Flucht aufgesplittert, bevor sie sich schließlich ganz auflöste, wobei ein Teil der Männer Zuflucht in Bolivien, ein anderer in Paraguay fand.

Aus kindlicher Verehrung hatte ich während meiner ersten Aufenthalte in São Paulo nach Spuren eifriger Cendrarianer gesucht, zu denen auch mein Vater gezählt hatte, der damals bereits seit einigen Jahren verstorben war. Für ein Interview suchte ich den Kulturbeauftragten von São Paulo, Carlos Augusto Calil, in seinem Büro in der *Preifeitura* auf. Er schenkte mir einen gerade von ihm herausgegebenen dicken Bildband von Alexandre Eulalio, *A Aventura brasileira de Blaise Cendrars*, in dem unveröffentlichte brasilianische Dokumente abgedruckt waren, doch nichts über die Coluna. Ich kam damals gerade aus Luanda. Im Konsulat hatte ich Sébastien Roy wiedergetroffen, der in Angola ein Buch geschrieben hatte. Durch ihn bekam ich Kontakt zu den brasilianischen Schriftstellern Luiz Ruffato und Bernardo Carvalho. Vor meiner Abreise deponierte ich einen Stapel Bücher in seinem Büro, über die er ein Jahr lang wachen sollte. Cendrars war nach drei Reisen in den Zwanzigerjahren nicht mehr nach Brasilien zurückgekehrt. *Brasilien, eine Begegnung* veröffentlichte er lange danach. Wir waren da.

Von meiner kleinen Unternehmung in den letzten zwanzig Jahren hatte Pierre in ungeordneter Folge mehrere Berichte gelesen, die im Bogen von West nach Ost um die Welt führten, von Mittelamerika über Afrika und Asien nach Mexiko. Im jüngsten Buch, das von einer Rundreise durch Frankreich handelt, die auch eine Kehrtwende darstellte, weil es danach weiterging, dieses Mal Richtung Westen, vom Atlantik zum Pazifik, hatte ich anhand der Archive meiner Tante Monne das Leben meines Vaters neben dessen eigenem Vater nachgezeichnet, und dessen Leben neben dem seines Vaters und so weiter. Ich stellte mir vor, wir könnten daran anknüpfen und diese Kette von Vätern und Söhnen weiterverfolgen. Mit dem beachtlichen Unterschied, dass wir lebten. Mal sehen, wie es ausgehen würde. Er hatte darüber nachgedacht. Und eingewilligt. Wir waren schon seit etlichen Jahren nicht mehr zusammen gereist.

Letztes Jahr flogen wir auf Einladung von Samuel Titan, einem Verleger von Belletristik und Fotobänden, nach São Paulo, reisten anschließend mit dem Auto an die Costa Verde und nach Paraty, wo wir den Entdecker Amyr Klink trafen und seine Schiffe, die *Paratii* und die *Paratii 2* besichtigten, Einhandsegler, mit denen er mehrfach die Welt umrundet und dabei im Polareis überwintert hat. Klink wohnte in einer auf dem Landweg unzugänglichen Bucht, in der Schildkröten schwammen und über der, von Wald umgeben, sein Haus stand, das ursprünglich eine Cachaça-Destillerie gewesen war und in dem Thomas Manns Mutter ihre Jugend verbracht hatte. In der Mutter des alten Aschenbach aus *Der Tod in Venedig* kann man die Erinnerung an diese Frau, Julia da Silva Bruhns, die selbst Schriftstellerin war, ebenso erkennen wie die an die Landschaft: »Er (Aschenbach) sah, sah eine Landschaft, ein tropisches Sumpfgebiet unter dickdunstigem Himmel, feucht, üppig und ungeheuer, eine Art Urweltwildnis aus Inseln, Morästen und Schlamm führenden Wasserarmen – sah aus geilem Farrengewucher, aus Gründen von fettem, gequollenem und abenteuerlich blühendem Pflanzenwerk haarige Palmenschäfte nah und ferne emporstreben.«

Gustav von Aschenbach stieß in seiner Erinnerung auf diese Bilder. Sie entsetzten ihn, denn er sah, wie »wunderlich ungestalte Bäume ihre Wurzeln durch die Luft in den Boden, in stockende, grünschattig spiegelnde Fluten versenken, wo zwischen schwimmenden Blumen, die milchweiß und groß wie Schüsseln waren, Vögel von fremder Art, hochschultrig, mit unförmigen Schnäbeln, im Seichten standen und unbeweglich zur Seite blickten«.

In diesen Vögeln erkannte ich den Hoatzin mit seinen großen weinroten Flügeln, der unser Vogel-Fetisch werden sollte, dem Pierre und ich von einem Ende Amazoniens zum anderen nachstellten, da er überall heimisch ist, ein prähistorisches Monster, der Einzige seiner Art, Zeuge des Übergangs vom Dinosaurier zum Vogel, dessen überaus hässliche, schmutzig weiße Küken zwei Flügelkrallen besitzen, um sich an Bäumen hochzuhieven oder in dem großen, aus nachlässig geschichteten Zweigen errichteten Nest herumzuwandern. Wenn wir uns ihm im überschwemmten Wald mit dem Paddelboot näherten, das Fernglas auf ihn richteten, seinen struppigen, zerzausten, grimmigen Kopf anpeilten, das starre, furchterregende, runde rote Auge in seinem blauen Bett heranholten, wichen wir jedes Mal reflexhaft zurück, als ob er mit dem Schnabel das Objektiv durchstoßen und uns den Augapfel aushacken würde. Der Hoatzin, der einzige wiederkäuende und daher wie eine Kuh rülpsende Vogel, stinkt.

Der Gestank, mit dem er sich umgibt, schützt ihn ebenso wirksam wie eine Tarnung durch Mimese oder ein Panzer. Außerdem ist er ungenießbar.

»Über die Ähnlichkeit der Kinder mit ihren Vätern«

Die Angst vor einem Streit in der engen Kabine der *Jangada* war sicher beiderseitig. Wie in allen Liebesgeschichten wurden Türen zugeschlagen, gab es Schreie, plötzliche Aufbrüche in der Nacht, doch an Bord des Schiffes wussten wir, dass unsere Möglichkeiten begrenzt waren, die Flucht zu Fuß durch den Wald war waghalsig, die Flucht ins Wasser wegen der Piranhas und Candirús gefährlich.

In den vergangenen zehn Jahren hatte Pierre fotografiert und Musik gemacht, manchmal dilettantisch, in anderen Zeiten mit großem Fleiß, unter verschiedenen Pseudonymen hatte er Schallplatten aufgenommen, zwischen Brüssel und Marseille Konzerte gegeben. Ich hatte ihn nur einmal auf der Bühne gesehen, wobei Bühne nicht das richtige Wort ist. Er spielte auf seiner E-Gitarre inmitten des stehenden Publikums im kleinen Veranstaltungsraum einer Galerie. In diesem Trancezustand erkannte ich ihn kaum wieder, düstere Texte, dunkle, schleppende und dann plötzlich sehr schneidende Stimme. Ich dachte an dieses Rätsel um Väter und Söhne, an dessen Bestandsaufnahme ich seit Langem arbeite: Malcolm & Arthur Lowry, Pietro & Ascanio Savorgnan de Brazza, Arthur & Frédéric Rimbaud, Rudyard &

John Kipling, Jonas & Lote Savimbi, Percy & Jack Fawcett, Theodore & Kermit Roosevelt ... Für die Reise auf der *Jangada* hatte ich die *Essais* von Montaigne eingesteckt.

Im Kapitel »Über die Ähnlichkeit der Kinder mit ihren Vätern« staunt er über das Wunder, »dass dem kleinen Samentropfen, aus dem wir hervorgehn, nicht allein die Körpergestalt, sondern auch die Denkweise und die Neigungen unserer Väter eingeprägt sind«. Jahrhunderte später und trotz des erlangten Wissens über die Vereinigung der beiden genetischen Codes ist man mit der Klärung dieses Mysteriums nicht weitergekommen.

Früher machte man einen Unterschied zwischen natürlichen und legitimen Kindern, doch alle waren natürlich. Nach zehn Jahren des Zusammenlebens hatten Florence und ich entschieden, dass dieses legendäre Kind, von dem wir ab und zu sprachen, endlich das Licht der Welt erblicken könnte. Vor seiner Geburt in einer Entbindungsstation im Anjou war Pierre an einem Juniabend 1988 am Ufer des Ozeans gezeugt worden, nicht weit weg vom LAZARETT, dem Ort meiner Zeugung im März 1957 vor meiner Geburt in Paimbœuf, der auf dem Landweg nächstgelegenen Entbindungsstation zu unserer psychiatrischen Anstalt.

Neue medizinische Techniken hatten es seitdem ermöglicht, diesen Zufällen ein Ende zu bereiten und Kinder zu zeugen, die man nicht als »künstlich«, sondern als »genetisch« bezeichnete und die manchmal, um die Vererbung bestimmter Krankheiten zu vermeiden, nicht nur aus zwei, sondern aus drei Mitochondrien in einer Eizelle hervorgingen. Hätte es zu meiner Zeit die Techniken der Frühdiagnose schon gegeben, dann hätte man meinen Eltern vielleicht geraten, ihren ersten missglückten Versuch zu vergessen, diesen Fötus mit seinen missgebildeten Beinen zu zerstören und sich wieder fröhlich ans Werk zu machen.

Es war also der allergrößte Zufall, dass wir hier zusammen an Bord waren.

Es mag oft nervig sein, seinen Vater zu beobachten, an ihm Züge und Ticks zu entdecken, von denen man weiß, dass man sie geerbt hat, auf die man aber gern verzichtet hätte, doch es ist faszinierend, seinen Sohn zu beobachten, mit diesen Eigenheiten, die man wiedererkennt, und anderen, unbekannten »Denkweisen und Neigungen«, und dieses Ungleichgewicht bei der Beobachtung wird mit der Zeit zur Quelle von Missverständnissen, da der eine wie der andere sich weiterentwickelt, sich verändert, während jeder wahrscheinlich gern der Einzige wäre, der sich wandelt, und der andere sich gefälligst gleich bleiben soll.

Seit dreißig Jahren war ich die meiste Zeit allein auf Reisen gewesen. Dennoch habe ich mit Pierre die meisten Kilometer zurückgelegt. Es bleibt nicht mehr genug Zeit, um ihn von dieser Position zu verdrängen. Eines Abends haben wir, während wir unsere Expedition vorbereiteten, im *Bistrot des Amis* aus einer gemeinsamen Vorliebe für Listen in einem Notizbuch nachgelesen, welche Orte wir gemeinsam besucht haben, und jedes Stichwort weckte in jedem verschiedene Bilder von uns in verschiedenen Lebensaltern, als ob wir diese beinahe dreißig Jahre im Zeitraffer durcheilten, Saint-Malo und Jersey und die Normandie, das Aubrac und das Quercy, Belgien, Dünkirchen, Brügge, die Niederlande, Paimpol und Tréguier, Bréhat, Port-Navalo, Rochefort-sur-Mer, Saint-Palaos, die Verdon-Schlucht, Biarritz ... Gemeinsam reisten wir, Pierre anfangs im Kindersitz auf der Rückbank, dann, Jahre später, zu zweit vorn, in einem uralten, riesigen weißen Mercedes »Strich 8«, Baureihe W-115, einem Panzer, vertikale Scheinwerfer, als Kühlerfigur ganz vorn auf der Motorhaube ein Stern mit drei Schenkeln in Hundertzwanziggradwinkeln. Wir erinnerten uns auch an Bilbao, Asturien, Kantabrien, Galizien, und schlürften dazu unseren Chablis, als wäre es gerade ein Albariño. Nach unserer Rückkehr aus Paraty hatten wir beschlossen, dass 2018 für uns weiß und grün sein sollte, Alpen & Amazonien.

Anfang Februar verbrachten wir einige Tage in einem Chalet in Chamonix. Am Morgen fuhren wir zu zweit mit der kleinen roten Zahnradbahn auf den Montenvers zum Mer de Glace, dem Gletscher, der unter dem Einfluss der Klimaerwärmung um einige Dutzend Meter abgeschmolzen ist, seit Pasteur 1860 den Ort besuchte, um dort Erhebungen zur Luftreinheit durchzuführen. Am Berghang kletterten wir im Schneegestöber Richtung Aiguille du Midi. Pierre fotografierte die Nebelschleier, die denen in Jim Jarmuschs Film *Stranger Than Paradise* ähnelten. Am Abend im Chalet speisten wir mit Bruno Mégevand und seinem Sohn Matthieu, zwei Väter und zwei Söhne, jeweils etwa im gleichen Alter, unterhielten uns über das Projekt, das wir vorbereiteten, und auch sie erinnerten sich gerne an ihre Reisen zu zweit.

Nach unserer Rückkehr ins verschneite Paris war ich nach Marokko geflogen, auch um den Faden unserer Geschichte von ihrem Anfang her aufzunehmen. Pierre reiste mit einer Mitfahrgelegenheit zu seiner Liebsten in die Bretagne. Ich marschierte gerade in Marrakesch von der Feuerwehrkaserne in Guéliz die Route de Targa hinauf zu der Gasse, in der das Haus stand, das wir 1990 bewohnten, einer Sackgasse, die inzwischen eine Durchfahrt zu einer Straße am Fuß des kleinen Djebel geworden ist, auf dem sich die Stadtmauer erhebt, als ich diese Nachricht von ihm erhielt: »Bin gut angekommen trotz des Schnees. Liebe Grüße aus Saint-Nazaire.«

Zwanzig Jahre zuvor waren wir beide nach Marokko gereist, um das »Haus des Général Mangin« genannte Wohnhaus wiederzusehen, das er ebenso vergessen hatte wie den Garten, in dem er Stehen und Gehen gelernt hatte. Unter dem großen Zitronenbaum speiste ein Wasserhahn das gelbe Drehkreuz des Rasensprengers, eine große, flüchtige Rosette, die auf dem nassen Gras funkelte, ich sah ihn vor mir, wie er unsicher, torkelnd, durch die rotierenden goldenen Garben tapste, hörte sein Kinderlachen, als wäre ich wieder im Jahr 1990, ich schloss kurz die Augen, öffnete sie wieder, und durch dieses ganz alltägliche, ganz banale und dennoch erstaunlichste Wunder im Leben aller Menschen – erstaunlicher als ein Spaziergang von Paris nach Wladiwostok oder auf dem Mond –, durch diesen verblüffenden Zaubertrick befand ich mich, Abrakadabra, während ich noch das Gewicht seines winzigen, durchnässten Körpers in meinen Armen spüren konnte, neben einem rätselhaften Mann an Bord der *Jangada*.

In Guanabara

Pünktlich ein Jahr später, 2006, war ich wieder nach São Paulo gekommen, um die Bücher abzuholen, die ich im Büro von Sébastien Roy im Konsulat zurückgelassen hatte, darunter ein Band mit Fotografien von Marc Ferrez. Diesmal schlug ich ihm vor, in Brasilien die Verleihung eines Literaturpreises zu organisieren, den ich einige Jahre zuvor mit Unterstützung der besten Feuerzeuge der Welt geschaffen hatte, die auch die besten Kugelschreiber der Welt sein wollten. Es ging darum, einem jungen Schriftsteller zur Veröffentlichung seines Werks zu verhelfen und ihn mit einem Stipendium auszustatten. Ich hatte diesen Preis bereits in Uruguay, Costa Rica, Venezuela, Kuba und Mexiko verliehen. Sébastien Roy war bereit, eine Jury aus brasilianischen Schriftstellern zusammenzustellen, sich um die Logistik, die Aufrufe in der Presse und die Entgegennahme der anonymisierten Manuskripte im Konsulat zu kümmern.

Während ich in Afrika weiterhin nach Spuren von Savorgnan de Brazza suchte, stand ich zugleich mit einem Bein in Brasilien und brütete bei meinen Aufenthalten im Glória Hotel in Rio in den folgenden zwei Jahren die Idee aus, eines fernen Tages, mehr als fünf Jahrhunderte nach Pedro Cabral, meine eigene Eroberung Brasiliens zu schreiben. Die langen Korridore des Glória waren mit Schwarz-Weiß-Fotos berühmter Gäste geschmückt, Kim Novak und Isadora Duncan, Gina Lollobrigida und Marilyn Monroe, ich wusste aber auch von den Gesprächen zwischen Roger Caillois und Georges Bernanos an der Bar dieses Hotels, wenngleich man ihre Gesichter vielleicht für zu hässlich befunden hatte, um sie unter den Schauspielerinnen zu zeigen, und für nicht berühmt genug, um die Gäste dieser Art von Hotel anzulocken.

Ich saß auf der Terrasse über der Bucht, verbrachte die Tage über Geschichtsbüchern und Chroniken, Jean de Lérys *Brasilianisches Tagebuch 1557*, und die Abende mit dem Betrachten des kleinen, roten Schiffs mit der weißen Gangway am Bug, das jeden Abend pünktlich vor Sonnenuntergang vorbeifuhr. Ich las von den Streitigkeiten, die schnell zu jenem Krieg geführt hatten, der entscheiden sollte, ob der Januar-Fluss eines Tages französisch oder portugiesisch sein würde, erfuhr von der Ankunft des bretonischen Vizeadmirals Villegagnon, eines Soldaten und Renaissancegelehrten, mit dem Auftrag, hier eine Kolonie und vielleicht ein Königreich zu gründen, und der auf einer Insel in der Mitte der Bucht von Guanabara Fort Coligny errichtet hat. Der Vizeadmiral hatte die protestantischen Genfer um Unterstützung gebeten, und dieses Experiment wurde zum Prolog für die Religionskriege. Wegen theologischer Spitzfindigkeiten löschte sich die Kolonie selbst aus, und jede Seite tötete nebenbei ein paar Indianer.

Zuvor hatten jedoch normannische Kaufleute drei dieser Indianer nach Frankreich verschifft. Montaigne war ihnen mit König Karl IX. 1562 in Rouen begegnet, nachdem der Herzog von Guise die Stadt gerade von den Protestanten zurückerobert hatte. »Der König sprach lange mit ihnen. Man zeigte ihnen unsere Lebensweise, unsre Prachtentfaltung und das Erscheinungsbild dieser schönen Stadt.« Auf die Frage, was sie am meisten überraschte, antworteten die Indianer, sie verstünden nicht, warum »so viele große Männer, bärtig, stark und bewaffnet«, einem Kind gehorchten. König Karl IX. war zwölf Jahre alt. Sie wunderten sich auch darüber, dass die ausgehungerten Bettler vor den Toren der Stadt »eine derartige Ungerechtigkeit geduldig hinnähmen, statt die Reichen an der Gurgel zu packen und ihre Häuser in Brand zu stecken«.

In der Folge hatte Montaigne lange Zeit einen Mann bei sich, »der zehn, zwölf Jahre in jener anderen Welt verbracht hatte, die zu unsrer Zeit entdeckt worden ist, und zwar dort, wo Villegagnon, der ihr den Namen Antarktisches Frankreich gab, an Land ging«. Die Berichte dieses Mannes aus dem noch nicht existierenden Brasilien bildeten die Grundlage für sein humanistisches Denken. Er ergänzte sie durch seine Lektüre der *Historia general de las Indias* (»Allgemeine Geschichte Westindiens«) von Francisco López de Gómara, um die besten und für seine Zeitgenossen besonders schockierenden Beispiele für die Vielfalt der Bräuche zu versammeln. Er beschrieb Landstriche, »wo die Frauen mit ihren Gatten in den Krieg ziehen und nicht nur im Kampf ihren Mann stehen, sondern auch im Kommandieren, wo an Nase und Lippen, Wangen und Zehen Ringe getragen werden, ja sogar durch Brüste und Gesäßbacken gezogene schwere Goldstangen, wo man sich beim Essen die Finger an den Schenkeln, am Hodensack oder an den Fußsohlen abwischt«.

Er weiß, wie er seinen Leser erschüttert, und lobt diese Länder, »wo man sich grüßt, indem man den Finger auf die Erde legt und ihn dann gegen den Himmel hebt, wo die Männer die Lasten auf dem Kopf tragen und die Frauen sie schultern, und dortzulande pissen diese im Stehen, die Männer aber hingehockt«. Er bringt Beispiele aus Herodot, beschreibt dieses absolute Anderswo, führt den Kulturrelativismus und die Universalität des Menschen an: »(…) und noch mal anderswo sind diese [die Frauen], ohne dass es sündhaft wäre, Gemeinbesitz, ja in einem Land tragen sie gar als Ehrenzeichen so viel schön gefranste Quasten am Saum ihrer Röcke, wie sie Männern beigewohnt haben.« Damit will er sich für Toleranz und Respekt einsetzen und für seine Überzeugung, dass jeder Mensch über die Besonderheiten seines Volks hinaus einzigartig und bewundernswert ist, dass das, was hier selbstverständlich ist, anderswo seltsam erscheint und diese Indianer, sosehr sie sich von uns unterscheiden, »uns an natürlicher Geistesschärfe und folgerichtigem Denken in nichts nachstehen«.

Unter all den seltsamen Gebräuchen, die Montaigne in den *Essais* aufzählt, gibt es jedoch einen, bei dem undenkbar scheint, dass ein guter französischer Sohn sich ihm anschließen könnte: »Dort ist es fromme Kindespflicht, den eignen Vater umzubringen, wenn er ein bestimmtes Alter erreicht hat.«

Vater & Tochter

Unweit des Glória Hotels mündet die Avenida Princesa Isabel im rechten Winkel in die Avenida Atlântica, die am Strand von Copacabana entlangführt. An dieser Kreuzung steht die Statue der Infantin mit einer Schreibfeder in der Hand. Mit dieser Bronzefeder hat sie gerade das Gesetz zur Abschaffung der Sklaverei unterschrieben. Mit großer Verspätung. Im Mai 1888. Die Prinzessin ist Regentin. Ihrem Vater, Kaiser Dom Pedro II., war es, trotz seiner Drohung abzudanken, bisher nicht gelungen, die Regierung zu dieser Abschaffung zu bewegen. Er ist in Europa und krank. Der alte Mann mit der enzyklopädischen Neugier, der zeitlebens mit den Künstlern und Gelehrten korrespondierte, deren Bücher und Werke er studierte, mit Louis Pasteur und Charles Darwin, Friedrich Nietzsche und Richard Wagner, liegt in Mailand im Sterben. Die Bekanntgabe des Erfolgs seiner Tochter bringt ihn noch einmal auf die Beine. Für kurze Zeit kehrt er nach Brasilien zurück.

In seinem Amazonas-Roman *Die Jangada* sang Jules Verne ein Loblied auf Brasilien und dieses »tatenlustige kleine Volk (...). Jetzt bildet es weitaus den größten Staat des südlichen Amerika, mit dem intelligenten und Kunst liebenden Kaiser Dom Pedro als Oberhaupt.« Zweifellos hat Pedro wie jeder gebildete Brasilianer die *Außergewöhnlichen Reisen* gelesen und war empfänglich für das Kompliment. Doch seine Verehrung galt vor allem Victor Hugo. Als der Dichter Anfang 1872 nach der Pariser Commune aus dem Exil zurückgekehrt war, in das ihn ein anderer Kaiser aus Hass verbannt hatte, und er sich wieder ins politische Leben stürzte, kam keine Begegnung zustande, obwohl Pedro II.

Théophile Gautier anvertraut hatte: »Meine Reise nach Europa wird mir wie ein Fehlschlag vorkommen, wenn ich nicht Victor Hugo treffe.« Fünf Jahre später schreibt dieser in sein Tagebuch: »Neun Uhr morgens. Besuch des Kaisers von Brasilien. Lange Gespräche. Sehr edler Geist. Er sah auf einem Tisch *Die Kunst, Großvater zu sein* liegen. Ich schenkte ihm den Band und griff zur Feder: Was wollen Sie schreiben?, fragte er. Zwei Namen, Ihren und meinen, antwortete ich. Darauf er: Weiter nichts. Darum wollte ich Sie gerade bitten. Ich schrieb: Für Dom Pedro de Alcantara. VICTOR HUGO. Und das Datum?, fragte er. Also fügte ich hinzu: 22. Mai 1877.«

Am selben Tag notiert Hugo einige Zeilen weiter unten: »Um zwei Uhr ging ich zur Sitzung der extremen Linken im Senat.« Und eine Woche später, am 29. Mai, nachdem er den Tag wieder mit den Senatoren der extremen Linken verbracht hatte: »Bei meiner Rückkehr erwartete mich der Kaiser von Brasilien, der zum Abendessen zu mir gekommen war.«

Nach Abschaffung der Sklaverei durch seine Tochter war der Kaiser von Großgrundbesitzern und Kaffeebaronen gestürzt worden, die einen Staatsstreich angezettelt hatten. Peter II. dankte ab, schleppte seine Saudade durch Europa und starb in Paris. Wie sechs Jahre zuvor Victor Hugo wurde auch der brasilianische Kaiser vom französischen Präsidenten Sadi Carnot mit einem Staatsbegräbnis geehrt. Angesichts der Bewunderung, die der alte Kaiser und der Dichter, ein Anhänger der extremen Linken und Freund Garibaldis, füreinander hatten, dachte ich an George Bernanos, der einige Jahrzehnte später in Brasilien sagte, er sei ein »von Proudhon inspirierter Sozialist mit einem Hang zur Monarchie«.

An Bord

Ganz gleich auf welcher Art von Boot, Schiff oder Barkasse, Einbaum oder Sampan, ich hatte schon immer das Gefühl, ich lebte besser auf etwas, das schwimmt. Als ich in der Kabine lag, fielen mir all diese Geschichten wieder ein, als stürzten sie in einem Erinnerungsstrom eine Klippe hinab und rieselten durch kleine Rinnen ins Bett des großen Flusses: Zwar hatten sich Schriftsteller aus ganz Brasilien um den Preis beworben, doch als Sébastien Roy in seinem Konsulatsbüro den zweiten Umschlag mit der Adresse des Gewinners öffnete, um ihn zu kontaktieren, entdeckte er, dass dieser Carioca war und hinter dem Glória Hotel wohnte.

Antônio Dutras Manuskript, *Dias de Faulkner* (»Faulkners Tage«), erzählte vom Aufenthalt des Romanciers in São Paulo im Jahr 1954. Dreißig Jahre nach Blaise war es nun Bill. William Faulkner war im besten Hotel, dem Esplanada, abgestiegen. Krank und oft betrunken, hatte er zur Verzweiflung der amerikanischen Diplomaten, die hofften, sie könnten ihr Image mit ihm aufpolieren, fast jeden Termin abgelehnt. Es waren die Jahre des Kalten Krieges, und die CIA hatte unter dem Vorwand einer kommunistischen Bedrohung auf Wunsch der United Fruit Company und der Großgrundbesitzer wenige Wochen zuvor, Ende Juni, den Strohmann Carlos Armas vorgeschickt und den guatemaltekischen Präsidenten Jacobo Arbenz gestürzt, um dessen Agrarreform zu beenden.

Als der elegante kleine Mann am Sonntag, dem 8. August 1954, um 18 Uhr 30 die Leiter der viermotorigen DC-6 von Braniff Airways hinabsteigt, ist das Image der Vereinigten Staaten in ganz Lateinamerika am Tiefpunkt. William Faulkner kommt aus Lima nach einem Zwischenstopp in Rio an. In diesem Moment wird ein Foto gemacht. Seine rechte Hand ruht auf dem Handlauf der Gangway, über dem linken Arm hängt ein Regenmantel, und in der Hand hält er ein etwas lächerlich wirkendes Köfferchen, das aussieht wie ein Schuhkarton mit Griff oder ein Kosmetikkoffer, vielleicht sind ein paar Flaschen Jack Daniel's auf Vorrat drin.

Faulkner geht ein paar Schritte auf dem Rollfeld des kleinen Flughafens von Congonhas, setzt sich auf den Rücksitz des 54er Cadillacs neben den Konsul, der ihm eine Straßenkarte reicht. Er sagt, er wolle nichts unternehmen, er fühle sich nicht wohl. Seit fünf Jahren ist er Nobelpreisträger. Täglich. Von morgens bis abends. Er ist es leid, die Stockholmer Zeremonie in immer erbärmlicheren Szenarien nachzustellen. In ein paar Monaten wird Hemingway mit dem Nobelpreis ausgezeichnet. Dann lässt man Faulkner in Frieden. Die Diplomaten werden es bedauern. Denn Hemingway wird weder öfter nüchtern noch manipulierbarer sein. Während Faulkners Aufenthalt in Brasilien füllt der skandalöse Anschlag auf den Journalisten Carlos Lacerda in Copacabana die Zeitungen. Die Untersuchungen reichen immer höher hinauf bis zum Präsidenten. Getúlio Vargas wird zum Rücktritt aufgefordert.

Zusammen mit Antônio war ich, nachdem sich seit einigen Tagen eine Komplizenschaft, vielleicht sogar so etwas wie Freundschaft zwischen uns zu entwickeln begann, nach São Paulo gereist, um das Erscheinen seines Buchs vorzubereiten und die Rechte an diesem Foto von Faulkner zu erwerben, das ursprünglich in der Lokalpresse erschienen war und das wir aufs Buchcover bringen wollten. Abends sprachen wir immer wieder über die Zufälle, aus denen unser Leben gestrickt ist: Während er anlässlich dieser Buchveröffentlichung seine Reise nach Saint-Nazaire vorbereitete, erzählte er mir, er habe als Student über das Werk des brasilianischen Schriftstellers Harry Laus gearbeitet, der in Saint-Nazaire die Erzählung *La Première Balle* (»Die erste Kugel«) geschrieben hatte. In seinem Buch greift Antônio auf, was Faulkner in der Empfangshalle des Esplanada vor jungen Schriftstellern gesagt haben soll, als er sich für einmal bereit erklärte, sein Zimmer zu verlassen: »Künstler sind durch eine Art Kette in Zeit und Raum miteinander verbunden, kaum beginnt eine Generation zu altern, da erscheint schon die nächste, um die Arbeit der vorherigen fortzusetzen und das zu perfektionieren und zu verwirklichen, was die vorherige Generation manchmal nicht oder – auch das kommt vor – nicht gut gemacht hat.«

Wenige Tage nach Faulkners Abreise im August 1954 schoss sich Präsident Getúlio Vargas eine Kugel ins Herz. Der durchlöcherte Pyjama ist im Museu da República ausgestellt. Als wir zur Preisverleihung im Maison de France in Rio zurück waren, ging ich mit Antônio eines Nachmittags in den Botanischen Garten, wo alle Düfte des Landes versammelt sind. Unterwegs kamen wir durch die Rua Tonelero, in der das Attentat auf den Journalisten stattgefunden hatte. Dann sah ich uns wieder in Lagoa oder in den kleinen Restaurants von Botafogo. Ich hörte den Regen gegen die Kabinenwand trommeln. Zehn Jahre älter geworden, lag ich in meiner Koje an Bord der *Jangada*, streckte die Hand aus und griff zu Montaigne.

Wenngleich Montaigne im Alter noch immer das erste Buch lobt, das er als Kind allein gelesen hatte, die *Metamorphosen* des Ovid, sind doch Seneca und Plutarch seine beiden Hauptautoren. Bei ihnen bedient er sich, pflückt mal hier, mal da etwas heraus, erbeutet »ein wenig von jedem, vom Ganzen nichts, eben à la française«. Und wenn ihm die Sätze gefallen, macht er Anleihen bei ihnen: »Wahrheit und Vernunft sind

Gemeinbesitz aller Menschen, und sie gehören dem, der ihnen zuerst das Wort geredet hat, nicht mehr als dem, der es nach ihm tut.« Aus alldem schöpft er: »Die Bienen holen sich von hier- und dorther aus den Blumen ihre Beute, aber daraus machen sie Honig, und der gehört ihnen voll und ganz.«

Dieses große, verzettelte Werk der *Essais* hatte das humanistische Denken in Europa verankert, aber jetzt kam es mir so vor, als erlebten wir dessen Verschwinden, das Ende des egalitären Traums angesichts der demografischen Explosion, der Verknappung der Ressourcen, der Erscheinung einer erweiterten Menschheit, die zuließ, dass Milliarden von Untermenschen sich für ein wenig Nahrung und Trinkwasser inmitten von Müllhalden gegenseitig umbrachten. Im Gegensatz zu meinem Vater, seinem Vater und dem Vater seines Vaters war mein Leben nicht von den Kriegen in Europa erschüttert worden, und ich hoffte immer, dass Pierre einmal denselben Satz schreiben könnte. Mein Optimismus schwankte.

Ab und zu legte er sein Buch beiseite oder schloss sein Notizbuch, holte Radiergummis und Stifte heraus und begann wieder zu zeichnen. Landschaften oder Insekten, Frachtschiffe. Eines Morgens hatte er mich mit Montaigne an einem menschenleeren, von Fliegen heimgesuchten Strand allein gelassen, um mit einem Deutschen brasilianischer Nationalität, Ex-Mitglied eines Dschungelkommandos, auf einen Hügel zu steigen. Pierre war zum Boot gegangen, dann aber kurz zu mir zurückgekehrt, um mir ein Regencape zu bringen. Die Angst, so zurückgelassen zu werden, hielt mich vom Lesen ab. Manchmal war diese Insel eine Landzunge, aber in dieser Hochwasserperiode war sie vom Ufer abgeschnitten. Ich bildete mir ein, ich könnte die Sandbank wiederfinden und bis zur Brust im Wasser, das voluminöse Exemplar der »Quarto«-Ausgabe wie eine wasserempfindliche Waffe über meinen Kopf haltend, wieder ans Festland gelangen, indem ich mich, Torpedorochen und Candirús fürchtend, mit den Füßen vorwärtstastete. Der Regen war ausgeblieben. Und Pierre zurückgekehrt.

Mit Antônio

Letztes Jahr waren wir von Paraty im Süden mit dem Wagen nach Rio zurückgefahren. Pierre und Antônio hatten sich zehn Jahre zuvor in Saint-Nazaire kennengelernt und seitdem nicht mehr gesehen. Wir stiegen hinauf nach Santa Teresa, gingen unter den von Krallenaffen belagerten Strommasten die Schienen der gelben Straßenbahn entlang zum Parque das Ruínas (»Ruinenpark«), stellten uns das Domizil zu einer Zeit vor, als es noch alles hatte, was es brauchte, Türen und Fenster, einen Flügel und Glaskunst von Lalique, Abendkleider, Frack und Fliege, Anatole France und Isadora Duncan, Heitor Villa-Lobos und Blaise Cendrars. Von der Terrasse sahen wir auf Rio hinab und auf das Glória Hotel, das seine Türen endgültig geschlossen hatte und ebenfalls zu verfallen drohte oder auf seine sehr ungewisse Restaurierung wartete.

Eines von Pierres Talenten war die Fotografie, auf die er sich hier besonders verlegte; er wanderte mit seiner Kamera durch die Straßen, besuchte zusammen mit Samuel Titan die Abteilung für Fotografiegeschichte des Instituto Moreira Salles, die Ausstellungen der Fotografen José Medeiros, Thomaz Farkas, Hans Günter Flieg und vor allem die von Marcel Gautherot. Manchmal habe ich mich ihnen angeschlossen. Während es für Pierre Expeditionen in die Kunst waren, waren sie für mich auch zeitgeschichtlich interessant, durch sie sah ich die Städte des Goldrausches von Minas Gerais, die Stadt Ouro Preto, den Rio das Velhas, Orte, die von den Bandeirantes ausgeplündert worden waren, Sammelbecken für Gesindel und Abenteurer, die auf der Jagd nach Sklaven zu Pferd durchs Land streiften und Fahnen schwangen, die in Kirchen gesegnet wurden, die flammenden Raffinerien glichen, an denen Gold und Frömmigkeit, Tränen und Exvotos herabrieselten, Kirchen, die man errichtet hatte, um Gnade von Senhor Bom Jesus und Vergebung für sein sündhaftes Leben zu erflehen, wofür man auch an der Kathedrale von Congonhas do Campo die großen Specksteinstatuen Antônio Francisco Lisboas aufgestellt hatte, des missgestalteten Sohnes eines portugiesischen Zimmermanns und seiner schwarzen Sklavin, genannt *o Aleijadinho*, das Krüppelchen, der Lahme, das Hinkebein, ein Schwerbehinderter, der sich Hammer und Meißel mit Lederriemen an seine Armstümpfe binden ließ, um arbeiten zu können, der *Aleijadinho*, der heute sicher nicht mehr geboren würde, weil das Genie durch Magnetresonanz nicht aufzuspüren ist: Man würde es nicht einmal wagen, den Eltern die Ultraschallbilder zu zeigen, bevor man das kleine Monster in den Mülleimer würfe.

Nach dem Goldrausch kam der Kaffeewahn. Die Sklaven wurden aus der Mine aufs Feld hinausgejagt. Europa hatte zwar viele Pflanzen aus der Neuen Welt bei sich heimisch gemacht, der Kaffee aber war wie eine Plage über die Neue Welt gekommen. Vom Strauch bis zur Kaffeemaschine ist es ein langer Weg. Alles beginnt mit einem Hirten, der in Abessinien vor einigen Ziegen sitzt, die wie toll herumspringen, weil sie die roten Beeren eines Strauches verputzt haben. Der gelangweilte Hirte beneidet sie. Die Früchte schmecken nicht. Sind vor allem wirkungslos. Die Sache spielt sich im Kern ab. Der Mann spuckt sie wieder aus, doch so schnell gibt man nicht auf, wenn es darum geht, sein

Leben aufzupeppen. Man röstet die beiden Samenkörner der Frucht, zerdrückt sie in kochendem Wasser. Die Araber beladen ihre Dhaus mit diesen aufregenden Kirschen. Später versucht man, das Getränk zu verbieten, erst in Kairo, dann in Istanbul. Vergebens. Im Gegenteil, man verstärkt die psychotrope Wirkung des schwarzen Safts durch die Beimischung von Kardamom. Im Kontakt mit den Türken öffnen die ersten Wiener Kaffeehäuser. Das passende Getränk am richtigen Ort. Es stimuliert das Gespräch und bald auch das Schreiben von Pamphleten und Flugschriften. Durch eines jener Paradoxe, nach denen die Geschichte der Menschheit giert, hatten diese von Sklaven gepflückten Bohnen die Ausbreitung des liberalen Geists in Europa, die Sucht nach freier Meinungsäußerung begünstigt.

Vielerorts wurde diese Gier, fremde Gewächse zu verpflanzen und in neuer Umgebung einzugewöhnen, durch Diebstahl befriedigt. Angeblich haben die eifersüchtigen Chinesen die Seidenkokons des Maulbeerbaums lange vor der Reise Marco Polos vor den ersten Ausländern versteckt, und trotzdem sollen zwei Mönche einen Kokon, verborgen in einem hohlen Pilgerstab, zurückgebracht haben. Über den brasilianischen Kaffee erzählt man sich die Legende vom gehörnten Gouverneur von Cayenne, die Stefan Zweig in *Brasilien. Ein Land der Zukunft* aufgreift: Die Frau des Gouverneurs »schenkte 1727 in einer oder nach einer schwachen Stunde dem portugiesischen Sergeanten Major Francisco de Mello Palheta einige Sträucher und Wurzeln; damit war der braune Einwanderer nach Brasilien hineingeschmuggelt, und er fühlte sich wie alle Einwanderer bald heimisch in dem neuen Land«. Man kann aber nicht immer gewinnen, ebenso wenig, wie man immer verliert. Später sammelte ein junger Engländer, Henry Wickham, Gummibaumsamen im Amazonasgebiet und schickte sie nach Asien, wo sie, in Zwiebelreihen gepflanzt, Brasilien ruinierten.

Am Mittelpunkt der Welt

Während viele Pflanzen aus Amerika glücklich über den Ozean gelangten, in Europa Wurzeln schlugen und sich dort so stark vermehrten, dass man sie für endemisch halten könnte, etwa so köstliche Erzeugnisse wie Kartoffeln und Tomaten, Mais und Chilischoten, die Gartenbohne und der Tabak, blieb der Fluch der Süßspeise, Kakao, Zucker und Kaffee auf die Tropen beschränkt. Mit der Banane hatte ich mich Brasilien genähert, ebenso mit der Lektüre von Pero de Magalhães de Gândavos *História da província Santa Cruz a que vulgarmente chamamos Brasil* (»Geschichte der Provinz Santa Cruz, die wir für gewöhnlich Brasilien nennen«), die 1576, vierzehn Jahre nach der Begegnung Montaignes mit den Indianern, veröffentlicht wurde, ein Werk, in dem der Autor zwischen allerlei verrückten Meeresungeheuern auch diese Frucht mit ihrem unvergleichlichen Geschmack beschreibt und sie nachdrücklich denjenigen unter seinen Zeitgenossen empfiehlt, die den Weg über den großen Teich nehmen wollten.

Ich hatte mit der Lektüre am 21. Februar 1997 in einem Zimmer des Hotels Morgut in Managua Nicaragua begonnen und beendete sie in Montevideo, wo ich mich damals häufig aufhielt, um Informationen über den Selbstmord von Baltasar Brum nach dem Staatsstreich von 1933 zu sammeln, der sich wie später Getúlio Vargas eine Kugel ins Herz schoss. Von der Hauptstadt aus hatte ich damals das Territorium Uruguays bis nach Chuy durchquert, meine ersten Schritte auf brasilianischen Boden getan, ohne das Grenzdorf zu verlassen, und mir dabei die 4000 Kilometer vorgestellt, die mich von Belém an der Amazonasmündung trennten. Nun betrachtete ich auf der Planisphäre die lange vertikale Süd-Nord-Route, die ich in zwanzig Jahren von São Paulo über Rio, Brasilia und Recife bereist hatte, dann die lange Ost-West-Horizontale von Belém am Atlantik nach Santa Elena am Pazifik, über Santarém, Manaus, Iquitos und Guayaquil, die ich mit Pierre in Angriff nahm, und während ich dieser Linie folgte, stellte ich mir vor, wie ich eine lateinamerikanische Erzählung erfinden würde, die, wie ich beschlossen hatte, die letzte sein würde, jedoch die erste südamerikanische, denn jene Erzählung, die ich am 21. Februar 1997 in Managua begonnen hatte, war eine mittelamerikanische, und die zweite, die ich am 21. Februar 2014 in Tampico beendet hatte, eine mexikanische, also nordamerikanische gewesen.

Zehn Jahre zuvor war ich, nachdem ich Antônio verlassen hatte, in die Bundeshauptstadt gereist. Wenn Venedig, von oben betrachtet, zufällig die Form eines Fischs hat, so ist Brasilia so entworfen worden, dass man vor der Landung durch das Bullauge des Flugzeugs ein Flugzeug sieht. An Bord meines Fliegers war der deutsche Filmemacher Wim Wenders, der in der Tageszeitung *La Folha de São Paulo* kurz zuvor den Wunsch geäußert hatte, einen Roman von Álvaro Mutis zu verfilmen, und zwar die Amazonas-Abenteuer des Gaviero Maqroll. Soweit ich es seiner Filmografie entnehmen kann, scheint dieses Projekt nicht verwirklicht worden zu sein, so wenig wie das von Cendrars, der hier neben vielen anderen Unternehmungen, die so unterschiedlich waren wie der Import von Treibstoff oder die Ausrottung eines Kaffeebaumparasiten, aber alle fehlschlugen, einen Film über die Geschichte Brasiliens bis zur Gründung der neuen Hauptstadt drehen wollte.

Der Beschluss, Rio aufzugeben, stand zwar bereits in der ersten Verfassung nach Absetzung Dom Pedros II., er wurde aber erst in den Fünfzigerjahren von Juscelino Kubitschek umgesetzt, als dieser, der damals Bürgermeister von Belo Horizonte und mit Georges Bernanos befreundet war, nach dem Selbstmord von Getúlio Vargas Präsident wurde. Ausgangs des Flughafens erwartet einen die Stadt, von der man, wenn man mit der Bahn oder zu Pferde ankommt, nicht ahnen kann, dass sie aus der Luft einem Flugzeug gleicht, mit breiten Alleen, tiefblauem Wasser am Fuße der Hügel und großen Raubvögeln am klaren Himmel. An den Ampeln wurden Zeitungen, Zahnpasta und Erdbeeren in Schalen verkauft. Die Gebäude von Oscar Niemeyer zeigten die grün-gelb-blaue Nationalflagge und Auguste Comtes Devise *Ordem e Progresso*, Ordnung und Fortschritt. Die Hauptstadt befand sich noch immer im Bau. Gerade war die Nationalbibliothek eingeweiht worden.

Die Stadt schien friedlich, aber nicht ganz: Als ich eines Abends mit dem Direktor der Nationalbibliothek, Antônio Miranda, den rechten Flügel verließ, um in die Mitte des Flugzeugrumpfs zum Clube de Choro zu gelangen, mussten wir ein Stück zu Fuß zurücklegen, da er, nachdem er sich im Weg geirrt hatte, seinen Geländewagen ein wenig verärgert auf einer Rasenkante abstellte und beschloss, das Fahrzeug dort stehen zu lassen, ungeachtet der Warnung eines gut gekleideten jungen Paars, dass das Fahrzeug wahrscheinlich verschwinden würde, sobald wir ihm den Rücken kehrten. Miranda hatte früher in Caracas gelebt und dort Theater gemacht. Von ihm erfuhr ich, dass der Bossa Nova sein fünfzigjähriges Jubiläum feierte, und er erklärte mir den Unterschied zum Samba, die Musiker spielten wieder *A Garota de Ipanema*.

Bei meiner Rückkehr ins Hotel sah ich von der Terrasse im achtzehnten Stockwerk des Tryp Brasil 21 aus plötzlich den Halbmond wie eine goldene Schale in den Himmel steigen, gelb, prächtig und riesengroß in der endlosen Tiefe des elektrisch schwarzen Himmels, ein glitzernder Halbmond, der sich in weichen Wellenlinien in dem wie mit Quecksilber gefüllten Hängepool des etwas tiefer gelegenen Hotels San Marco spiegelte. Die Anlage glich der Kulisse eines futuristischen Tati-Films, in dem die durchsichtigen Engel von Wim Wenders, die voller Mitgefühl schweigend auf den Glastürmen hockten, über uns arme Menschen wachten.

Wenn es den Teufel gäbe, könnte er sein Büro im obersten Stockwerk eines dieser Türme haben, wo er im Cockpit der Welthauptstadt vor Bildschirmen mit Grafiken und Kurven säße, die in Echtzeit die Todesfälle und Geburten des Tages aufzeichneten, über die der Tyrann ebenso entscheiden würde wie über Zugentgleisungen und Vulkanausbrüche, Tsunamis. Er setzt die Börsenkurse fest, löst Epidemien aus und zerbricht hohnlachend schöne Liebesbeziehungen; er ist überlastet, tanzt auf mehreren Hochzeiten gleichzeitig, sieht auf seine Uhr, muss noch den Ölpreis pro Barrel Brent festlegen, die Ergebnisse von Pferderennen, Fußballspielen und die Lottozahlen bestimmen; er sieht alles, entscheidet alles, unterschreibt eilig Schecks, stempelt Papiere, tätigt einen letzten Anruf, reserviert einen Tisch, paraphiert das *Buch vom Tage*, aber auf dem Planeten sind täglich zwei Daten in Gebrauch; er bedauert, so etwas Kompliziertes wie diese Geschichte mit den Meridianen geschaffen zu haben, schiebt seinen Sessel zurück, schlüpft in seine Jacke und tastet seine Taschen ab. Where is my gun?

Im Wald

Bei abgestelltem Motor lauschten wir dem Rieseln, dem Tropfen von Blatt zu Blatt, den Rufen der Tiere. So wie Ornithologen in ihren Notizbüchern ein Häkchen setzen, wenn sie einen Vogel sehen, oder wie in Kinderbüchern die Namen mit vereinfachten Bildern verbunden sind, lernten wir das Alphabet von Fröschen, Palmblättern, Anakondas, Papageien, Agutis, Affen, Kaimanen, Faultieren, Pumas, Wolfsmilchgewächsen zu buchstabieren, alles, was wir ohne den Zöllner Rousseau, der sie nie gesehen hat, vielleicht einmal nicht mehr sehen können.

Einige Tage, nachdem er den Hügel über dem Rio Tapajós erklommen hatte, begleitete ich Pierre bei einer Wanderung in den Wald. Vom Ufer aus drangen wir in den sandigen Dschungel vor und sahen nach wenigen Kilometern, wenn sich zwischen den Bäumen Lücken auftaten, auf den Fluss hinab. Nach zwei oder drei Stunden hatten wir die schwarze Erde des Urwalds und jene Bäume erreicht, von denen manche schon vor der Ankunft der Portugiesen dort standen. Großes Gepränge aus Lianen und epiphytischen Pflanzen, vertikale Lichtstrahlen zwischen den riesigen Stämmen der Piquiá und Sumaúma (Pequinuss- und Kapokbäume), zu deren Umarmung sich bei animistischen Ritualen alle Angehörigen eines Stammes an den Händen halten müssen, der Würgefeigen, die Palmen schlucken, und anderer senkrecht aufstrebender, dendroider Gewächse.

Wir achteten darauf, dass diese anstrengende Wanderung nicht zu einer jener bei großen Säugetieren üblichen körperlichen Herausforderungen wurde, die gerne ihre Muskeln spielen lassen wie Hirsche, ein altes Männchen, das die sechzig bereits überschritten hat, und das andere noch keine dreißig und in der Blüte seiner Jahre, die ihre Geweihe ineinander verhaken. Wir bewegten uns schweigend vorwärts, schwitzten und ächzten nebeneinander oder hintereinander auf diesem sterbenden Planeten, und auch wir starben ein wenig, sparten Atem und bissen die Zähne zusammen, während die Muskeln unter der feuchten Hitze schmolzen. Wieder an Bord, nachdem allerlei Ungeziefer sich an unseren Beinen vollgefressen hatte, schliefen wir ein und dachten, dass es sich doch gelohnt hatte, die Wespen- und Mückenstiche und die anderen Sauereien auszuhalten, und dass wir sie eines Tages mögen würden, jetzt, da wir wussten, dass sie so langsam aussterben. Wir holten unseren Alkoholvorrat heraus und wiederholten Becketts Worte: »Wir reisen, soviel ich weiß, nicht zum Vergnügen, sagte Camier. Wir sind blöd, aber so blöd sind wir nun doch wieder nicht.«

Bei einer Zigarette schöpften wir Atem, leerten die kleine Schnapsflasche und versuchten, das brasilianische Sprichwort »cemitério, cadeia, cachaça não é feito para uma só pessoa« fehlerfrei auszusprechen, demzufolge feststeht, dass der Konsum von Cachaça jedermann vor Tod und Gefängnis schützt. Müdigkeit und der sinkende Pegelstand in der Flasche verringerten allmählich unsere gegenseitige Scheu, brachten uns zum Lachen. Später nahm Pierre wieder schweigend seine Notizbücher zur Hand.

In Pernambuco

Als ich am Dienstag, dem 1. August 2017, mit Pierre und Antônio in Rio in einem Taxi von der Praia Vermelha am Fuß des Zuckerhuts, der aus gneisartigen Graniten besteht, wie aus den folgenden Zeilen hervorgehen wird, nach Ipanema zurückkehrte, hatte ich eine Nachricht auf meinem Handy. Sie war von Jacques Kornprobst, den ich nicht kannte, zu Händen der »freundlichen Mitarbeiter des Verlags du Seuil« geschickt worden. Er hatte gerade *Sic-Transit* gelesen, einen Band, der die drei Romane *Pura Vida*, *Äquatoria* und *Kampuchea* vereint, und nun, nach Erwähnung seiner Vorliebe für Sachbücher, eines zu beanstanden: »Diese Nachricht soll jedenfalls die Tektonik der Kontinentalplatten verteidigen, die Sie zu Unrecht infrage gestellt haben (Äquatoria, Seite 92).«

Die Sätze, die er erwähnt und die ich hier zitieren muss, auch wenn es gegen alle Gepflogenheiten verstößt, damit man versteht, worum es geht, schlossen ein Kapitel ab, das 2006 in São Tomé und Príncipe geschrieben wurde, in jenen Zeiten, als ich die beiden Seiten des Ozeans abwechselnd bereiste und an jedem Ufer darüber fluchte, nicht auf der anderen Seite zu sein: »Am Horizont sind die Wogen des Atlantiks schon schwarz wie Asphalt, bis zum gegenüberliegenden Brasilien kommt nichts. Man sieht hier deutlich, dass sich diese Insel nicht auf dem richtigen Längengrad befindet und die Tektonik störanfällig ist. Dass die amerikanische Platte, als sie sich von der afrikanischen löste, die beiden Inseln hätte mitnehmen sollen. Man sollte sie jeden Abend, an dem man auf der Terrasse des märchenhaften Glória Hotels in Rio de Janeiro ein Glas trinkt, gleich hinter dem Zuckerhut sehen.«

»Beim Verfassen dieses Absatzes«, fuhr Jacques Kornprobst fort, »sind Sie einer doppelten Illusion aufgelegen.« Es folgte eine Erläuterung, der man sich nur anschließen kann, sie ist Rimbaudsche Dichtung von reinem Nutzen: »Die Trennung von Afrika und Südamerika begann vor ungefähr hundertvierzig Millionen Jahren (während der Unterkreide); damals gab es die Inseln São Tomé und Príncipe noch nicht, sie konnten also gar nicht mit der amerikanischen Platte verbunden sein. Diese beiden Inseln sind in Wirklichkeit Teil der ›Kamerun-Linie‹ (zu der auch der Kamerunberg und der Krater des Nyos-Sees gehören), die sich im Oligozän, das heißt vor etwa dreißig Millionen Jahren, herauszubilden begann; das älteste auf São Tomé festgestellte Gestein ist rund achtzehn Millionen Jahre alt, aber die Unterwasserbereiche der Insel sind wahrscheinlich etwas älter. In jedem Fall gehören diese beiden Inseln zur afrikanischen Platte und entstanden lange nach dem Auseinanderbrechen der Kontinente. Sie befinden sich absolut auf dem richtigen Längengrad.

Die zuckerhutartigen Reliefformen, die Rio und beispielsweise den Black Peak von São Tomé charakterisieren, haben nicht das Geringste miteinander zu tun: Es ist eine Konvergenz der Formen. Die ersten stehen im Zusammenhang mit jener tropischen Verwitterung, der die (mehr als fünfhundert Millionen Jahre) alten Landmassen ausgesetzt waren, im Allgemeinen gneisartige Granite. Die zweiten sind Formen phonolithischer Intrusionen, im Allgemeinen recht jung, wie man sie aus Atakor, von La Gomera (Kanarische Inseln), aber auch aus Frankreich (die Felsformationen Tuilière und Sanadoire im Massiv der Monts Dore, der Gerbier-de-Jonc) kennt. Der Puy de Dôme (zehntausend Jahre alt), der aus Trachyten besteht, die reicher an Kieselerde sind als die Phonoliten, hat eine ähnliche Form. Die wirklichen Gemeinsamkeiten zwischen Rio und São Tomé sind die tropische Vegetation (aber das ist eine Frage des Breitengrades, nicht des Längengrades) und die portugiesischen Kolonisatoren aus jüngster Vergangenheit.«

Ich hatte über ein Jahr gewartet, um herauszufinden, wer dieser strenge Leser war, erfuhr dann, dass es sich um einen Vulkanologen handelte, den Leiter des Observatoriums für Geophysik von Clermont-Ferrand, ich teilte ihm meinen Wunsch mit, seinen Brief zu zitieren, und wies auf den Zufall hin, dass ich seine Nachricht ausgerechnet in Rio, nicht weit entfernt von jenem Glória Hotel, erhalten habe. Mit meiner ein wenig albernen Behauptung, keine Fiktion zu schreiben, bei einem Fehler ertappt, rechtfertigte ich diese Träumerei ihm gegenüber damit, dass sie mir eher historisch als geografisch erscheine und sich mehr auf künstlerische denn auf geologische Zuschreibungen, auf die portugiesische Sprache, die »Literatura de Cordel« (brasilianische Heftchenliteratur) und das Tchiloli-Theater auf São Tomé beziehe, das seit dem sechzehnten Jahrhundert, also seit dem Zeitalter Montaignes, jedes Jahr ein einziges Stück aufführt, dessen Rollen seit jeher vom Vater auf den Sohn übergehen.

Vielleicht war ich auch von einem Artikel in die Irre geführt worden, demzufolge eine Studie über Trilobiten bewies, dass Teile des alten Europas im amerikanischen Osten und Teile des alten Amerikas im europäischen Westen hängen geblieben waren, dass die Kontinentalverschiebung nach dem Ziehharmonika-Prinzip zu erfolgen schien und dass wir auf diesen driftenden Flößen dahintrieben wie entsetzte Affen oder Eidechsen auf den Blütenteppichen von Wasserhyazinthen, die von der Strömung fortgetragen werden. Vor allem aber war ich durch die Drift der kulturellen Kontinente irregeleitet worden, den Gewohnheiten eines Schriftstellers wie José Eduardo Agualusa beispielsweise, der oft zwischen Luanda in Angola und Olinda in Pernambuco pendelt.

Auf meiner Weiterreise in Richtung Norden nach Recife hatte ich damals in der Pousada São Francisco in einem Vorort von Olinda in der Rua do Sol übernachtet, einer Art Jugendherberge mit einem kleinen Swimmingpool; es tat gut, im warmen Regen und unter dem gelben Hibiskus darin zu planschen, während die heruntergefallenen Blätter auf der Wasseroberfläche tanzten. Zur Zeit der kolonialen Verschiebungen war Recife das niederländische Mauritsstad (»Moritzstadt«), von wo aus das brasilianische Holz exportiert wurde, aus dem die besten Streichbögen hergestellt wurden. Ich beabsichtigte, dort wieder die inzwischen verstorbene Dichterin Lucila Nogueira zu besuchen, deren Vorname für mich immer mit ihrer Stadt verbunden bleiben wird. Täglich spritzten zwei oder drei heftige, kurze Schauer den Staub aus den zu Spiralen verdrehten Stämmen der Philodendren. Wir fuhren in einer Barke die endlosen Mäander des Flusses hinauf, wo das Meer bei jeder Flut den fauligen Schlick und die in den Mangroven und Lagunen angesammelten Abfälle herauswusch, wo Fisch- und Silberreiher vor den Pfahlbau-Hütten der Krabbenfischer professoral zwischen Plastikbechern umherstolzierten.

Als wir eines Abends im obersten Stockwerk eines Gebäudes über dem Meeresboulevard von Boa Viagem zu Abend aßen, von der Fensterfront aus die Phosphoreszenz der hohen Wellen über den Riffen von Recife bewunderten, die aussahen, als würde aus ihrem Inneren eine grüne Flamme leuchten, ein Ozean aus Absinth, und dabei über die arabische Etymologie des Namens Recife sprachen, meinte Lucila, dass diese schwarze und grüne Stadt eine Nacht von Baudelaire'scher Schönheit sei. Sie sagte auch, dass das Gras, das sie in Recife rauchten, das beste der Welt sei, besser als die Hummer, die sie dort fingen. Sie hatte mich zum fünfzigsten Jahrestag der Schriftstellervereinigung von Pernambuco in die alte portugiesische Festung geschleppt. Es waren vor allem Lyriker, aber unzählige, als wären sie aus Spontanzeugung hervorgegangen. Weiter weg, wo einst Lagerhäuser und Geschäfte für Bootszubehör, Tauwerk und Pechfässer, Fischernetze, Motoren und Propeller standen, die zu Luxusgeschäften und sogar zu einer Buchhandlung geworden waren, hatten wir zufällig unseren gemeinsamen Freund Milton Hatoum getroffen, den ich dieses Jahr mit Pierre in Manaus wiederzusehen hoffte.

An diesem Kai geht Cendrars, als diese Geschäfte noch zum Hafen von Recife gehörten, an Bord eines Schiffes. Er kehrt zurück. Aus der Traum von den brasilianischen Ländereien bei Lagoa Santa, Serra do Cipo, die er seinem Sohn vermachen wollte, von den Seen, Wäldern und Buschwäldern, die zu roden, zu bepflanzen und zu umzäunen er sich in einem kalifornischen Delirium à la Johann August Suter vorgestellt hatte. Ebenfalls im Gepäck hat er *Gold – Die fabelhafte Geschichte des Generals Johann August Suter,* er muss sie nur noch niederschreiben, und auch *Moravagine* mit den Blauen Indianern. Seinen Roman »Lampion – ein brasilianischer Bandit« hat er nie geschrieben. Er sitzt bei einem letzten Glas in einer Hafenkneipe, das Schiff liegt vor Anker, er hört das Quietschen der Ankerketten in den Ankerklüsen oder, wenn das Schiff am Kai liegt, die Rufe, die Trossen festzumachen. Er geht an Bord der *Gelria,* eines niederländischen Liniendampfers, der zu den Kanarischen Inseln ablegt, dann nach Cherbourg weiterfährt. Cendrars kehrt mit Affen, Tamarinen und Büschelaffen sowie Vögeln in Käfigen zurück. Letztere sterben bei der Überfahrt oder nach der Ankunft im Pariser Winter. Damals glaubte man noch, dass das Volk der Affen und das der Vögel, dass überhaupt alle Tiere niemals aussterben würden.

Vater & Sohn

*Da ich keinerlei Vertrauen in die staatliche Gerichtsbarkeit hatte,
beschloss ich, selbst Recht zu sprechen, und das heißt,
den Tod meines Vaters zu rächen.*
LAMPIÃO, 1926 in einem Interview mit dem Journalisten
Oracílio Macedo

Auf einem kleinen Markt hatte ich in Begleitung von Lucila und auf ihren Rat hin »Literatura de Cordel« gekauft, kleine schmale Heftchen von wenigen Seiten, darunter einen Text von Francisco Zenio, *Os 50 Anos de Muerte de Lampião*, illustriert mit einem Holzschnitt, der den stilisierten, aber erkennbaren Kopf des Helden zeigt, und ein Ölgemälde auf Leinwand des legendären Banditenpaares Lampião und Maria Bonita, beide mit dem Gewehr in der Hand.

Als er, noch immer ohne einen Sou in der Tasche, aus Brasilien zurückkehrt und nicht einmal seine Ware bei den Vogelhändlern unterbringen kann, unterschreibt Cendrars auf Teufel komm raus Verträge für Bücher, um die Vorschüsse zu kassieren, darunter die für *Equatoria* und *Lampion*. Während er den ersten Titel fallen lässt, den ich für ein Buch über Afrika wieder aufgegriffen habe, hält er am zweiten lange Zeit hartnäckig fest und schreibt noch am 27. August 1938 an seinen Verleger: »Heute Morgen habe ich mich wieder an *Lampion* gesetzt, denn es eilt.« So sehr dann auch wieder nicht. Im Jahr 1953 kündigt er noch die bevorstehende Veröffentlichung von *Lampion le cangaceiro* (»Lampion der Cangaceiro«) mit dem Untertitel *Le démon de l'aventure* (»Der Dämon des Abenteuers«) an.

Dieses Abenteuer spielte im Sertão, in der großen Wüste, dem

Desertão, in jenem Nordosten aus trockenen Ebenen, mit mageren Kühen und lauwarmen Flüssen. Wenn Mato Grosso das große Grasland ist, ein Begriff für Savannen und schneidende Gräser, dann ist der Begriff Sertão eher psychologischer Natur und erinnert an jene wilden und abgelegenen Gebiete, jene verfluchten und halbwüstenartigen Landstriche, von denen wir bei Euclides da Cunha in *Krieg im Sertão*, und bei João Guimarães Rosa in *Grande Sertão* lesen: Felsgeröll, verkümmerte Bäume, Kuhhäute zum Trocknen über den Zäunen. Seit Jahrhunderten sind Tagediebe und Hungerleider in diesen unwirtlichen Gegenden gestrandet, haben sich mit Schwarzen und Indianern vermischt, sind Caboclos geworden.

Fern der Küste, vergessen von der göttlichen Barmherzigkeit und jeder Regierung, hatten diese Männer wieder eine grausame Clan- und Machogesellschaft errichtet: An der Spitze der Viehzucht steht der Fazendeiro, der Züchter, ihm zur Seite der Vaqueiro, der über das Vieh wacht. Letzterer ist von prestigeträchtiger Männlichkeit, der Stierkastrierer, und jeder Bengel möchte lieber so werden wie er als ein Morador, ein Bauer ohne Land und Rechte, ein Landarbeiter, der zum beweglichen Besitz des Züchters gehört. Die Familien sind Rivalen und kämpfen um die Macht. Einer der Patriarchen wird zum »Coronel«, zum örtlichen Machthaber, ernannt oder ernennt sich mit Waffengewalt selbst dazu. Er übt das Recht aus, dem sich der Cangaceiro, der Bandit aus Ehre, der Rächer der Entrechteten, der bewaffnete Arm der Habenichtse widersetzt, wenn es um gestohlene Kühe oder um Frauen, um nicht zurückgezahlte Schulden geht. Die Mörder des Vaters, behauptet der Sohn, hätten am Tisch des Coronel zu Abend gegessen.

Virgulino Ferreira da Silva ist ein gut aussehender junger Mann, schlank und breitschultrig. Seine dunkle Haut eines indianischen

Halbbluts kennzeichnet ihn im damals gültigen, komplexen Vokabular der Rassenunterschiede als »Capvert« oder »Caboclo Moreno«. Er ist groß, ein Meter achtzig, elegant, mit feinen Gesichtszügen und langem schwarzen Haar, das ihm bis auf die Schultern fällt. Er hat ein Auge durch einen Jurema-Dorn verloren, trägt eine runde Intellektuellenbrille, die zu seiner Legende beitragen wird. Laut dieser nahm er am 5. Juli 1920 auf dem Grab seines Vaters den Namen Lampião – Laterne – an: Er ist das Licht, das im ganzen Sertão von Pernambuco leuchten soll.

Er genießt bereits lokalen Ruhm, nachdem er sich einige Jahre zuvor mit mehreren seiner Brüder einer Bande Gesetzloser, einer Cangaçeiro, angeschlossen und den Mord an seinem Vater gerächt hat, als die Bundesarmee, die gegen die »Coluna Prestes« kämpft, Banditengruppen anheuert und zu den sogenannten »Batalhões patrióticos« (patriotische Bataillone) zusammenschließt. Man bewaffnet diese Milizen, tauscht ihre alten Flinten gegen moderne Gewehre und Munitionskisten aus und bietet den Söldnern Rehabilitierung und Amnestie. Lampião wird der Rang eines Hauptmanns zugesagt, er paradiert an der Spitze seiner Männer durch die Stadt Juazeiro. Er wird von der Bevölkerung bejubelt und von den Stadträten empfangen. Die »Coluna Prestes« wird nach Minas Gerais zurückgedrängt. Die Hilfstruppen werden zur Belastung. Man täuscht sie, vergisst ihre Offiziersstreifen. Sie tauchen wieder unter.

Aber Lampião hat Gefallen gefunden am Licht, an der Stadt, auch wenn es sich um Kleinstädte handelt, und am Kino. Während seines kurzen öffentlichen Lebens sieht er *Der Sohn des Scheichs*, ist fasziniert von Rudolph Valentinos prächtiger Ausstaffierung, so sieht sein Held aus. Er will ein Star werden, erfindet sein Image, entwirft extravagante Kostüme für sich. Seine Truppe besteht bald aus hundert Männern, und es kommen immer wieder neue hinzu. Um das Gerücht über ihre Unbesiegbarkeit aufrechtzuerhalten, werden die im Kampf Getöteten niemals zurückgelassen, und ihre Namen gehen auf die neuen Rekruten über. Lampião richtet eine Nachschubverwaltung ein, organisiert den Pferdediebstahl, die Logistik und legt die Strategie der Raubzüge fest. Zum ersten Mal nimmt eine Gruppe von Cangaceiros Frauen auf, Paare bilden sich, Kinder werden geboren. Lampião stellt die Regeln auf und bestimmt die Etikette seines Hofstaats: Gleichheit zwischen Frauen und Männern. Sie alle kommen aus der Viehzüchter-Gesellschaft, in der die Männer, an die lange Wanderschaft mit den Herden auf den Weiden gewöhnt, Wasser schöpfen, Feuer machen, kochen, Kleider nähen und Leder gerben können. Wenn sich die Gelegenheit ergibt, hält er auf Lichtungen und in Höhlenverstecken inmitten seines Volks Hofstaat mit seinem langen glatten Haar, Brillen aus Gold und Schildpatt, einem großen Hut, bestückt mit frommen Medaillen und Goldmünzen, mit Ringen, Diamanten an seinem Schal, einer bestickten und mit Edelsteinen verzierten Weste. Um seinen Hals hängen kleine Beutel mit Gebeten, »orações fortes«. Er nimmt den Platz des Priesters und Königs ein, ist zugleich weltliche und himmlische Autorität und fügt der Plünderung das Handwerk der Entführung mit Lösegeldforderung hinzu.

Die Folhetos (Heftchen) der »Literatura de cordel« machen aus dem berühmtesten brasilianischen Banditen ein quasi legendäres Wesen, zugleich Engel und Teufel, gut und grausam, unmoralisch und heroisch, Ehrenmann und Monster. Auch wenn er ihn nicht erfunden hat, setzt er den Brauch der Kastration von Besiegten fort, der in der Tradition dieser Viehzüchtergesellschaft verwurzelt ist. Die Strafe wird nach der Methode vollzogen, die die Vaqueiros bei Rindern anwenden, gefolgt von der Desinfektion der Wunde mit Holzasche, Salz und Pfeffer. Man lobt seine

Tapferkeit und seine Kampflust und fürchtet die Hexerei, die ihn trotz sieben Schussverletzungen unsterblich macht. In geplünderten Dörfern, heißt es, steigt er vom Pferd, um in der Kirche zu beten, und die Anzahl seiner Opfer soll in einer goldenen Reihe auf dem Kolben seiner Waffe eingraviert sein, die er mit einem Pariser Parfüm reinigt. 1930 lernt er Maria, die Hübsche, Maria Bonita kennen.

Sie ist fröhlich und eine gute Schützin, findet einen Platz im Kreis der Leutnants, die ebenfalls Paare bilden und im Luxus von Emporkömmlingen leben. Wie ihr Anführer tragen sie helle Schlapphüte, die Krempe zum Zweispitz umgeschlagen, sodass sie wie napoleonische Generäle aussehen. Nicht mehr das viele, in den Höhlen versteckte Gold und der viele Schmuck blenden Lampião, es ist der Ruhm, der ihn blind macht. Er lässt den Besuch eines Journalisten, eines Fotografen in seinem Versteck zu, später, 1936, erlaubt er Dreharbeiten zu einem Dokumentarfilm. Die Firma Zeiss, die das Vorhaben sponsert, schenkt ihm eine Brille, die besser an seine Sehschwäche angepasst ist. Er ist der erste Bandit mit Werbevertrag. Hüpfende Bilder zeigen seine Männer, die zum Spaß Angriff spielen wie Gören und durch ausgetrocknete Kakteen- und Dornbuschlandschaften reiten. Maria schwingt lächelnd die Pistole, während Lampião vor einer Singer-Nähmaschine sitzt. Dank dem Kino verbreitet sich sein Ruhm in ganz Brasilien. Er wird totgesagt und erscheint in allen Kinosälen. Er ist Rudolph Valentino. Er hat die Hauptdarstellerin verführt.

Die beiden zeugten ein Mädchen, liebten sich leidenschaftlich bis zum Tod.

1937, ein Jahr nach den Dreharbeiten des Films, der möglicherweise ihren Untergang beförderte, kann Getúlio Vargas, der den Estado Novo gründet, um die Autorität des Bundesstaats auf dem gesamten brasilianischen Territorium durchzusetzen, den Cangaço nicht länger tolerieren. Er will dem prächtigen Paar, das ihn verspottet, ein Ende bereiten. Die Horde wird gejagt. Seit Langem sind Belohnungen auf ihre Köpfe ausgesetzt, fünfzig »Contos de reis« (fünfzigtausend brasilianische Real), was ein hübsches Sümmchen gewesen sein muss, vor allem aber beflügeln Lampiãos Schätze die Fantasie und schaffen Verräter. Am 28. Juli 1938 wird eine Höhle umzingelt, darin sind elf Männer und Frauen, die Höhle des engsten Zirkels. Man überzieht sie mit Feuersalven. Die Cangaceiros werden von den Soldaten enthauptet, doch nicht von echten Soldaten, sondern von anderen Rinderhirten aus dem Sertão, die zwangsrekrutiert worden waren. Einer von ihnen erinnert sich später, sein Kollege Santo habe »Lampião den Kopf abgeschnitten und mir dann das große Messer geliehen, damit ich Maria Bonita, Marcela und Alecrim den Kopf abschnitt. Dann hoben wir ihren Rock mit dem Gewehrlauf an, um ihre Unterhose zu sehen, die rot war.« Sie stehlen das viele Gold und den Schmuck, machen sich aus dem Staub, überlassen der Bundesarmee nur die abgetrennten Köpfe.

Diese Trophäen werden nach Piranhas und dann nach Sant'Ana do Ipanema gebracht, wo man sie auf einem Treppchen der Presse und der Öffentlichkeit vorführt; anschließend taucht man sie in Formalin. Vielleicht ist diese Agonie ihr Triumph. Lampião ist eine internationale Berühmtheit. Am 31. Juli, drei Tage später, bittet das Kaiser-Wilhelm-Institut in Berlin, von Hitler mit phrenologischen Studien über Kriminelle beauftragt, Getúlio Vargas im Namen der wissenschaftlichen Zusammenarbeit zwischen Brasilien und Nazideutschland um den Schädel von Lampião. Während Vargas zwei Jahre zuvor Olga Benário, die Frau von Luís Prestes, noch ausgeliefert hatte, die 1942 in der Gaskammer starb, will er die abgetrennten Köpfe der Cangaceiros nun als nationale Reliquien behalten. Am Nina-

Rodrigues-Institut in Salvador de Bahia werden sie mumifiziert und bis 1969 für die neugierige Öffentlichkeit zur Schau gestellt.

Trotz dieser makabren Zurschaustellung – und weil die Schädel vor ihrer Konservierung noch lange Zeit in der Sonne gelegen hatten und ihnen nicht mehr sehr ähnlich waren – wird man weiter angst- oder hoffnungsvoll auf die Rückkehr von Lampião warten. Viele Gedichte und Lieder aus der »Literatura de cordel«, die von den Straßenhändlern inmitten von Kurzwaren, Geschirr und Rosenkränzen über die Landstriche verbreitet werden, nähren die volkstümliche Legende. In der Literatur wird der Held noch lange weiterleben. Vielleicht, weil sie vom technischen Standpunkt aus einfach nicht machbar erscheint, hat man die Szene, die João Ubaldo Ribeiro in seinem 1971 erschienenen Roman *Sargento Getúlio* schildert und die einen Höhepunkt der Barbarei darstellt, noch nie verfilmt. Sie zeigt eine Zwickmühle, in die man möglichst nie geraten möchte: Nachdem die Cangaceiros die Residenz eines Fazendeiro geplündert und in Brand gesteckt haben, platzieren sie diesen, bevor sie sich aus dem Staub machen, vor seinem Schreibtisch, die Hoden in einer Schublade eingeklemmt, die sie abschließen. Dann werfen sie den Schlüssel weg, legen ein Messer vor ihn und lassen dem Opfer die Wahl, sich zu entmannen oder zu verkohlen.

Weil das Elend sie vor die entsetzliche Wahl gestellt hatte, entweder hier zu sterben oder trotzdem zu sterben, aber weiter weg, waren Männer vor und nach dem Treiben Lampiãos jahrzehntelang aus diesem trockenen und brutalen Sertão geflohen, um ihr Glück noch weiter im Norden zu versuchen, am großen Fluss. Seit Langem und ohne die Orte je besucht zu haben, zu denen wir jetzt schipperten, beschäftigte mich der Amazonas-Fluch der Seringueiros, der Kautschukzapfer, die verstreut im Wald lebten, wo die Hoffnung auf Überleben gering war. Von den zumeist alleinstehenden Männern, die den Traum aller Auswanderer von der unwahrscheinlichen Rückkehr mit vollen Taschen träumten, starben viele, oft schon auf dem Weg dorthin. Nach dem Goldrausch und dem Kaffeewahn waren wir jetzt dem Kautschukfieber auf der Spur.

Von Grund auf Gummi

Schon die ersten Spanier um Hernán Cortés in Mexiko hatten Spaß an den springenden und formbeständigen Bällen der Azteken und füllten damit ihre Chroniken und ihr Gepäck, aber man musste die Ankunft der ersten Aufklärer in der Neuen Welt abwarten, um mehr darüber zu erfahren. Die Expedition von Charles-Marie de La Condamine verlässt La Rochelle in Richtung Quito, sie soll ein Viertel des Erdmeridians in Höhe des Äquators vermessen, in jenem Land, das sehr viel später nach dieser Linie benannt wurde. Abgesehen von seinen geodätischen Aufzeichnungen lesen wir in einem Bericht aus dem Jahre 1736: »In der Provinz Esmeraldas wächst ein Baum, der von den Einheimischen Heve genannt wird. Durch einen einzigen Schnitt fließt aus ihm eine weiße Lauge wie Milch, die an der Luft allmählich aushärtet und schwarz wird ... Derselbe Baum wächst angeblich am Ufer des Amazonas. Die Maipa-Indianer nennen das Harz, das sie ihm entnehmen, Cahuchu, was ›Kautschuk‹ ausgesprochen wird und ›Baumtränen‹ bedeutet.«

Man beginnt, aus dem neuen, tränenartigen Material Klistierspritzen, wasserdichte Stiefel und Regenmäntel herzustellen. In der Hoffnung auf gute Ernte dringen die ersten brasilianischen

Seringueiros von Belém aus flussaufwärts weiter in den Wald vor, aber es ist immer noch ein Pionierhandwerk, das Produkt ist unzuverlässig, häufig verdirbt es und stinkt. 1839 wird das Leben des Kautschukbaums, des gesamten Amazonasbeckens und damit auch der Indianer durch Charles Goodyears Erfindung der Vulkanisation erschüttert. Er hat davon nichts mehr erfahren, aber im selben Jahr, als er ruiniert stirbt, hinterlegt Étienne Lenoir 1860 in Paris das Patent für den ersten Verbrennungsmotor. Doch vom Kolben bis zum Reifen ist es noch ein langer Weg.

Die Goodyears sind geniale Erfinder. Einige Jahre zuvor war es Charles' Bruder Nelson gelungen, durch Erhitzen des Kautschuks mit geschmolzenem Schwefel ein Material zu gewinnen, das so hart und schwarz wie Ebenholz war. Lewis Waterman bringt den ersten Füllfederhalter mit einem Tintenbehälter aus Ebonit auf den Markt und verwandelt damit das Leben der Dichter. Die Verwendung des magischen Harzes wird immer vielfältiger. Es ist die zweite industrielle Revolution. Europäische Nationen schicken ihre Prospektoren in den Wald, rationalisieren die Produktion und vor allem den Export, bauen Flusshäfen, ziehen Eisenbahnlinien und lassen von ihren Werften Dampfschiffe zu Wasser. Die lokalen Mächte fühlen sich ausgebootet, fordern ihren Anteil am Kuchen.

1867 sollte der Vertrag von Ayacucho die Grenzen zwischen Brasilien, Bolivien, Peru und Kolumbien im Amazonasgebiet festlegen. Er verhindert den Ausbruch des Kautschukkriegs am Ende des Jahrhunderts nicht, denn die Nachfrage explodiert regelrecht, und an den Börsen geht es um gigantische Vermögen. 1891 erfindet Edouard Michelin den Fahrradreifen, im Todesjahr des Dichters aus Charleville, weshalb wir nie Fotos von Rimbaud auf einem Fahrrad sehen werden. Drei Jahre später, 1894, passt Michelin seine Erfindung an das Automobil an, und Alexandre Yersin, der als Erster ein Automobil, einen Serpollet, nach Asien importieren lässt, entdeckt in Hongkong den Pestbazillus, wendet sich aber bald danach dem Anbau und der Akklimatisierung von Gummibäumen in Indochina zu.

Zur selben Zeit und auf dem Höhepunkt ihres Ruhms wetteifern die Kautschukbarone Carlos Fitzcarrald, Antonio Vaca Diez und Julio César Arana um Luxus und Prunk. Manaus, ein abgelegenes Dorf in der Mitte des Kontinents, wird zur reichsten Stadt der Welt. 1896 wird das Amazonas-Theater eingeweiht. Die mit Gummi überzogenen Pflastersteine auf dem Vorplatz dämpfen den Lärm der Fiaker während der Opernaufführungen. Noch hängt der Ertrag allerdings von Zufällen ab, man braucht Tausende von Zapfern, um die in den Wäldern verstreuten wilden Kautschukbäume ausfindig zu machen, die Stämme einzuritzen und die Sammelgefäße anzubringen. Je mehr Bäume man bis zum letzten Tropfen ausblutet, umso weiter muss man in den Dschungel vordringen und die Nebenflüsse von den Nebenflüssen der Nebenflüsse bis zu den Indianern hinaufgehen, die versklavt werden und sich manchmal rächen. In den Sammellagern drehen von Angst und Malaria gepeinigte Männer große Kautschukballen auf Spießen über offenem Feuer, um sie zu räuchern und auszuhärten. Sie werden in Pirogen auf den Nebenflüssen der Nebenflüsse bis zum ersten Dampfer gebracht und auf den Kais von Manaus entladen, wo ihr Preis schon das Hundertfache beträgt. Die Barone zählen die Geldscheine und kehren in die Oper zurück. Derweil tickt in Asien eine Zeitbombe. So lange, wie die Bäume wachsen. Die Barone ahnen noch nichts davon. Es wird sie ruinieren.

Weiter nördlich herrscht 1860, sechs Jahre nach der Hinrichtung des Abenteurers William Walker, der Mittelamerika in Brand gesteckt hatte, wieder Frieden. Ein zwanzigjähriger Engländer kommt nach Nicaragua, lässt sich bei den Miskitos nieder und sammelt dort seltene Vogelfedern für Londoner Modeschöpfer und Hutmacher. Dann reist Henry Wickham zum Orinoko hinunter, lernt, Kautschuk zu zapfen, schreibt Reiseberichte. Er träumt davon, der Entdecker neuer Flüsse zu sein, doch es gibt nichts mehr zu entdecken. Er kommt nach Belém, dann nach Santarém, an der Mündung des Rio Tapajós in den Amazonas.

Anstatt wie alle anderen Gummi zu exportieren, zumal er nicht über das Kapital zu einer Unternehmensgründung verfügt, verfolgt er die Idee, Indianer in den Wald zu schicken, um *Hevea brasiliensis*-Samen zu sammeln, und lädt fast eine Tonne davon heimlich in den Laderaum des Frachters *Amazonas*, der nach Liverpool ausläuft. Man lässt die Samen in einem beheizten Gewächshaus keimen und schickt die Pflanzen nach Ceylon, Malaysia, Singapur, wo vorbereitete Felder sie reihenweise aufnehmen. Es ist das Jahr 1876. Wickham kehrt zurück ins heutige Belize, damals Britisch-Honduras, versucht sein Glück mit Bananenplantagen, während in Asien die Gummibäume wachsen; später kauft er eine einsame Insel in Neuguinea und pflanzt Kokospalmen an. In Asien sind die Bäume stattlich geworden und beginnen, Latex zu liefern. Plötzlich überschwemmt der Kautschuk aus den Plantagen der Engländer und Holländer den Markt. Der Pasteur-Schüler Yersin beliefert Michelin mit dem Gummi aus Indochina. In Brasilien brechen die Preise ein, Manaus ist bankrott. Die aufgegebenen Dörfer fallen wieder dem Wald anheim, die Dampfer rosten am Kai, die schwarzen Lokomotiven werden vom smaragdgrünen Dschungel verschlungen. Auf seiner fernen Insel beansprucht Wickham, in Vergessenheit geraten, den Jahrhundertraub für sich.

Nach dem Ersten Weltkrieg und dem Aufschwung der Automobil- und Luftfahrtindustrie konkurrieren der US-Imperialismus und der europäische Kolonialismus. Henry Ford kauft 1927 nach erfolglosen Versuchen auf heimatlichem Territorium mehr als eine Million Hektar Land unweit von Santarém in Itaituba am Rio Tapajós. Er gründet die *Companhia Ford Industrial do Brasil* und Fordlândia, einen Staat im Staat mit eigener Verwaltung und Gerichtsbarkeit. Doch hier widersteht der Kautschukbaum der Reihenkultur. Die Plantagen, Millionen von Bäumen, werden von Parasiten befallen. Fünfzig Jahre nach Wickham geht die Reise zurück: Veredelte und widerstandsfähige, vom Goodyear Estate in Sumatra gekaufte Hevea-Pflanzen werden auf Schiffe verladen, durchqueren den Indischen Ozean, den Suezkanal, das Mittelmeer und dann den Atlantik, fahren den Amazonas hinauf bis nach Santarém, dann den Rio Tapajós hinauf. Andere Schiffsladungen, die den Handelsströmen folgen, überqueren den Pazifik und nehmen den Panamakanal. Diese Bäume sind höchst ertragreich, als Japan die europäischen Plantagen in Asien besetzt, und die Alliierten sehen, wie ihre Lieferquellen versiegen. Nach Pearl Harbor treten die USA in den Krieg ein und gründen die *Rubber Development Corporation*, die sich in Brasilien ansiedelt. Getúlio Vargas, der sich bereits geweigert hatte, Lampiãos Kopf nach Deutschland zu schicken, sieht das Manna kommen, bricht die Beziehungen zu den Achsenmächten ab.

Da er für die Bereitstellung der Arbeitskräfte zuständig ist, gründet Vargas den *Servicio Especial de Mobilização de Trabalhadores para a Amazônia*. Im ganzen Land werden Rekrutierungsbüros eröffnet. Fünfzigtausend patriotische Seringuieros werden zu Kautschuksoldaten befördert. Die *Rubber Development Corporation* zahlt pro Person hundert Dollar und organisiert den Schiffstransport an die Grenzen Amazoniens. Die Indianer sind hilflose Zeugen einer neuen Zuwanderungswelle. Ein Seringuiero muss sich zwei Jahre verpflichten. So lange überleben viele nicht. Die Lebensbedingungen entsprechen denen eines Konzentrationslagers, Zwangsarbeit im heißen Dschungelregen, verdorbenes Essen, Malaria, keine medizinische Versorgung, nicht genug Chinin. Das Kontingent an Kautschuksoldaten erleidet mehr Verluste als das brasilianische Expeditionskorps, das 1944 mit den Alliierten am Italienfeldzug teilnimmt.

Russland, das nach der Revolution isoliert war, und Deutschland, das seine afrikanischen Kolonien verloren hatte, entwickelten als erste Länder eine industrielle Produktion des von Fritz Hofmann erfundenen synthetischen Kautschuks. Nach dem Krieg gründete Frankreich 1950 angesichts der ersten antikolonialen Aufstände die *Société d'étude du Caoutchouc Synthétique à base d'alcool* (»Forschungsgesellschaft für alkoholbasierten synthetischen Kautschuk«). Sie gerät in einen Interessenskonflikt mit den Pflanzern in Indochina, der sich vier Jahre später entscheidet, als Frankreich die Schlacht um Điên Biên Phú verliert. Michelin produziert synthetischen Kautschuk in Frankreich und Indonesien, besitzt aber immer noch Tausende Hektar Land im Amazonasgebiet.

Und wie in allen Bereichen beutet nun China, zur führenden Weltmacht geworden, die Rohstoffe aus. Im Norden von Laos, den ich 2010 bereiste, um über das Leben von Auguste Pavie zu schreiben, dem Entdecker, der Ende des neunzehnten Jahrhunderts in jener Weltgegend die Landesgrenzen zwischen Frankreich, England und China ausgehandelt hatte, besuchte ich in der Nähe von Muang Sing laotische Pflanzer, die gezwungen waren, Heveapflanzen von der chinesischen Firma Gao Shen zu erwerben und den geernteten Gummi an dieselbe Firma zu einem von ihr festgelegten Preis zu verkaufen, mit Händen und Füßen an das vom kommunistischen Regime errichtete Kolonialsystem gefesselt.

Aufgrund des gedanklichen Zusammenhangs erscheint es mir seither sinnvoll, eines Tages das Leben des bretonischen Forschers Auguste Pavie und des Brasilianers Cândido Rondon parallel zu erzählen.

In Santarém

Gut tausend Kilometer von Belém und dem Atlantik entfernt kann man auf einem kleinen Platz oberhalb des London Hotels auf einer Bank vor einem Geländer sitzen und von dort aus den Zusammenfluss des Rio Tapajós und des Amazonas bewundern, verschiedenfarbige Ströme, die sich nicht vermischen, mit deutlicher Grenze zwischen dem Graublau des ersten und dem Havannagelb des schlammigen zweiten. Von dieser wie mit der Schnur gezogenen Linie in der Mitte des Flusses, wie in Khartum beim Zusammenfluss des blauen und des weißen Nil, die sich auch nicht mischen, hatte ich gelesen, aber es ist immer aufmunternd, das Angelesene zu überprüfen und selbst in Augenschein zu nehmen.

Diese Linie übt wie alle Grenzen eine Faszination aus, und so, wie man auf der fiktiven Äquatorlinie Lust bekommt, einen Fuß in jede Hemisphäre zu setzen, würde man hier, an der Grenze der beiden Gewässer, nur allzu gerne schwimmen und sich dabei das Aufeinandertreffen der Tierarten in einem der Flüsse vorstellen, die Populationen des Rio Tapajós, der aus dem Süden heraufkommend selbst über viele Hundert Kilometer Dutzende von Flüssen eingesammelt hat, seine Fische, Weichtiere, Algen und Delfine, die sich hier mit der von den Anden herabgeströmten Amazonasfauna vermischen und neue Futtergründe vorfinden, die unvermeidlichen Revierkämpfe, die Räuber, die zur Beute werden, und wie sie alle allmählich stromabwärts gleiten, sich an das durch das Spiel der Gezeiten immer salzigere Wasser anpassen. Es ist schon vorgekommen, dass ein Wal sich hierher verirrt hat und gestorben ist, ein kleiner männlicher Wal von fünf Tonnen, der am 14. November 2007 im Rio Tapajós gesichtet wurde und der am 20. November, tausend Kilometer entfernt vom Meer und auch vom Krill, an Erschöpfung starb, wie man im kleinen Stadtmuseum von Santarém erfährt, wenn man traurig und nachdenklich vor seinem Skelett steht.

Bis dahin waren wir ausgeglichen und friedlich. An Land machte sich Pierre auf zu seinen Foto-Streifzügen, kaufte Gewürze und Tabak, suchte nach einem Schreibwarenladen und einer Post, um seiner Liebsten einen Brief zu schicken. Gemeinsam gingen wir zur Fischauktionshalle, wo Kinder sich damit vergnügten, rosa Amazonasdelfine aus dem Wasser springen zu lassen, indem sie an Schnüren befestigte Fische vor ihren langen Schnauzen schwenkten. In der Ferne sah man den Containerhafen, die mit Mais und Sojabohnen gefüllten Cargill-Frachter und -Silos, dieselben wie im Hafen von Saint-Nazaire, die Pierre zu zeichnen begonnen hatte. Ich kehrte zu meiner Bank am Rande des Platzes zurück, der zu Recht *Mirante Do Tapajós* (Aussicht auf den Tapajós) heißt.

Aus Gewohnheit schrieb ich in mein Notizbuch, dass zwischen meinen Schuhen eine stolze Kolonne Ameisen durchmarschierte, die beachtliche Lasten an Blättern und Samen trugen. Auf dem Geländer hockten kleine Vögel, spatzengroß und zitronengelb, Zwergsafranammern mit orangefarbener Stirn. Weiter weg dösten schwarze Geier auf den Dächern und Leguane auf den Mauern wie Katzen in der Sonne. Santarém ist eine verschlafene Stadt. Alles ging einen Gang langsamer. Die große Trägheit der Schwüle. Anfang Mai war noch Regenzeit, die Hochwasser-Periode, und am Himmel eine unendliche Vielfalt von Wolken jeder Art und jeden Namens in sämtlichen Grau-, Blau- und Weißtönen, in großen Fetzen, die sich überlappten und schlagartig schwarz wurden. Es goss in Strömen. Die Straßen waren überflutet.

Beim Abendessen kamen wir manchmal auf die Vater-und-Sohn-Geschichten zurück, in die ich eine Ordnung zu bringen begann, aber ich konnte nicht schreiben, ohne ihre Orte zu sehen. Die von Percy & Jack Fawcett, von Edgar & Raymond Maufrais, von Theodore & Kermit Roosevelt. Wir überlegten, was das Beste und was das Schlimmste in diesen merkwürdigen Vater-Sohn-Beziehungen war. Das Schlimmste war die Erbschaft, eine Quelle von Ungerechtigkeit, die Pierre und ich als Erstes abschaffen würden, sollten wir je an die Macht kommen, und das Beste war das faszinierende Spiel der Ähnlichkeiten und Unterschiede im Gesichtsausdruck, in der Klangfarbe der Stimme, denn bekanntlich fällt der Apfel nicht weit vom Stamm.

Da ich erlebt hatte, wie mein Vater alt wurde, schien es mir nicht so überraschend, dass ein Sohn Zeuge des schleichenden Verfalls seines Vaters und dessen zunehmender Gebrechlichkeit wurde. Als würde sich etwas wie durch kommunizierende Röhren von einem zum anderen übertragen. Und mir fiel ein, dass sich manche, die dieses traurige Schauspiel nicht miterleben konnten, Henry Morton Stanley oder Alexandre Yersin, unübertreffliche Ersatzväter ausgewählt hatten, der eine David Livingstone, der andere Louis Pasteur, die sie zu unmenschlichen Symbolen gemacht hatten, und dass sie selbst nie Väter geworden waren.

Ein bolivianischer Waisenjunge

Von ihm heißt es, er habe seinen Vater nie gekannt und sei sehr hässlich auf die Welt gekommen, habe jedoch von seiner enormen Muskelkraft profitiert, in den Kämpfen körperlichen Mut bewiesen und in der Armee alle Ränge vom einfachen Soldaten bis zum General durchlaufen.

José Mariano Melgarejo verrät und korrumpiert, ist aber auch ein Verführer. Aufgrund einer seltsamen Neigung, die nur sie selbst verstehen, finden Frauen Gefallen an Monstern, sind ihre Rettung. Als er nach seinem ersten, gescheiterten Putschversuch gegen Manuel Isidoro Belzú im Gefängnis von Cochabamba darauf wartet, erschossen zu werden, setzen sich Frauen aus der High Society beim Präsidenten für ihn ein, verweisen auf seinen Alkoholismus, der ihn ein wenig aufrührerisch gemacht habe, im Grunde sei er jedoch ein guter Kerl, und wahrscheinlich ist er auch ein guter Liebhaber. Der Präsident begnadigt ihn, warnt jedoch, sie würden es eines Tages vielleicht bereuen. Er schickt den General weit weg zu einer Garnison an der Grenze. Es hilft nichts. Er wird es selbst bereuen. Zurück in La Paz und unter dem Vorwand eines Treffens zur Versöhnung tötet Melgarejo Belzú mit einer Pistole, zeigt dem Volk seinen Leichnam vom Balkon des Palasts aus und setzt sich auf dessen Stuhl.

Man weiß, er ist launisch und grausam, aber auch in der Lage, sich zu erbarmen und zu weinen, wenn er betrunken ist. Er empfängt eine junge Frau, die ihrerseits um die Begnadigung ihres zum Tod verurteilten Bruders Aurelio bittet. Er findet Gefallen an Juana Sánchez, setzt sie für drei Tage im Palast fest, macht sie zu seiner Geliebten, begnadigt den Bruder, ernennt ihn zu seinem Berater. Was auch immer Juana davon gehalten haben mag, die wie er ziemlich schnell dem Pisco verfallen sein soll, das teuflische Paar veranstaltet Orgien, er zwingt sie, nackt vor seinem Generalstab zu tanzen, vielleicht um die jungen Offiziere dazu anzuregen, ihm nachzueifern. Der Diktator ist zwar Analphabet, Alkoholiker und blutrünstig, aber frankophil: Als er im Juli 1870 von der preußischen Invasion erfährt, will er Paris retten, die Stadt der Eleganz und der guten Manieren, findet sie aber nicht auf der Landkarte. Sein Stab warnt ihn. Paris ist weit weg. Er antwortet: »¡Tomaremos un atajo!« – »Dann nehmen wir eine Abkürzung!« Dreitausend Männer dringen im brasilianischen Amazonas-Dschungel Richtung Atlantik vor. Er will nicht an die Kapitulation von Sedan glauben – das ist nicht die feine Art –, befiehlt erst im November die Umkehr, als er mitbekommt, dass das nach Kautschuk gierige England in seinem Rücken den Aufstand schürt und nicht einmal mehr die Existenz Boliviens anerkennt.

Der Generalpräsident versucht, sich zu verteidigen, führt einige Schlachten. Im Januar 1871 wird er gestürzt. Ruiniert flieht er allein nach Chile und erfährt nach einigen Monaten im Exil, dass Juana Sánchez jetzt in der peruanischen Hauptstadt Lima lebt, wo sie das Vermögen des bolivianischen Volkes, um nicht zu sagen, sein Vermögen verprasst. Er reist nach Lima, heult unter ihrem Fenster, sie weigert sich, ihn zu empfangen. Auf dem Bürgersteig schleicht sich ihr Bruder Aurelio an und tötet ihn mit einer Pistole. Melgarejo, der Mörder Belzús, der ihn begnadigt hatte, stirbt ermordet von Juanas Bruder, den er begnadigt hat.

Diese Männer, die Pascals Rat nicht befolgten, ruhig in einem Zimmer zu bleiben, starben für die Geschichten, die wir über sie schreiben können. All die Abenteuer der vom Geklingel ihrer Tapferkeitsmedaillen vorwärtsgetriebenen Caudillos und Generäle liest man bei dem kolumbianischen Schriftsteller Alfredo Iriarte, der die Geschichten der ubuesken Tyrannen nach dem Vorbild der Lebensgeschichten von Marcel Schwob oder Plutarch versammelt hat. Sehr unterhaltsam. Überall im Amazonasgebiet gibt es damals unzählige Scharmützel. Den Ayacucho-Grenzvertrag beachtet niemand mehr. Es herrscht nur noch Unordnung. Bald Krieg. Schlecht fürs Geschäft.

Vater & Sohn

Nachdem die pragmatischen Engländer Öl ins Feuer gegossen haben, bieten sie an, die Dinge in die Hand zu nehmen. In der britischen Armee mangelt es nicht an Geografen unter den Offizieren. Percy Fawcett war als junger Soldat in Ceylon. 1901 in Malta stationiert, wird er in Kartografie und Spionage ausgebildet. Wie Lawrence führte er einige Geheimdienstoperationen im Nahen Osten durch. Man bereitet die Zerstückelung des Osmanischen Reichs vor, das man allerdings mit den Franzosen teilen muss. Unter dem Deckmantel friedlicher Forschung der Royal Geographical Society wird Fawcett 1906 nach Bolivien gesandt, wo sich die Lage seit Melgarejo und seinen Possen nicht verbessert hat.

Auf brasilianischer Seite ist Cândido Rondon bereits am Werk und zieht seine Telegrafenleitung. Acht Jahre lang bereist Fawcett an der Spitze eines kleinen Teams die Gegend, schläft in einem Zelt inmitten seiner Landvermesser-Ausrüstung und führt orografische Messungen durch, um zwischen Brasilien und Peru in der Region Acre, die sich kurzzeitig abgespalten und zum unabhängigen Staat erklärt hat, die natürlichen Grenzen aus Wasserläufen und Hügeln zu bestimmen. Er ist auch 1911 in der Gegend, als Hiram Bingham über dem Río Urubamba die Ruinen von Machu Picchu entdeckt, vielmehr wiederentdeckt. Gold und vergessene Städte sind weitaus aufregender als Gummi, dessen Börsenkurs einbricht. Es schlummern noch Geheimnisse am Ende dieser Flüsse, die er in einer Piroge hinabfährt. Er befragt die Indianer, die daraufhin oft die Arme zum Horizont ausstrecken, um die Eindringlinge loszuwerden. Als er sich 1914 wieder der Armee anschließt, hat er noch immer nichts entdeckt.

Während Lawrence von Arabien auf der Arabischen Halbinsel die Araber aufwiegelt, dient Fawcett, jetzt Oberst, an der Somme und träumt im Hagel der Geschosse weiter von den versunkenen Welten, die ihn im Dschungel erwarten.

Ins zivile Leben zurückgekehrt, lässt er sich 1920 auf eigene Faust in Rio nieder, nimmt seine Karten wieder zur Hand, studiert andere Kartografen, arbeitet in Archiven über den Chroniken der ersten Reisenden, sammelt Hinweise. Die Suche nach verlorenen Zivilisationen ist in Mode: 1900 hat man auf Kreta den Palast von Knossos entdeckt, 1922 in Ägypten das Grab von Tutanchamun. Fawcett ist überzeugend. Er überredet die Royal Geographical Society, seine Forschungen zu unterstützen, verkauft die Rechte an seinen künftigen Reiseberichten an eine Pressegruppe, die *North American Newspaper Alliance,* rekrutiert Führer, kauft Pferde, Waffen und Macheten. Vor allem überzeugt er seinen Sohn Jack, ihn zu begleiten.

Der Sohn setzt durch, dass ein gleichaltriger Freund sie begleitet. Abends im Biwak erzählen sie sich vielleicht von der Großartigkeit der Inkas von Machu Picchu, von der Pracht Angkor Wats, entdeckt von Henri Mouhot, von den lange verborgenen

Azteken- und Mayapyramiden. Der Sohn ist zweiundzwanzig. Wir werden nie erfahren, was er vom verrückten Unternehmen seines Vaters hielt. Nie einen Bericht von ihm lesen. Die letzten Worte wurden vom Vater geschrieben. Eine Botschaft, die so kurz ist, dass sie die Fantasie beflügelt, erreicht am 30. Mai 1925 die *North American Newspaper Alliance*: »Unsere beiden Führer begleiten uns nicht weiter. Sie werden immer nervöser, je tiefer wir in das Indianer-Gebiet vordringen.«

Es sind die beiden Feiglinge, die das für sie unleserliche Stück Papier zurückgebracht haben. Zumindest retten sie ihre Haut. Seit Veröffentlichung der Meldung vergeht keine Woche, ohne dass die Zeitungen die Geschichte neu aufwärmen und sich an wilden Spekulationen überbieten. Wurden Fawcett und sein Sohn von Wilden gefangen? Hat man sie verspeist? Haben sie ein Eldorado entdeckt, aus dem sie nicht mehr zurückkehren wollen? Werden die drei Engländer im tiefen Wald jetzt als weiße Gottheiten verehrt? Man will Gewissheit. Den Engländern fällt die Saga von Stanley ein, dem jungen Journalisten, den der *New York Herald* nach Zentralafrika geschickt hatte, um nach den Spuren von Livingstone zu suchen, von dem man drei Jahre nichts mehr gehört hatte, und der ihn in Ujiji am Ufer des Tanganjikasees fand.

1928 kommt eine Suchexpedition nach Brasilien, die Voltaire-Expedition, benannt nach dem Schiff, das sie befördert. George Dyott reist nach Mato Grosso, trifft die eher kooperativen Kalapalo-Indianer, findet in ihren Dörfern einige persönliche Gegenstände von Fawcett, die die Indianer kunsthandwerklich verarbeitet haben. Sie erinnern sich an einen störrischen, unnachgiebigen Mann, der einen Teil seiner Ausrüstung bei ihnen zurückgelassen habe, um trotz der extremen Schwäche seiner jungen Begleiter, die beide an den Beinen verletzt waren, weiterzuziehen. Angeblich beobachteten sie, wie sich die Rauchsäulen allmählich entfernt hätten, sechs Feuer, dann nichts mehr. Eine Woche später sollen sie gestorben sein. Aber die Christen wollen Gräber, Kreuze, Knochen sehen. Die Indianer zeigen auf den Horizont, schicken die Expedition weiter und wälzen die Verantwortung für die mutmaßliche Ermordung auf entferntere Stämme ab.

Dabei hätte es bleiben können. Aber seit Ende der Zwanzigerjahre und der Krise von 1929 beherrschen trübe Nachrichten die Presse, die Zeitungen sind voller Selbstmorde von Sparern, im faschistischen Italien werden die Freiheitsrechte immer stärker beschränkt, in Russland herrscht Hunger, in Frankreich ebenso wie in Deutschland steht die extreme Rechte vor der Machtübernahme. Ein kleiner Artikel über das Geheimnis von Fawcett sorgt da von Zeit zu Zeit für etwas Abwechslung und Exotik. Und wenn Vater und Sohn seit ihrem Verschwinden wie Nabobs in einer idyllischen Landschaft lebten? Vier Jahre nach der Voltaire-Expedition erscheint eine Anzeige in der Londoner *Times*. Eine Gruppe von Gentlemen sucht nach anderen Gentlemen, die sich ihnen anschließen möchten, um nach Fawcett und seinem Sohn zu suchen.

Dieses Mal erinnert das Unternehmen eher an Stanleys zweite Expedition zur Rettung des in Äquatoria verschollenen Emin Pascha. Die Ehre, den Autor von *How I found Livingstone* zu begleiten, war mehr oder weniger versteigert worden. Manche Begleiter wie James Jameson, der Erbe des gleichnamigen Whiskys, hatten ein Vermögen ausgegeben, um im kongolesischen Dschungel zu sterben. Ein junger Reporter liest die Anzeige. Er ist in Pressekreisen schon ein wenig bekannt. Obwohl er aus guter Familie stammt, kann er sich nicht an den Kosten beteiligen und schließt eine Vereinbarung mit der Redaktion der *Times*, die ihn mit einem Geheimcode, Othello, ausstattet, damit er verschlüsselte Nachrichten an sie schicken kann. Man weiß ja nie. Er wird der Stanley dieser Expedition sein.

Mit dem bemerkenswerten Unterschied, dass Peter Fleming weder Erfahrung mit solchen Abenteuern noch irgendeinen Einfluss auf die Expedition hat. Er gewinnt seinen Freund Roger, wie er ein Eton-Absolvent, zum Begleiter. Das Unternehmen beginnt unter schlechten Vorzeichen. Die Gruppe der Gentlemen-Jäger führt ein Waffenarsenal mit sich, über das man sich wundern kann, und das tun auch die brasilianischen Zöllner, als auf den Kais von Rio zahllose Waffen aller Kaliber entladen werden, Karabiner, Revolver, Gewehre, Munitionskisten, Granaten und sogar eine Kanone, als würde die Expedition Lord Kitchener nach Omdurman begleiten, um die Truppen des Mahdi zu vernichten.

Cândido Rondon, der als Chef des *Serviço de Proteção aos Indios* für den Schutz der Indianer zuständig ist, lehnt die Operation ab. Nach Männern zu suchen, die sieben Jahre zuvor im Wald verschwunden sind, ist unsinnig. Er vermutet imperialistische Absichten, die Erkundung von Bodenschätzen. Man kennt die Schurkereien der Engländer, doch die nutzen die Wirren, die in Rio und im ganzen Land herrschen, das nach der *Rebelião Paulista*, der São-Paulo-Revolte, die konstitutionalistische Revolution erlebt. Nachdem man ein paar Behörden geschmiert hat, schaffen es Fleming und seine Leute, einen Lastwagen-Konvoi Richtung Norden nach Minas Gerais auf den Weg zu bringen, sie erreichen den Bundesstaat Goiás, wo sie den Interventor treffen müssen, eine Art Gouverneur, der ihnen eine Genehmigung zur Fortsetzung ihrer Expedition erteilen kann. »Wir hofften, indem wir unsere Nagelschuhe unter den Stühlen verbargen, dass der Interventor einen Collegeschlips mit den Farben Etons beim ersten Anblick erkennen würde.« Sie fahren weiter in Richtung Mato Grosso. »Gegen Abend fuhren wir von den Bergen in üppigeres und aufregenderes Land hinab. Es war das Flusstal!«

Man spürt in diesen Worten die anfängliche Begeisterung. Hier geht es ans Werk. Doch bald kommt in der kleinen Gruppe Streit auf, man trennt sich. Die Jäger überlegten vielleicht, es sich am Wasser gut gehen zu lassen, ein Lager nach Art der Indian Army mit Teakholzmöbeln und Teeservice einzurichten und Fawcett und seinem Sohn ein kleines Glas Brandy anzubieten, wenn sie mit ihren Dienern im Federschmuck aus dem Dschungel kämen. Die Gentlemen sind von ihrer Safari enttäuscht. Zwar wussten sie, dass es hier keine Löwen und Elefanten gibt, doch von Wildreichtum kann nicht die Rede sein. Weder die Agutis noch die Nabelschweine geben würdige Trophäen für ihre Landhäuser ab. Der zutrauliche Hoatzin ist zwar ein leichtes Ziel, aber tot stinkt er ebenso sehr wie lebendig.

Peter und Roger verlassen die Jäger im Lager, die ihnen versprechen, auf ihre Rückkehr zu warten, und setzen sich in ein Boot, um den Río Araguaya zu den Karajá-Indianern hinaufzufahren. Der Vorrat an Reis, schwarzen Bohnen, Maniokmehl und Quaker Oats geht schnell zur Neige. Sie bauen darauf, Wild und Fisch zu finden, aber so einfach ist das nicht. Peter öffnet sein Notizbuch. Bevor der Bericht codiert wird, muss er geschrieben werden. »Alligatoren, Schlangen, menschenfressende Fische, blutrünstige Wilde, giftige Insekten ... Ich hatte das ganze Arsenal zur Verfügung. Aber mit dem Stift in der Hand wurde mir klar, dass ich niemals wagen würde, es zu benutzen. Der geneigte Leser möge mir also verzeihen, wenn meine Beschreibung von Mato Grosso nicht der beängstigenden Vorstellung entspricht, die er davon hat.«

Da er sich im Gegensatz zu seinem Bruder Ian, der später die Figur des James Bond erfand, die Fiktion versagt, beginnt Peter ein Tagebuch, das kaum geeignet ist, die Leser der *Times* zu begeistern, jedoch eine gewisse Spannung bewahrt und dem Genre des Forschungsberichts huldigt. »Wir erreichten in der dritten Augustwoche die Mündung des Rio Tapirapé (…).« Sie fahren den Fluss hinauf. »Unsere Karte (die beste, die wir damals in London auftreiben konnten) zeigte einen frei erfundenen Flusslauf des Tapirapé.« Sie beschließen, sich auf dem Landweg durch den Wald zum Rio Culuene aufzumachen. Jetzt sollte die Suche losgehen. »Wir standen sicherlich noch hundert Meilen von dem Gebiet entfernt, wo Fawcett seinen Tod fand, und nichts auf der Welt hätte uns zum Umkehren bewegen können, bevor die uns zur Verfügung stehenden Vorräte nicht völlig erschöpft waren. Selbst in meinen optimistischsten Stunden hatte ich nicht erwartet, dass wir Erfolg haben könnten, aber zumindest konnten wir das Gesicht wahren, indem wir in eine von Weißen bis dahin noch unerforschte Region vordrangen. Das war schon etwas. Wir beschlossen, am nächsten Tag im Morgengrauen aufzubrechen.«

Diese Notizen, die Peter Fleming in seinem Buch *Brasilianisches Abenteuer* versammelt, zeigen seine zunehmende Distanz, als würde er sich selbst aus der Ferne mit Ironie beobachten, als wäre es nach dem Grauen des Ersten Weltkriegs, nach den Millionen Toten und den Tausenden spurlos verschwundenen Gefallenen nicht mehr möglich, ein solches Unterfangen ernst zu nehmen. 1917 hatte er als Zehnjähriger vom Tod seines Vaters erfahren, eines britischen Offiziers wie Fawcett. Beide kämpften an der Somme. Fawcett hatte den willkürlichen Geschosshagel überlebt, von der Vorsehung ein paar Jahre Aufschub erhalten. »Wir suchten nach den Spuren dreier Männer, von denen man annahm, sie seien vor sieben Jahren irgendwo in dieser Region verschollen, und es war eitel Theorie, dass von ihnen noch viel handgreifliche Reste übrig sein konnten. Es war nunmehr nötig geworden, diese Suche ernst zu nehmen, was mir schwerfiel.«

Erschöpft von ihrem Marsch, fernab vom Fluss mit den Fischen, ohne Wild zum Jagen und von Hunger geplagt, erleben Peter und Roger nun vielleicht das Abenteuer, das sie suchten, das vielleicht auch Percy und Jack mehr noch als versunkene Städte gesucht hatten, und stellen sich dem echten Leben, der rauen Wirklichkeit. »Fortwährendes Hungern ist in mancherlei Hinsicht eine völlig genügende Existenzgrundlage. Es ist sicher nicht der Schlüssel zur Zufriedenheit, aber ein wirksamer Schutz gegen die schlimmsten Formen der Sorge. Ein leerer Magen verschafft dir kein Selbstvertrauen, aber er betäubt den Hang zur Nörgelei und beendet die Selbstbetrachtung. Wenn du dauernd mit den Erinnerungen an deine letzte Mahlzeit und den Plänen für deine nächste beschäftigt bist, hast du keine Zeit, dich den schwerwiegenden Zweifeln über das Leben im Allgemeinen und deine Person im Besonderen hinzugeben (…).« Fern des Stils der Entdecker aus dem vergangenen Jahrhundert, Stanley oder Brazza, fügt er diesen psychologischen Betrachtungen Notizen eines Schmetterlingskundlers hinzu, die seinem Bericht Farbe geben: »(…) Wolken kleiner Schmetterlinge – weiß, blassgelb und sehr blassgrün –, die über den Schlammpfützen des Ufers schwebten und (…) einen Schmutz schmückten, als gäbe es keine reinlicheren Plätze auf der Welt.«

Die beiden jungen Engländer kehren zum Rio Araguaia zurück. Sie rechnen damit, dass man sie auslacht, und der Spott lässt nicht auf sich warten. Sie haben nicht mehr ausgerichtet als die Gentlemen-Jäger. Vom Boot aus sehen sie eines Nachts ein Feuer in der Nähe der Mündung:

»Unser Freudengeschrei wurde mit dem schläfrigen und sarkastischen Ausruf ›Doktor Livingstone, wenn ich nicht irre‹ beantwortet.

Die Expedition war wieder beisammen.«

An Bord einer Barkasse, die Paranüsse geladen hat, fahren sie Richtung Norden auf den Amazonas zu, in der Vogelfluglinie nicht weit entfernt von Santarém und Fordlandia am Ufer des Rio Tapajós. Sie wissen, dass sie anders als Percy Fawcett und sein Sohn gesund und munter in Belem einen Dampfer besteigen und nach England zurückkehren werden. Auf Säcken voller Nüsse liegend, lassen sie sich zum beruhigenden Stampfen der Maschinen durch das Labyrinth der vielen Seitenarme des Flusses führen. »Nie wieder würden wir ein solches Gefühl völliger Gelöstheit erleben. Wir aßen Bananen in einer seltsamen Euphorie.«

Pierre und ich waren zu der Auffassung gelangt, dass es sinnlos sei, dreiundneunzig Jahre nach dem Verschwinden von Vater und Sohn weiter nachzubohren, und dass wir es dabei belassen sollten. Nebenbei fragten wir uns, wer sich wohl in sieben Jahren, 2025, auf die Suche nach uns begeben würde, wenn wir nicht mehr zurückkämen.

Über den Optimismus

Ganz der Geografie gewidmet, räumt der Bericht Flemings der Geschichte nur wenig Platz ein, auch wenn er die Unruhen erwähnt, die die Ankunft der Expedition in Rio im Juli 1932 begleiten. Dabei sind diese etwas achtlosen Engländer Zeugen eines entscheidenden Augenblicks in der brasilianischen Geschichte, dem Ende der República Velha, jener Alten Republik, die nach dem Sturz Kaiser Pedros II. 1889 geschaffen worden war und die weder die Revolte der Paulisten 1924 noch die »Coluna Prestes«

hatten überwinden können. Seitdem hat die Krise von 1929 die Wirtschaft ruiniert, Exporte unmöglich gemacht. Tonnen von unverkauftem Kaffee werden im Kessel von Lokomotiven verheizt. Paulo Prado, der gerade den Schweizer Architekten Le Corbusier mit der Planung eines luxuriösen Wohnsitzes beauftragt hat, stoppt den Bau. Im Oktober 1930 gelangt Getúlio Vargas durch einen Staatsstreich an die Macht und wird bis zu seinem Selbstmord 1954 die Geschicke des Landes bestimmen.

In São Paulo drängt man auf eine Verfassung, auf Wahlen. Am 9. Juli 1932 kommt es dort zum Aufstand, der konstitutionalistischen Revolte. Die Unruhen breiten sich über das Land aus, werden heftiger. Vargas ruft die Armee zu Hilfe. Als er von den ersten Luftangriffen erfährt, nimmt sich Alberto Santos-Dumont, das Flieger-Ass, am 22. Juli in einem Zimmer im Grand Hotel de la Plage in Guarujá das Leben. Bis zum Oktober herrscht in Brasilien Bürgerkrieg. Überall in Europa fallen die Demokratien um wie Dominosteine. Drei Monate später wird in Deutschland Hitler zum Reichskanzler ernannt. Stefan Zweig flieht 1934 aus Österreich nach London. Zwei Jahre später beginnt der Spanische Bürgerkrieg. Zum ersten Mal besucht Zweig Rio. 1937 muss Georges Bernanos, von Frankisten bedroht, aus Spanien fliehen. Nach einem ersten Versuch, in Paraguay eine kommunitäre Gemeinschaft nach dem Modell einer mittelalterlichen Rittergesellschaft zu errichten, lässt sich der große und verbeulte mystische Stier, der Kriegsverwundete auf seinen zwei Gehstöcken, dieser »von Proudhon inspirierte Sozialist mit dem Hang zur Monarchie«, in Brasilien nieder.

Er möchte auf und von dem Land leben, sich den Ehrentitel Bauer verdienen, diese undankbare Steppe, diese »Einöde mit ihren schneidenden Gräsern, toten Lianen, zwerghaften Bäumen, lauen, ekligen Wasserläufen« von Minas Gerais bewirtschaften. Dazu erwirbt er mehrere Tausend Hektar Land, zweihundert Kühe, Stiere, acht Pferde, ruiniert sich, schraubt seine Pläne zurück, fängt anderswo neu an, in Barbacena, an einem kleinen Hügel namens *Cruz das Almas.*

Es ist das Jahr 1939, und in Frankreich beginnt die allgemeine Mobilmachung, bald darauf der »drôle de guerre«. Ab und zu fährt er nach Rio, um Nachrichten über das Zeitgeschehen zu erhalten. Dort trifft er Autoren auf der Durchreise, darunter Henri Michaux. Auch Liebesgeschichten spielen dort. Michaux ist in Begleitung von Marie-Louise Ferdière. Sie hat sich seinetwegen von Doktor Ferdière scheiden lassen, dem Psychiater des Dichters Antonin Artaud, der Ende 1927 an Bernanos geschrieben hatte, er sei sein »Bruder in furchtbarer Luzidität«. In Fragen der Politik und Literatur meilenweit voneinander entfernt, sind Bernanos und Michaux zutiefst erschüttert vom bevorstehenden Zusammenbruch der Welt. Im Januar 1940 besteigt Michaux ein Schiff nach Bordeaux, im Gepäck ein Manuskript von Bernanos, das im Mai desselben Jahres, zum Zeitpunkt der deutschen Invasion, bei der Nouvelle Revue Française erscheinen wird. Roger Caillois, der aus Liebe zu Victoria Ocampo nach Buenos Aires gekommen ist, bleibt während des Krieges dort. Manchmal trifft er sich in Rio mit Bernanos, »er wohnte im Glória Hotel, wir unterhielten uns in der Hotelbar«. Zurück in *Cruz das Almas,* macht sich Bernanos wieder hartnäckig an seine schriftstellerische Arbeit, an den Dialog zwischen ihm und dem Kind, das er gewesen war, aus dem sein ganzes Werk besteht. Er veröffentlicht seine Bücher in Rio, unterstützt von dort die Widerstandsbewegung für ein freies Frankreich.

Im selben Jahr 1940 reist Stefan Zweig erneut nach Brasilien. Er bezieht gemeinsam mit seiner letzten Liebe Charlotte Altmann ein Haus in Petropolis. In den ersten Monaten reist er kreuz und quer durch das Land, schreibt *Brasilien – Ein Land der Zukunft*, das 1941 in Rio erscheint. Sein Enthusiasmus kommt schlecht an. Es ist ein Missverständnis. Man beschuldigt ihn, die Diktatur des Estado Novo zu unterstützen und zu verherrlichen, die Getúlio Vargas 1937 errichtet hat. Tatsächlich kann man in dieser Bewunderung einer trübseligen Existenz, auf die Zweig zu Zeiten, als er noch im Zentrum des ungestümen intellektuellen Lebens in Europa stand, mit Herablassung geblickt hätte und die er jetzt zu bewundern scheint, eine große Naivität erkennen: »Die Menschen wollen hier nicht zu viel, sie sind nicht ungeduldig. Nach der Arbeit oder zwischen der Arbeit ein bisschen plaudern, Kaffee trinken, frisch rasiert und mit gut geputzten Schuhen zu flanieren, an seinem Haus, an seinen Kindern seine gute Freude zu haben, ist den meisten genug.«

Zweig nimmt sich wieder seinen *Montaigne* vor, der posthum erscheinen wird, liest noch einmal in den *Essais* den Satz: »Tatsache ist, dass die meisten Philosophen entweder absichtlich ihrem Tod zuvorgekommen sind oder ihn zumindest gefördert und beschleunigt haben.« Montaigne war so weise, sich mit achtunddreißig Jahren von der Welt zurückzuziehen. Zweig ist erschöpft, fast stumm bei Bernanos, der ihn im Februar 1942 zusammen mit Lotte nach Cruz das Almas einlädt und ihn dann zum Bahnhof begleitet. Zweig hat gerade seine Autobiografie *Die Welt von gestern, Erinnerungen eines Europäers* an seinen Verleger gesandt. Der 22. Februar ist ein Sonntag. Sie tragen leichte, dem tropischen Wetter angepasste Kleidung, er eine vornehme Krawatte über dem kurzärmeligen Hemd, sie ein besticktes Kleid. Sie haben das Gift geschluckt, sich aufs Bett gelegt. Er ist sechzig, sie vierunddreißig. Die Aufnahme des Liebespaares, Hand in Hand, tot, friedlich, ist bekannt. Bernanos verfasst für die Presse einen Nachruf auf ihn, aber er kreidet ihm diesen Abgang, diese Desertation vor dem Feind an, und mehr noch tut das Thomas Mann:

»War er sich keiner Verpflichtung bewusst gegen (...) die vielen Schicksalsgenossen in aller Welt, denen das Brot des Exils ungleich härter ist, als es ihm, dem Gefeierten und materiell Sorgenlosen war?«

Man kann immer eine Menge Gründe ausfindig machen für eine so radikale Entscheidung, manchmal aber auch keinen einzigen. Bei ihm das Exil, das ihn erschöpft hat, die extreme Ermüdung beim Eintritt in die Sechziger, die Ablehnung der brasilianischen Leser gegenüber dem Buch, das er ihnen zum Geschenk machen wollte. Bei ihr lässt sich nur feststellen, dass es die Liebe war, die blind macht.

Es wird behauptet, die Einnahme von Singapur durch die Japaner am Sonntag zuvor, dem 15., sei der Auslöser gewesen, seinen Entschluss in die Tat umzusetzen. Da wir den Fortgang kennen, erscheint uns diese Erklärung natürlich als ungenügend.

In einem Text, den Pierre mir gerade zu lesen gegeben hatte und der als Begleittext zu einer Ausstellung seiner Fotografien, Éléphant & Chariot, verfasst worden war, kam Jean Rolin auf seine Kindheitserinnerungen an den Hafen von Saint-Nazaire, den Bau des Ozeandampfers *France* zu sprechen und würdigte das heroische Kommando der Engländer und Kanadier, die im März 1942, kurz nach Zweigs Selbstmord, unter großen Verlusten und mit bewundernswertem Mut das Normandie-Dock für die gesamte weitere Dauer des Krieges unbenutzbar gemacht und damit dem deutschen Schlachtschiff *Tirpitz* jede Rückzugsmöglichkeit genommen hatten. Wenngleich dieser Erfolg eigentlich noch nicht den Wendepunkt des Weltkrieges darstellte, so zeigte er doch, dass man hoffen durfte, dass Tatkraft sich lohnte und zuletzt triumphieren würde.

Optimismus ist ein kategorischer Imperativ. Trotz allem.

An Bord

In Amazonien kann man nachts selten den Sternenhimmel betrachten. Einige Indianervölker sehen in den Sternen von Menschen entzündete Feuer, Menschen, die dort oben gefangen blieben, während sie selbst unten bei Pachamama, Mutter Erde, Schutz gefunden haben. Im Morgengrauen öffnete sich der Wald manchmal vor vereinzelten Gehöften auf einer höher gelegenen Wiese, Ziegeldächern, weißen Kühen und schwarzen Büffeln, Pferden, Kohlpalmen, die wegen ihrer Früchte, der Acai-Beeren und der hellen Palmherzen angepflanzt werden, und vor bunten, hektisch umherfliegenden Papageien, die sich ständig hinterherjagten und zu beschimpfen schienen. Eine kleine, beengt gehaltene Schar Geflügel und Schweine auf gezimmerten Terrassen. Auf dem Fluss warteten auf Flößen zusammengetriebene Büffel im Niedrigwasser, das triftende Vieh wurde von Pirogen aus gefüttert, die jeden Morgen einen großen Packen Grünzeug im Wasser vor sich herschoben und denen wir begegneten, wenn wir mit dem Kanu vogelkundliche Streifzüge unternahmen oder auf Fischfang gingen, unsere Angelruten über die Beete aus Seerosen, Wasserlinsen und Hyazinthen hielten, mit dem Bootshaken auf das Wasser schlugen, um Raubfische anzulocken, die wir mit Fleisch köderten.

Wir fuhren weiter mit dem Schiff auf dem Fluss mit seinen zahllosen Nebenflüssen und den Zuflüssen der Nebenflüsse, die sich wie die Tentakel einer fantastischen Hydra erstrecken, wir badeten in Alter do Chão, das vielleicht ein Dorf für Rucksacktouristen wird, allerdings, wie man uns sagte, durch ein Staudammprojekt am Rio Tapajós weit flussaufwärts, hinter

Fordlandia, bedroht wird, durch das die Menge des vom Stausee abgelassenen Frischwassers begrenzt würde, sodass hier das schlammige Amazonaswasser ankäme, und dann wäre Schluss mit dem Baden.

Der Lago Verde (Grüner See) im Norden des Orts würde zum Lago Negro (Schwarzer See). Die Delfine, die sich hier weiter fröhlich tummelten, würden vielleicht verschwinden. Die angeberischen Villen aus den Vermögen, die dreißig Jahre zuvor während eines kurzen Goldrauschs gemacht wurden, als man eine kleine Ader entdeckt hatte, die schnell erschöpft war, waren auf abgeplatteten und gerodeten Hügelkuppen über dem smaragdgrünen Wasser errichtet worden und daher dem Hochwasser ausgesetzt. Ganze Kanten der roten Steilhänge stürzten ins Wasser. Bald die Häuser.

Zwischen Inseln und Mäandern bewunderten wir die zitronengelb und zinnoberrot getüpfelten Wipfel, die wie weiße oder violette Stofffetzen an den Baumkronen befestigten Himmel. Denn natürlich waren wir wegen der Schönheit hierhergekommen, der Schönheit der Landschaften und der Tiere, damit unser Bildgedächtnis angeregt würde, das häufig durch das Zeichnen geschärft wird, das uns zu sehen lehrt. Beim Anblick von Pierre mit dem Stift in der Hand fiel mir der Dialog zwischen Proust und Ruskin wieder ein, die aus der Schönheit einen Daseinsgrund für den Menschen ohne Gott machten, und vage, tief im Gedächtnis vergraben, erinnerte ich mich an einen Satz von Ruskin darüber, dass man Schönheit durch das Zeichnen lernen könne, dessen genauen Wortlaut ich nach meiner Rückkehr suchen wollte: Zwei Männer gehen über einen Markt: Der eine hat beim Weggehen nicht mehr gesehen als bei seiner Ankunft, dem anderen fallen Petersilienstängel auf, die über den Rand eines Korbes am Arm einer Butterhändlerin hängen, und er nimmt Bilder der Schönheit mit, die ihm noch tagelang bei seiner täglichen Arbeit vor Augen stehen werden.

Bei der Erinnerung an diesen Satz bemerkte ich, dass die Farben nicht erwähnt wurden, wo doch das Gelb der Butter und das Grün der Petersilie, vielleicht zusammen mit dem Blau des Wassers, also die Farben der überall, auch an Bord präsenten brasilianischen Flaggen, damals diese Verbindung von Gedanken und auch Bildern erzeugt hatten: Ich hatte mich an jenem Tag daran erinnert, dass Proust und Ruskin beide in Venedig gewesen waren, und war in diesem freien analogischen Gedankenfluss durch Kontiguität auf andere, seltsamerweise schwarzweiße Bilder gestoßen: Pierre zehn Jahre zuvor im winterlich weißen Venedig mit dem Stift in der Hand.

Unsere Abreise Richtung Westen nach Manaus stand bevor, und so machten wir uns bereit, von Bord der *Jangada* zu gehen, räumten Radiergummis und Stifte weg, um aus dem Bundesstaat Para in den Bundesstaat Amazonas zu den Flüssen Rio Negro und Rio Solimões zu reisen, beobachteten die Sturzflüge der Seeschwalben, die den Delfinen bei strömendem Regen im klaren und durchsichtigen Wasser den Fisch streitig machten, und dachten dabei, dass die Seeschwalben die ersten Verlierer wären, wenn sich das Wasser durch den Bau eines Staudamms eintrüben würde, und die Fische dann die momentanen Gewinner.

Die Nacht bei Takashi

Oft ist der Himmel am Tag nicht weniger wolkenverhangen als nachts. Wenn er es zufällig nicht ist, kann man auf den Luftaufnahmen von Amazonien Pisten in einem Fischgrätmuster erkennen, ockerfarbene Fahrspuren, die in rechten Winkeln vom schwarzen Strich der Straße abzweigen und von denen andere, schmalere Fahrspuren ebenfalls in rechten Winkeln abgehen, die notdürftig und häufig illegal in den Dschungel hineinführen und sich dort verlieren. Ausgangs von Manaus Richtung Norden zeigt ein Schild »Caracas 2250 km« an. Nachdem man die ersten hundert davon gefahren ist, kommt man auf der BR174 in die Stadt des Presidente Figueiredo, und ungefähr bei Kilometer 200 beginnt das Indianerreservat. Irgendwo dazwischen lebt Takashi.

In diesen etlichen Dutzend Hektar Wald entspringt ein Bächlein, das nach verschiedenen Mäandern unterhalb eines Hügels eine Breite von drei Metern erreicht. Nicht besonders groß, mager und sonnengebräunt, das lange schwarze Haar im Nacken zusammengebunden und eine Machete an der Taille, empfing uns dieser Thoreau à la Walden in roten Shorts mit nacktem Oberkörper in seiner Eremitage. Auf seine Bitte hin brachten wir aus Manaus zwei große frische Fische mit, Matrinxás, die wir am Morgen im Hafen gekauft hatten. Die erste Überquerung des kleinen Flusses ließ sich bequem bewerkstelligen; um zu dem einzigen Gebäude zu gelangen, das bereits vor seiner Ankunft stand, ging es über Bretter. Er hatte Holz gemacht, zündete ein Feuer an, schlitzte die Fische auf, legte sie auf den Grill. Wir verbrachten den Nachmittag damit, das Fleisch von den Gräten zu lösen, es in Maniokmehl gewendet zu verspeisen und die Reste den drei Hunden und der Katze hinzuwerfen.

Im Laufe der Jahre hatte Takashi ein paar Morgen Land auf dem Hügel gerodet, um dort anzubauen, was er zum Leben brauchte, und einige Bäume gefällt, mit deren Holz er den Schuppen, in dem wir uns aufhielten, um zwei weitere Bauten ergänzen konnte, einen Bau, um darin zu arbeiten, und einen anderen, um darin zu schlafen. Diese drei Orte waren jeweils gut hundert Meter voneinander entfernt und hingen terrassenförmig am Hang. Ein Pfad verband sie, auf Baumstämmen überquerte man den mäandernden Fluss. Mit den drei misstrauischen Hunden an unseren Fersen zeigte er uns die Obst- und Gemüsepflanzungen, die er für seine autarke Lebensführung benötigte, das kleine Bäumchen für das zum Erhalt seiner Gesundheit notwendige Chinin, die Blätter und Lianen, deren fachgerechte Kombination zur Zubereitung des Ayahuasca dienten, ein Gebräu, das für sein geistiges Gleichgewicht unabdingbar sei.

Während einer ersten Pause auf halber Höhe des Hangs, als die Hunde sich uns gegenüber noch immer nicht freundlich zeigten und von unserer Anwesenheit gar nicht angetan schienen, beschrieb er ausführlich die verschiedenen Traumata, die diese Hunde erlitten hatten, von denen einer dabei war, als ein Puma seinen Zwillingsbruder holte. Als Takashi kurz nach seiner Ankunft im Dschungel mit zwei Welpen, die er mitgebracht hatte, am Fluss saß, befolgte er den Rat, den man ihm gegeben hatte, und statt sein Gewehr zu laden, brüllte er los. Seitdem achtete der Puma sein Territorium, streifte aber vielleicht hier herum, wenn Takashi nicht da war. Der Pfad führte unter seinem auf Pfählen errichteten Arbeitszimmer durch, und auf seine Einladung hin kletterten wir hoch.

Der Ort hatte zugleich etwas von einer Waldhütte und einer Schiffskabine, eine Schlafkoje, ein Tisch und eine Sitzgelegenheit, eine Gitarre, Flöten. Auf einem Regal eine Sammlung von Tierschädeln, die schwer zu benennen waren, manche mit Hörnern. Eine von Insekten zerfressene Bibliothek, staubige und mit verschiedenen Ausscheidungen verdreckte Bücher, die er mit dem Ellbogen abwischte, bevor er sie uns reichte. Takashi ist Dichter und Übersetzer, ein Freund der großen literarischen Außenseiter nach seiner Art, und bei dieser anderen, sporadisch und parallel zu seinem einsiedlerischen Leben ausgeübten Tätigkeit hatten wir uns kennengelernt. Er versuchte damals, das Werk Jean-Pierre Brissets ins Brasilianische zu übertragen, eines Vorläufers der Surrealisten, den ich durch ihn kennenlernte, der es nach einer brillanten Karriere beim Militär unternommen hatte, mit unwiderlegbaren linguistischen Argumenten die Abstammung des Menschen in direkter Linie vom Frosch zu beweisen, und den Jules Romains und seine Freunde zum »Denkerfürsten« gekürt hatten.

Jetzt saß er an Gedichten aus Rimbauds *Album Zutique*, übersetzte den kongolesischen Schriftsteller Sony Labou Tansi, zeigte uns seine handschriftliche Arbeit in einem Heft. Im Laufe dieses Gesprächs, das im Schweizer Schnee begonnen hatte und das wir in der stickigen Hitze seines äquatorialen Refugiums wiederaufnahmen, bekamen alle außer Guimarães Rosa, den wir beide in höchsten Tönen lobten, ihr Fett ab: Er kritisierte Céline wegen Afrika, Bouvier wegen Japan und Lévi-Strauss wegen Brasilien und dafür, dass er weder Oswald de Andrade noch dessen Frau, die Malerin Tarsila do Amaral, erwähnt hat, obwohl sie es waren, die ihm die Türen zum Land geöffnet hatten. Er kritisierte auch Cendrars dafür, dass er die Stille des Amazonas-Regenwalds gerühmt hat, dabei genüge es doch, den fortwährenden Krach hier zu hören, die Vogelschreie, die Tierrufe, demnächst die Brüllaffen, die sich nähern würden, um seine Früchte zu stehlen, und denen seine Hunde antworten würden, die er mit eigenhändig mit der Machete gespaltenen Kokosnüssen füttere, um sie daran zu erinnern, dass er für sie unentbehrlich ist.

Nachdem wir erneut einen Mäander auf einem Baumstamm überquert und dann auf einem rutschigen Pfad den Hügel erklommen hatten, stellten wir oben unsere Rucksäcke auf die große, nach allen Seiten offene Terrasse aus Brettern, wo es weniger heiß war. Dieser jüngste, mit einem Dach versehene Bau stellte die letzte menschliche Eroberung dar, dahinter erstreckte sich der Urwald, in dem er manchmal Streifzüge unternahm. Wir befestigten die Hängematten, hängten die Moskitonetze auf, rollten die Matten aus, um der Feuchtigkeit zu begegnen, die nachts vom Boden aufstieg. Pierre war erschöpft eingeschlafen. Nach so viel Schweigen fuhr Takashi fort zu erzählen, von indianischen Riten, glaube ich, doch von Müdigkeit übermannt, hörte ich ihm kaum zu, antwortete wenig, sah ihn nur in der Dunkelheit im Schneidersitz zwischen seinen Hunden und später auf der Bretterkante sitzen, die Beine über der nassen Vegetation baumelnd. Er zerkleinerte einen Tabakblock mit einem Messer, stopfte den Kopf einer sehr langen Pfeife. Der Rauch zusammen mit unserem Schweißgeruch, später mit unserem Schnarchen, hat den Affen bestimmt zu denken gegeben und vielleicht auch den Puma erschreckt. Ab und zu knurrte ein Hund im Schlaf.

Manchmal fragt man sich morgens, wer man ist, dann fallen einem das Jahr und der Wochentag ein, man taumelt schlaftrunken zur Kaffeemaschine und dem Radiogerät. Hier dauerte die Prozedur länger: Nachdem man die Plattform mit dem Schlafplatz verlassen hatte, musste man noch den schlammigen Hang hinunterlaufen, auf dem Stamm balancierend den Fluss überqueren, den Pfad zum Arbeitszimmer nehmen und, falls einem über Nacht nichts eingefallen war, dieses hinter sich lassen und weiter den Hügel hinabsteigen, oft im warmen Regen, sodass man schon geduscht ganz unten in der Küche ankam, wo wir Matetee tranken und Eier in die Pfanne schlugen. Takashi erzählte für Pierre und auch für mich, da ich einen Teil noch nicht kannte, noch einmal von dem verschlungenen Lebensweg, der ihn hierhergebracht hatte. Geboren in der Nähe von São Paulo in einer seit Langem in Brasilien ansässigen japanischen Familie, war er mit achtzehn fortgegangen, ein wenig da- und dorthin gereist, mit dem Fahrrad durch Frankreich gefahren, er hatte eineinhalb Jahre in einer Fabrik in Japan gearbeitet, da man selbst nach mehreren Generationen im Exil nicht aufhören konnte, Japaner zu sein. Sich in die Einsamkeit des Waldes zurückzuziehen, war die Erfüllung eines Kindheitstraums. In Filmen von Cousteau hatte er Amazonien und vor allem den rosaroten Amazonasdelfin entdeckt. Mit breitem Lächeln erzählte er uns, dass sich das Tier, das hier Boto heißt, an Festtagen in einen hübschen jungen Mann verwandeln und Mädchen verführen könne. Vaterlose Kinder nennt man Botosöhne. Er war zu einem japanischen Indianer geworden.

Als wir Takashi verließen, hatten wir keine Vorstellung davon, wie sehr dieser Ort und dieser kurze Aufenthalt an uns zehren und uns durcheinanderbringen würde, zuerst sehr bewusst, weil wir häufig in unseren Gesprächen, aber auch des Nachts darauf zurückkamen und uns morgens an Träume und Albträume erinnerten, die man immer nur schwer in Worte fassen kann. Einer der häufig wiederkehrenden Träume, die ich beim Verlassen des Waldes unfreiwillig mitgenommen hatte, war, dass wir einen mit grünen Halmen gespickten Sumpf durchqueren, vielleicht ein Reisfeld. Wir sind zu dritt, Pierre, ich und ein befreundeter Kriegsfotograf, den ich seit Jahren nicht gesehen habe. Sehr dünne, lange, grüne und blaue Schlangen streckten ihre Köpfe aus dem Gras, und während wir vergeblich versuchten, ihnen zu entkommen, bissen sie uns in die Knöchel. Wir starben im Schlamm.

In einem anderen Albtraum waren wir an Bord eines Schiffs, das vielleicht die *Jangada* oder Fitzcarraldos Schiff in Werner Herzogs Film war. Es fuhr in einem Wald mit riesigen Bäumen zwischen Boden und Blätterdach. Pierre war am Bein verwundet. Tatsächlich hatte Pierre bei Takashi an einer Ohrinfektion gelitten und Antibiotika eingenommen, und ich war auf einem schmierigen Stamm ausgerutscht und hatte mir den Knöchel aufgeschürft, nachdem Alkohol und andere Moleküle meinen Hippocampus berauscht und meinen Gleichgewichtssinn beeinträchtigt hatten. Meine Latschen waren auf der feuchten Rinde abgeglitten und in den Fluss gefallen, der bestimmt voller Schlangen und Kröten und Frösche war, sie waren also gemäß der etwas darwinistischen Theorie Brissets zu ihrem Ursprung zurückgekehrt, denn »der Mensch ist im Wasser geboren, sein Ahnherr ist der Frosch, und die Analyse der menschlichen Sprachen belegt diese Theorie«, ein unwiderlegbarer Beweis, den zu entdecken wir dem Leser überlassen, sofern er sich nicht der unverkennbar anderen Theorie von Takashi anschließt, nach der der Mensch bisweilen vielmehr vom rosaroten Delfin abstammt.

Wenigstens die Biografie von Cândido Rondon, die ich bei einem Antiquar in Manaus gekauft hatte, konnte ich vor dem Wasser retten. Die *Fundação Nacional do Índio*, die Rondon zu Beginn des zwanzigsten Jahrhunderts gegründet hatte, gibt es noch immer, und sie arbeitet mit modernen Methoden. Auf Bildern einer Kamera, die im Wald aufgestellt ist, tauchte vor Kurzem ein Mann auf, von dem man seit zwanzig Jahren keine Nachricht hatte und von dem man bis dahin nicht wusste, dass er noch am Leben war, der einzige Überlebende einer Gruppe massakrierter Indianer. Seit zwanzig Jahren hatte sich dieser heute etwa Fünfzigjährige keinem anderen Stamm angeschlossen und lebte allein im Wald. Man sah, wie er mit der Axt einen Baum fällte. Natürlich war dieser Mann weit mehr allein als Takashi, der die Gesellschaft von Büchern und Streichhölzer hatte, um sein Feuer anzuzünden, und sogar, im unteren Bereich seines Geländes, wo sich der Schuppen befindet, der ihm als Küche dient, einen Anschluss an die Stromleitung, die der Straße folgt. Er konnte ab und zu Ausflüge in die Stadt unternehmen und sogar ein Flugzeug nach Europa besteigen. Und dennoch fragten sich Pierre und ich, wie lange die Akklimatisierung für uns wohl dauern würde, bis wir hier leben könnten wie er.

Während wir uns das Leben dieses auf sich allein gestellten Indianers, der zufällig im Dschungel vor eine Kamera gelaufen war, überhaupt nicht vorstellen konnten, denn wären wir in seiner Lage gewesen und hätten uns im Dschungel verirrt, hätten wir ebenso wenig Überlebenschancen gehabt wie Fawcett und sein Sohn, verhielt es sich mit der selbst gewählten Einsamkeit von Takashi und seiner Autarkie ganz anders. Takashi befand sich irgendwo zwischen uns und dem einsamen Indianer. Denn wir wussten ja, wie man Gemüse und Obst anbaut, Hühner züchtet, Fische fängt. Das alles hatten wir zusammen nach unserer Rückkehr aus Marokko, als Pierre ein Kind war, in der Bretagne im Stadtteil Océan von Saint-Brévin-les-Pins gemacht. Als Jugendlicher hatte er allein damit weitergemacht. Wir wussten daher, welches Vergnügen die Zeit des Wartens bereiten konnte, die Langsamkeit, mit der etwas heranwuchs, wie mühevoll es war, die Erde umzugraben und das Unkraut zu jäten, wir kannten die Schönheit der rechtwinkligen Saatbeete, das Grün des Salats und das Rot der Tomaten, wir kannten alle Arten von Pilzen im Wald um den Teich, der an unseren Garten grenzte, konnten mit ihnen ebenso gut kochen wie mit dem Gemüse.

Die Pflanzungen von Takashi waren wie diese Pilze fast unsichtbar, nicht auszumachen für ein ungeübtes Auge, in die Vegetation eingefügt. Er zeigte einen kleinen Haufen Kokosnüsse, die den jungen Schaft eines Maniokstrauchs schützten, zwischen den Gräsern verstreute Ananaspflanzen, Papayabäume, die man für Wildwuchs hätte halten können.

Zweifellos hätten wir das alles innerhalb von ein paar Wochen oder Monaten gelernt, wenn wir die Anstrengung auf uns genommen und uns an dieses Leben angepasst hätten, doch die größere Frage nach der Einsamkeit bliebe weiter bestehen. Auch darin kannten Pierre und ich uns ein wenig aus, da jeder für sich lebte, der eine in Paris, der andere in Ivry, aber es ist etwas anderes, ob man nach einigen Stunden oder Tagen auf die Straße treten und auf einer Caféterrasse vor einem Glas Weißwein sitzen kann, anstatt Abend für Abend allein den Pfad zur Plattform mit seiner Bettstatt hinaufzusteigen, und sei es in Begleitung von fröhlichen Hunden und vielen ausgelassenen Geistern, die der Ayahuasca herbeirufen würde.

Pierre schleppte den Gedichtband *Les Contemplations* (»Die Betrachtungen«) von Victor Hugo mit sich herum, aus dem wir uns immer wieder abwechselnd ein Gedicht vorlasen, wie man einen Schluck Zaubertrank nimmt. Takashi war dieser bewundernswerte, arme und glückliche Mensch, den Hugo in seiner Hütte zu Beginn des Gedichts *Les Malheureux* (»Die Unglücklichen«) antrifft. Und die Entschleunigung, die Henry David Thoreau und auch Élisée Reclus herbeiriefen und die, wie mir schien, auch wir herbeiwünschten, diese Rückwendung zu einem genügsameren Leben, das auch moralischer und schöner, langsamer sein würde, wenn es eines Tages zur Rückkehr in die Wälder führte, würde vielleicht eine neue Anpassung nach Art Takashis in Gang setzen und ungeahnte Fähigkeiten in uns zum Vorschein bringen.

Ich hatte mich als Kind, vielleicht bei der Entdeckung der Blauen Indianer, häufig gefragt, wie mein Leben in einem Stamm verlaufen wäre, der keine Knochen-Transplantationsmedizin kannte. Ausgeschlossen aus der Gruppe der Jäger und der der Sammler, in denen man sich nicht mit Nachzüglern aufhält, hätte man mich, zumindest wenn man nicht beschlossen hätte, mich den Ameisen im Dschungel zu überlassen, bestimmt zum Schamanen-Lehrling oder Hexer-Gehilfen, für die abendliche Rezitation der Kosmogonie oder der Geschichte der Vorfahren ausgewählt, und das wäre letztendlich die bescheidene Aufgabe gewesen, die ich in meinem Stamm erfüllt hätte.

Die Expedition Montaigne

Bei Takashi wird einem klar, warum einige Indianer den Wald lieber hinter sich lassen. In seinem leichtfüßigen und aufsässigen, 1982 in Brasilien erschienenen Roman *Expedition Montaigne* hat Antônio Callado eine Figur namens Ipavu erfunden, der, in weiter Ferne von seinem Stamm und in der Stadt der Weißen angekommen, feststellt, dass »der Indio ein Trottel sein musste, der im Wald lebte und sauren *caxiri* aus Kalebassen trank, wo er sich doch mit Bier volllaufen lassen und, wenn's ans Bezahlen ging, abhauen konnte«.

Ob Angewohnheit, Ahnungslosigkeit oder auch bewusst getroffene Entscheidung, die eigenartige Sitte der Weißen zu ignorieren, für die Bewirtung zu bezahlen, hatte ihn in eine Art Erziehungsanstalt gebracht, wo er sich, da man ihn ernährte und ihm Unterkunft gewährte, darüber freute, sein Dorf verlassen zu haben. Dort erwirkt Vicentino Beirão, ein Carioca, der sich für die Sache der Eingeborenen einsetzt und die Indianer befreien will, seine Entlassung und macht ihn zum Führer und Dolmetscher seiner Expedition. Ipavu nimmt das Angebot nur deshalb an, weil er seine Harpyie wiedersehen will, die in der Mitte seines Dorfs in einem Käfig als eine Art Federspender-Automat für die Bestückung von Pfeilen gehalten wird. Die Expedition macht sich auf den Weg. Einen Dschungel hat Beirão in seinem ganzen Leben bisher nur im Tijuca Nationalpark und in den Parks von Rio gesehen, die von Auguste-François Glaziou, dem offiziellen Landschaftsgärtner Pedros II., entworfen wurden. Von der Lebensweise der Indianer kennt er kaum mehr als die Gemälde von Jean-Baptiste Debret.

Radikaler noch als Rondon startet Beirão trotzdem seinen Kreuzzug für die Indianer und versichert, dass »die Expedition Montaigne auf der langen Reise (...) die Indianer aufstellen und bewaffnen wird«. Sie dringen in den Wald vor, überqueren von Harnröhrenwelsen und Piranhas verseuchte Flüsse, während der Chef eine Statue von Michel de Montaigne auf dem Kopf trägt, um sie vor dem Wasser zu schützen, und abends im Biwak, während er in den Essais liest, unaufhörlich »sein übliches Zeug auf Französisch zu quasseln«.

Von diesem Vogel, an dem Ipavu so sehr hängt, findet sich eine Beschreibung bei Lévi-Strauss, der auf seinen Reisen zufällig einem Mann begegnete, der »mit Ausnahme des kleinen Strohbeutels, der seinen Penis verhüllte, völlig nackt [war]. Auf dem Rücken trug er in einer Kiepe aus grünen Palmblättern einen wie ein Huhn zusammengebundenen großen Harpyien-Adler, der (...) einen jämmerlichen Anblick bot«. Für den Fall, dass man unterwegs neue Pfeile herstellen muss, kann es nützlich sein, den großen Greifvogel mit dem grauweißen Federkleid und dem mächtigen gelben Schnabel von der Form einer Gartenschere als Köcher mit sich herumzutragen. »Verschiedene Autoren berichten, dass die Tupi Adler züchteten und sie mit Affen ernährten, um ihnen regelmäßig die Federn auszureißen; Rondon erzählt von diesem Brauch bei den Tupi-Kawahib, und andere Beobachter haben ihn bei gewissen Stämmen am Xingu und am Araguaya festgestellt.«

In der Hoffnung, seinen Fetisch-Vogel wiederzufinden, wappnet sich Ipavu mit Geduld, schimpft auf das Leben an der frischen Luft, verachtet den Expeditionsleiter, dessen Gründe zu durchschauen ihm nicht gelingt, »als ob ein weißer Mann, der ohne Weiteres in einem Haus mit Wohnungen wohnen kann, lieber in der Hängematte schläft, mit der Hand isst und seinen Haufen im Wald macht«. Beirão ist nicht der erste rätselhafte Weiße in seinem Leben. Er erinnert sich, als Kind den Guerillero Zéca Ximbioá in seinem Dorf gesehen zu haben. Der egalitäre Revolutionär sagte, »wenn die Indianer wieder Herren über Brasilien wären, dann würde alles wieder so werden wie früher, und alle Leute wären glücklich, da konnte man mal sehen, wie bescheuert dieser Ximbioá war, (…) am Strand oder am Fluss, da lauerten die Indianer doch immer nur nach Schiffen, warteten immer nur auf ein Boot von Weißen«.

In diesem Buch werden die Weißen *Caraíba* genannt. Man erfährt dort auch, dass der hübsche weibliche Vorname Iracema in der Sprache der Tupi »Honiglippen« bedeutet. Ipavu vermisst aus diesem Leben nur seinen Harpyien-Adler. Wir hofften, dass wir auch einem begegnen würden.

Komische Vögel

Wir beobachteten sie mit bloßem Auge, manchmal mit dem Fernglas, wobei nur Pierre über dieses Privileg verfügte, seit Jean Rolin ihm ein Präzisionsfernglas anvertraut hatte; mit ihm und einer Gruppe von »Umweltaktivisten« war er durch die Wiesen und Sümpfe in der Bocage von Notre-Dame-des-Landes gewandert, gemeinsam hatten sie den Weidenlaubsänger und die Grasmücke, den Springfrosch und den Nördlichen Kammmolch aufgespürt, die gewaltige Biodiversität des Geländes nachgewiesen und fast im Alleingang erreicht, dass ein dort geplanter Flughafenbau fallen gelassen wurde.

Während unserer Expedition erstellten wir jeden Abend aus Freude an den Namen der Vögel und ihrem schönen Federkleid eine Liste unserer Trophäen: der Schlangenhalsvogel und der Tukan, der Reiher und der Eisvogel, der Silberreiher, der Blaureiher und der Rallenkranich, der Bronzekiebitz und der Hornwehrvogel, die Herbstpfeifgans und der Karakara, der Riesenani, der Glattschnabelani und der Papagei, der Gabelschwanz-Königstyrann und der Trauertyrann, deren Flugangriffe auf die Greifvögel wir beobachteten, ihre Schnabelhiebe gegen die Schädel dieser Raubvögel, die zehnmal größer waren als sie und pfeilschnell flohen, der Nacktaugentrupial und vor allem der rätselhafte Hoatzin mit seiner Haube, nach dem wir überall Ausschau hielten und dem wir uns in den überfluteten Wäldern mit der Piroge lautlos näherten, die Riemen über dem Wasser, ohne die geringste Bewegung.

Für uns schien sich der Traum von Amazonien zu erfüllen, den wir zu Hause genährt hatten, als Pierre ein Kind war, wenn wir auf dem dunklen Teich in dem Wäldchen ruderten, das an unser Haus grenzte, und dabei Silberreihern und Wasserhühnern auflauerten, deren Küken sich über die Seerosen und Wasserlinsen davonmachten. Im Sommer, in Mondscheinnächten, glitten wir manchmal vom Boot langsam ins Wasser, um im Schatten der großen Bäume, unter Eichen, Palmen und Bambus, zwischen Karpfen, Hechten und Nutrias lautlos zu schwimmen, und in dieser bretonischen Mini-Version des Dschungels fehlten nur der imposante Hoatzin und der Harpyien-Adler als Zuschauer in den Zweigen. Wir haben tatsächlich an einem brasilianischen Fluss einen Fischadler überrascht, der mit den Fängen einen Fisch von der Wasseroberfläche riss und mit einem Schwall silberner Tropfen im Schlepptau vor der Sonne davonflog, doch einen Harpyien-Adler, von dem viele hartgesottene Ornithologen niemals auch nur einen Schatten oder eine Feder erblickt haben, haben auch wir nicht gesichtet.

Auf dieses Erlebnis mussten wir noch einige Wochen warten, bis wir dann erfuhren, dass im Tiergarten des historischen Parks um das Hotel del Parque in Guayaquil ein Harpyien-Adlerpaar gehalten wurde. Die beiden waren nicht in einem engen Käfig eingeschnürt wie die Harpyie von Ipavu. Die Weißen sorgen sich mehr um den Komfort ihrer Gefangenen. Außerdem brauchen sie weniger Federn für ihre Pfeile. Die beiden Adler profitierten im Gegenteil von einer Voliere, die so groß war, dass sie auch zwei große Laubbäume einschloss und in denen sich die Harpyien den ganzen Tag vor den Augen der Besucher verstecken konnten. Enttäuscht tranken wir etwas in der Hotelbar, wo ich mich Pierres Vorschlag anschloss, gegen die Regeln zu verstoßen und nach Schließung des Parks zurückzukehren. In der Dämmerung beobachteten wir, wie einer der großen Vögel sich auf den Boden stürzte, ein kleines, braunes Häufchen packte und davontrug, einen kleinen Affen oder Nager, den man im Gehege verängstigt freigelassen hatte, damit sich die Greifvögel an ihm weideten.

Angesichts der Schnelligkeit, mit der Pierre die Piepmatze identifizieren und sich ihre Besonderheiten merken konnte, angesichts seines Enthusiasmus und der Lebendigkeit seiner grauen Zellen, musste ich feststellen, dass meine, vielleicht weil sie schon mit zu vielen Orts- und Tiernamen überlastet waren, in diesem Bereich nachließen. Neben ihm war mein Entzücken schnell zur Betrachtung des seinen geworden. Auch bei einigen Begegnungen mit unseresgleichen, angesichts der Beglückung durch schlichte Gesten der Güte und der Menschlichkeit, die noch nicht dem Horror der Ökonomie unterlagen: Als wir mit dem Kanu einen Kanal hinauffuhren, hatten uns am Rand des Waldes eine Frau und ihr etwa zehnjähriger Sohn von ihrem Steg aus zu sich gewunken. Sie warteten vielleicht schon Stunden darauf, dass ein Boot vorbeikam. Die Mutter schwenkte den Arm, als ob sie auf Hilfe hoffte. Sie war barfuß, der Sohn trug Gummistiefel. Sie schenkten uns einen Korb randvoll mit Guajaven und weigerten sich, Geld dafür anzunehmen. Sie hatten zu viele davon, und sonst würden die Wespen sie verderben.

Cândido & Auguste

Diese beiden sind in meinem Gedächtnis wie in dem von Kommunikationstechniken durch ein Telegrafenkabel verbunden. Gemeinsam ist ihnen auch, dass sie Söhne von Habenichtsen waren und zur Armee gingen, um sich zu befreien. Vier Jahre vor Savorgnan de Brazza und Pierre Loti absolviert Auguste Pavie die Marinehochschule École navale in Brest, wird als Unteroffizier nach Saigon gesandt, wo er alsbald den Dienst quittiert. Bei den Bonzen der Pagode von Kampot lernt er die Sprache Kampucheas.

Von diesem Hafen ganz im Süden Kambodschas aus war ich auf einer langen Vertikalen seiner Spur bis nach Muang Sing an der chinesischen Grenze ganz im Norden von Laos gefolgt, doch seine erste Großtat war eine lange Horizontale: Ihm verdankt man den Bau der Telegrafenleitung von Phnom Penh nach Bangkok. Jahrelang zieht die sechzigköpfige Mannschaft von Arbeitern eine lange Schneise durch den Wald, stellt Masten auf, befestigt das schwarze Kabel daran. Im Gepäck Reis und Salz. Tagsüber geht ein Teil der Männer auf Jagd, um die Gruppe zu ernähren. Als Pavie schließlich siegreich aus dem Dschungel kommt, macht man ihn zum Diplomaten und Geografen. Er kartografiert Laos und Tonkin, fügt den topografischen Geländeaufnahmen seiner Mission die anderer Entdecker hinzu, darunter die von Alexandre Yersin, der einen Weg von der Küste des gegenwärtigen Vietnams durch die Annamitischen Kordilleren, das Truong-Son-Gebirge, nach Phnom Penh eröffnet hatte.

Beide, Auguste und Cândido, sterben alt in ihren Betten, nachdem sie ihre abenteuerlichen Unternehmungen, die Konflikte und Epidemien überlebt haben, Pavie mit fast achtzig Jahren auf seinem Landsitz in Thourie, nicht weit von Teillay im Departement Ille-et-Vilaine. Seine letzten Lebensjahre widmet er der Herausgabe illustrierter Bände über die Mission Pavie, empfängt in der Bretagne seine alten Freunde Brazza, den Entdecker des Kongo, Bonvalot, den Erforscher Tibets, und Charcot, den Landvermesser der antarktischen Packeislinie.

Der über neunzig Jahre alte, kreuzlahme Marschall Cândido Mariano da Silva Rondon, der nicht größer ist als ein Bororo-

Indianer, unterhält mitten im Kalten Krieg einen internationalen Briefwechsel mit den Staatsoberhäuptern der Weltmächte. Eines unterscheidet die beiden allerdings: Während Pavie in Frankreich und selbst in Laos, wenn auch nicht ganz, so doch nahezu vergessen ist, trotz der Hoffnung, die er schriftlich formuliert und die ihm bestimmt geholfen hat, ruhig zu sterben – »Wenn man das entdecken wird in wer weiß, zwanzig oder fünfzig Jahren vielleicht, wird man erstaunt sein, was ich alles vollbracht habe« –, wurden in Brasilien schon zu Lebzeiten Rondons überall Prachtstraßen nach ihm benannt, errichtete man Statuen von ihm wie zuvor von Bolívar und gab sogar einem Bundesstaat den Namen Rondônia.

Der künftige Sertanista kommt 1865 im Mato Grosso zur Welt, der Vater ist portugiesischer Abstammung, die Mutter eine Bororo-Indianerin. Jung verwaist, erhält der Mestize eine Erziehung bei der Armee, wird als brillanter Schüler auf die weiterführende Schule nach Guerra de Rio geschickt, verlässt diese als Ingenieur und Oberst. Als Pedro II. mit Unterstützung der Kaffeebarone durch Staatsstreich gestürzt wird, ist er vierundzwanzig. Die junge Republik schickt ihn an der Spitze der CLTEMGA, der »Kommission für die Strategie einer Telegrafenleitung vom Mato Grosso zum Amazonas«, zurück in den heimischen Busch. Ein langer Name. Später nennt man sie kurz Rondon-Kommission.

Von der technischen Herausforderung abgesehen, geht es um die Erfindung eines Landes, um die Ausdehnung des republikanischen Staates auf einem Gebiet, das sich von Nord nach Süd über mehr als viertausend Kilometer und von Ost nach West über mehr als viertausend Kilometer erstreckt, um die Gründung einer positivistischen Nation nach den philosophischen Anleitungen Auguste Comtes, und daher hat man den Obskurantismus der katholischen Kirche und die Konservativen gegen sich.

Zur Einweihung jeder Telegrafenstation mit Feier und laizistischer Hymne an die Wissenschaft, Aufziehen der Fahne und patriotischen Reden werden die Anwohner versammelt. 1865, im Jahr der Geburt Rondons, hatte die Nachricht von der Invasion durch die Truppen Paraguays sechs Wochen gebraucht, bis sie Rio erreichte. Monate nach der Absetzung Pedros II. 1889 glaubten lokale Machthaber noch immer, sie würden das Imperium repräsentieren.

Die ersten Anstrengungen richten sich auf die Grenzregionen im Süden und Osten, es geht um die strittige Grenze zu Paraguay, dann um die zu Bolivien, wo Percy Fawcett 1906 anlandet, im selben Jahr, in dem auch Rondon dort ankommt. Alle beide durchqueren nie zuvor kartografiertes Gebiet. Die Truppe der Comteschen Positivisten wendet sich nach Norden den Bundesstaaten Acre und dann Amazonas zu, zieht eine schnurgerade Schneise, die den Wald teilt, eine *picadão*, die dreißig Meter breit ist, um zu verhindern, dass umstürzende Bäume die Telegrafenmasten beschädigen und das schwarze Kabel durchtrennen. Über Tausende von Kilometern werden topografische Daten erhoben. Der Sohn der Indianerin ist jetzt auch Geograf und Ethnologe. Während seine Männer roden und voranschreiten, unternimmt er zu beiden Seiten der Trasse Expeditionen zu den Bororos und den Nambikwaras, gründet die Indianerschutzbehörde SPI, wählt seine Devise: »Wenn's drauf ankommt, stirbt man selbst, aber getötet wird nicht.«

Das Töten übernimmt dann die Malaria. Je mehr sich die Truppe Amazonien, dem Rio Juruena und dem Rio Madeira nähert, desto widerspenstiger werden die Männer, umso schwieriger die Rekrutierung. Bis in die Militärgefängnisse von Rio wissen alle, dass die Hälfte der Seringueros wegen der schlechten Gesundheitsversorgung wegstirbt wie die Fliegen. Gegen eine Strafverkürzung verpflichten sich viele und werden Soldat, brechen auf mit dem Ziel zu desertieren. Trotzdem hat die Mission eine ganze Flut von Emigranten und Glücksrittern im Schlepptau. Mehrmals verursachen Epidemien ein Massensterben und unterbrechen die Arbeit für Monate. Rondon entdeckt Flüsse und gibt ihnen Namen. Man hält ihn für tot. Er dringt weiter vor.

Als er im Oktober 1913 die Telegrafenstation von Barão de Melgaçon einweiht, knistert der Apparat. Ein gutes Zeichen! Rondon lächelt, dann runzelt er die Stirn: Die Nachricht kommt von seinem ehemaligen Mitschüler an der Militärakademie, Lauro Müller, der Außenminister geworden ist. Theodore Roosevelt, der Ex-Präsident der Vereinigten Staaten, möchte seine Vortragsreise durch Brasilien mit einer Reise durch Amazonien beenden. Der Zeitpunkt ist ungünstig. Rondon schlägt ihm vor, statt eine Exkursion zu unternehmen, solle er ihn bei der Erforschung des Rio Dúvida begleiten. Sein Ziel sei es herauszufinden, ob dieser in den Madeira münde. Roosevelt nimmt den Vorschlag an. Rondon fährt nach Rio. Er ist jetzt General. Gemeinsam kehren sie ins Mato Grosso zurück. Roosevelt wird von seinem Sohn begleitet.

Zehn Jahre vor Vater und Sohn Fawcett starten Vater und Sohn Roosevelt im Januar 1914 ihre Expedition. Mit fünfundfünfzig ist Theodore schon etwas zu alt für den Dschungel. Der Sohn Kermit, Bauingenieur, ist fünfundzwanzig. Zwei Naturforscher aus dem American Museum begleiten sie, der Ornithologe George Cherrie und der Säugetierforscher Leo Miller. Als gemeinsame Sprache mit Rondon haben sie nur ein holpriges Französisch. Es dauert nicht lange, da bekommt der Sohn Malaria. Der Arzt, Doktor Cajazeira, notiert in seinem Reisetagebuch vierzig Grad Fieber. Rondon legt ein höllisches Tempo vor, unterbrochen höchstens von Geländeaufnahmen, sonst stundenlange Märsche unter der Sonne oder im Regen. Nachdem sie innerhalb von zwei Monaten Hunderte von Kilometern hinter sich gebracht haben, erreichen sie Ende Februar den Rio Dúvida.

Der Sohn ist krank, die Lebensmittel werden knapp. In der Truppe kommt es zu Raufereien. Die Männer fürchten die Rache von ausgeplünderten Stämmen, Streit und Mord. Die Beziehungen zu Rondon verschlechtern sich. Roosevelt fordert, dass man die Geländeaufnahmen einstellt. Er möchte schneller vorankommen, Zeit gewinnen, so schnell wie möglich aus dem Wald herauskommen. Sie fahren den Rio Dúvida hinunter. Ein Boot erleidet Schiffbruch. Der Vater ist seit Anfang April am Bein verletzt, tags darauf erleidet auch er einen Malariaanfall. Doktor Cajazeira injiziert ihm alle sechs Stunden Chinin. Ende April erreichen sie die Mündung des Dúvida in den Aripuanã. Der Vater hat zwanzig Kilo verloren. Sie haben fast siebenhundert Kilometer in sechzig Tagen zurückgelegt. Auf dem Aripuanã erwartet sie ein Dampfschiff, das man klugerweise per Telegrafie verständigt hatte. Rondon grüßt das Schiff, das davonfährt, zuckt mit den Schultern und kehrt zu seinen Schneisen zurück.

Die vier US-Amerikaner erreichen auf dem Rio Madeira Manaus. Das Bein wird verarztet. Am 9. Mai sind sie in Belém, gehen an Bord eines Schiffs nach New York. Theodore Roosevelt beschreibt seine Odyssee durch die grüne Hölle (»*Through the Brazilian Wilderness*«), reist im Juni zu einer Vortragsreise nach London. Dann das Attentat in Sarajevo. Jetzt ist anderes wichtig. Der Vater, der sich niemals wieder richtig von seinen äquatorialen Fiebern erholt hat, stirbt fünf Jahre später im Januar 1919. Der Sohn, Soldat in beiden Weltkriegen, mit mehreren militärischen Orden ausgezeichnet, Alkoholiker, nimmt sich 1943 in Alaska das Leben. Da hatte Rondon sein großes Werk seit Langem beendet, die Plackerei mit der Telegrafenlinie, das großartige Abenteuer seines Lebens, für nichts und wieder nichts, lag hinter ihm.

Anfang der Zwanzigerjahre knistert der Telegraf am Ende einer mehr als fünftausend Kilometer langen Leitung ein letztes Mal: Rondon erfährt, dass eine weltweite Funkverwaltungskonferenz abgehalten wird. Seit den Arbeiten von Guglielmo Marconi hat die Radiotelegrafie große Fortschritte gemacht. Die ganze Welt rüstet auf Kurzwellenrundfunk um, die Signalübertragung erfolgt künftig durch Funktechnik, ohne schwarzes Kabel entlang von Masten. Wenigstens Pavie musste keine solche Enttäuschung erleben.

Durch die gewaltigen, nutzlosen Anstrengungen von Rondon und seinen Männern war eine Art neue chinesische Mauer errichtet worden, ein im Dschungel zurückgelassenes Relikt, das auf die Neugier künftiger Generationen wartete. In den Dreißigerjahren widmet sich Rondon wie vor ihm Pavie in Indochina wieder der Festlegung der Grenzen zu Kolumbien und Peru, zuerst an der Spitze einer internationalen Kommission, dann als Leiter der Indianerschutzbehörde. Und wie Pavie in Paris die kambodschanische Schule eröffnete, so unterstützt er das Nationalpark-Projekt am Rio Xingu, dessen Leitung die Brüder Villas-Bôas übernehmen.

Nach einer Schätzung der Indianerschutzbehörde lebten im Sommer 2018 in Amazonien noch achthunderttausend Indianer außerhalb der Reservate nach den Gesetzen und animistischen Bräuchen ihrer jeweiligen Völker als Jäger und Sammler im riesigen Wald verstreut, am Ufer von Wasserläufen und weit entfernt von Rondons aufgegebenen Telegrafenmasten. Auch der einsame Überlebende, den die Kamera erspäht hatte, zählte dazu.

Während Rondon in den Dreißigerjahren die Grenzen im Westen und Norden vermisst, verlässt ein junger Philosophielehrer Mont-de-Marsan und wird Soziologieprofessor an der Universität von São Paulo ganz im Süden. Claude Lévi-Strauss träumt davon, Expeditionen zu den Indianerdörfern im Norden zu unternehmen: »Es war verlockend, der Telegrafenlinie oder dem, was von ihr übrig geblieben war, zu folgen und herauszufinden, wer denn genau die Nambikwara und, weiter im Norden, jene rätselhaften Völker sein mochten, die seit Rondon niemand mehr zu Gesicht bekommen hatte.«

Er erhält die Genehmigungen, kauft Ochsen, Maultiere, Krimskrams, Glasperlen und fährt sieben Jahre nach Fleming zum Mato Grosso hinauf. Rondon, der sich schon der Expedition der Engländer zur Suche nach Fawcett entgegengestellt hatte, ist die Invasion Brasiliens durch europäische Wissenschaftler, dieser Run auf die Indianer, ein Dorn im Auge; er möchte, dass man sie in Ruhe lässt. Später kommt der Witz auf, dass eine Gruppe von Jägern und Sammlern jetzt aus zehn Jägern, zehn Sammlern und zehn Ethnologen besteht.

In *Traurige Tropen* wird Lévi-Strauss seine Ankunft in diesem Gebiet beschreiben, die gerodete Schneise und die Hunderte von Kilometern unbekanntes Land zu jeder Seite, ab und zu Überreste von Telegrafenmasten, die der Busch zurückerobert hat: »Zwar gibt es das Kabel, aber da es, kaum gelegt, bereits überflüssig war, hängt es schlaff von faulenden Masten herab, die nicht ersetzt werden, Opfer der Termiten oder der Indianer (…).«

Vater & Sohn

Als wir uns zum ersten Mal in São Paulo begegnet waren, hatte Bernardo Carvalho gerade seinen Roman *Nove Noites* (»Neun Nächte«) veröffentlicht. Als die französische Übersetzung 2005 erschien, hatte ich ihm vorgeschlagen, sein Buch in Saint-Nazaire vorzustellen. Von São Paulo aus fliegen Vater und Sohn in einer kleinen zweimotorigen Cessna Richtung Norden in die Gegend von São Miguel do Araguaia. Der Vater sitzt am Steuerknüppel. Der Sohn erinnert sich an ihre Flüge durch Hagelstürme und Gewitter, an eine gerade noch geglückte Landung in Barra do Garças, daran, wie der Vater einmal vergessen hatte, Ölgemisch zu tanken, und an Malariaanfälle. Ihm bescherten, schreibt er, »die Reisen mit meinem Vater in erster Linie eine visuelle Vorstellung und ein Bewusstsein von Exotik als Teil der Hölle. Ich musste immer mit ihm in die Bundesstaaten Mato Grosso und Goiás reisen, weil ich dem Gesetz nach die Ferien bei ihm zu verbringen hatte (meine Eltern waren getrennt und hatten sich gerichtlich über meinen Unterhalt und das Sorgerecht für mich geeinigt), und er in der Zeit seine Fazendas besuchen musste«.

Bei ihren Rundreisen erhält der Vater das Recht, auf der Landepiste des Xingu Nationalparks, der so groß ist wie Belgien, zu landen und die Brüder Villas-Bôas zu besuchen, die ihn leiten. Vor ihrer Ankunft hat der Vater »nichts Besseres zu tun, als zu verkünden, ich sei von meiner Mutter Seite her ein Urenkel des berühmten Marschalls Rondon«. Er nutzt die Abstammung des Sohns als Visitenkarte. »Nach der Landung wurde unsere Maschine von Indianern umringt, in der Mehrzahl Kinder, die bei meinem Anblick – einem Jungen in ihrem Alter – sofort anfingen, mich zu betatschen und an meiner Kleidung zu zerren, von meinem Entsetzen nur noch angespornt.« Der Urenkel hat weniger Schneid als sein Urahn: »Ich konnte schreien und nach meinem Vater rufen, soviel ich wollte, er konnte nichts tun, denn auch er war von Indianern umringt.«

Für die brasilianische Ausgabe hatte Carvalho dort, wo gewöhnlich ein kurzes Porträt des Autors steht, eine Fotografie von sich als Kind abdrucken lassen, wie er mit düsterem Blick einem kolossal großen und fast nackten Indianer die Hand reicht, der über diese zweifellos von seinem Vater beabsichtigte Inszenierung offenbar ebenso unglücklich war wie der Junge. Diese Fotografie prangte auf dem Umschlag der französischen Übersetzung. Sie verweist auf das, was er im Buch von jenem Tag im Xingu erzählt: »Widerstand war zwecklos. Soviel ich verstand, wollten sie mich nackt sehen, ich sollte so sein wie sie.«

Beim Lesen dieser Episode in *Neun Nächte* war in mir die Erinnerung an das erste Buch wachgeworden, das ich allein gelesen hatte, *Le Tapis volant* (»Der fliegende Teppich«), in dem ein Junge meines Alters, der kleine Michel, die magische Formel Abrakadabra aussprach und mitten im Urwald landete: »In einem Indianerkanu fuhr er den Fluss hinab. Im grünen Wasser schwammen Alligatoren. Dichtes Moos hing von den Bäumen, die das Ufer säumten.« Diese Lektüre, die sogar noch vor der von Cendrars' *Moravagine* lag, fiel mir später wieder ein, als ich einem Boot begegnete, das von anderen schreienden Indianern angegriffen wurde und dessen Treidler wie die beiden Flieger nackt und wehrlos waren. Doch der kleine Michel ließ vor den Indianern nicht die Hosen herunter. Wäre es so weit gekommen, hätte mir meine Tante Monne, schamhaft, wie sie war, niemals dieses Buch geschenkt.

Als Erwachsener begleitet Carvalho, dem die Indianer von Xingu keine Ruhe ließen, eine Mission ins Gebiet der Krahô. Er stellt Nachforschungen über den geheimnisvollen Tod des jungen Ethnologen Buell Quain an. Wieder eine Vater-und-Sohn-Geschichte. Quain ist im Mittleren Westen geboren, als Kind begleitete er seinen Vater auf Geschäftsreisen nach Deutschland, Holland und Skandinavien. Dann verließ dieser Vater Frau und Kinder. Wie Malcolm Lowry und aus denselben Gründen, einerseits Fernweh und andererseits den väterlichen Plänen trotzend, heuerte Buell Quain, statt auf die Universität zu gehen, als Matrose auf einem Frachtschiff nach China an.

Nachdem er später sein Studium beendet hatte, führte ihn sein erster Forschungsaufenthalt in den Südpazifik auf die Fidschi-Inseln, dann wandte er sich den Indianern Brasiliens zu. Ein Jahr vor seinem Selbstmord fuhr er Ende April 1938 zusammen mit Claude Lévi-Strauss an Bord eines Dampfschiffs Richtung Serra do Norte. Die beiden jungen Ethnologen stiegen im selben kleinen Hotel in Cuiabá ab, dem Esplanada, wo sie sich über ihre Lektüre von *Unter den Naturvölkern Zentral-Brasiliens* ihres berühmten Vorgängers Karl von den Steinen austauschten, der Ende des neunzehnten Jahrhunderts die Indianer am Xingu beschrieben hatte.

Im Jahr ihrer Begegnung ist Lévi-Strauss dreißig, Quain siebenundzwanzig Jahre alt. Jeder bricht in sein Forschungsgebiet auf. Lévi-Strauss wird von Juni bis September im Mato Grosso bleiben. Quain geht zu den Trumaï an den Ufern des Rio Culuene, ein Gebiet, das wegen der Wasserfälle nicht über den Rio Xingu erreichbar ist. Von dem gefürchteten kriegerischen Stamm haben nur siebzehn Männer, sechzehn Frauen und zehn Kinder überlebt. Quain findet sie »lästig und dreckig«, die Tage und Nächte bei ihnen ziehen sich bis zum Überdruss, während er feststellt: »Dieses Volk ist gelangweilt, weiß es aber nicht.« Denn

Langeweile ist eine Erfindung des Westens, das Gelangweiltsein, das wir alle kennen und das den einen nach Abessinien, den anderen auf die Marquesas treibt auf der Suche nach jenen »moralischen Gewürzen«, nach denen unsere Gesellschaft laut Lévi-Strauss »ein umso stärkeres Bedürfnis empfindet, als sie in der Langeweile versinkt«. Häufig endet das nicht gut. Quain zieht weiter zu den Krahô in ein Dorf mit etwa zweihundert Indianern. Er erlernt ihre Sprache. Als die Indianer später bei Nachforschungen über ihn befragt werden, beschreiben sie ihn als einen bizarren Weißen, der manchmal Krisen hatte. Aber welcher Ethnologe erschiene einem Indianer nicht bizarr?

Knapp einen Monat vor seinem Selbstmord, am 4. Juli 1939, schreibt er an seine damals in Bali forschende Kollegin Margaret Mead einen Brief, den er nie abschickt und den man in seiner Tasche fand: »Der offizielle Umgang mit den Indianern hat zu ihrer Verarmung geführt. Es gibt (unter den wenigen, die sich für die Indianer interessieren) die weitverbreitete Überzeugung, man könne ihnen helfen, indem man sie mit Geschenken überhäuft und sie auf das Niveau unserer Zivilisation führt. Das alles kann man Auguste Comte zuschreiben, der einen enormen Einfluss auf das hiesige höhere Bildungswesen gehabt und durch seinen glänzenden brasilianischen Schüler, den damals schon alten General Rondon, die Indianerschutzbehörde verdorben hat. Noch habe ich den logischen Zusammenhang nicht herstellen können, aber ich weiß, dass er existiert.« Der Zusammenhang zwischen den Krahô und der Beeinflussung der Indianerbehörde durch Auguste Comte scheint in der Tat schwer herzustellen. Handelt es sich noch um eine wissenschaftliche Arbeit oder schon um das Werk eines fantasierenden Irren? Er bittet zwei Indianerjungen, ihn in den Wald zu begleiten.

Will er vor sich selbst davonlaufen, oder fürchtet er eine neue Krise? Anscheinend versuchte er damals, mit seinen zwei jungen Führern in das Dorf Carolina an der Grenze zum Bundesstaat Maranhão zurückzukehren. In der Nacht rasten sie. Quain verbrennt alle Briefe, die er von seiner Familie erhalten hat, schickt einen der Jungen mit einem Brief zu einer Farm, von der er weiß, dass sie nicht weit entfernt liegt. Beim Erwachen sieht der andere, dass Quain sich mit einem Rasiermesser den Hals und die Arme aufschneidet. Er ergreift die Flucht. Die beiden Indianer kehren mit dem Farmer und seinen Kuhhirten zurück. Quain hängt an der Schnur seiner Hängematte an einem Baum, die Blutlache unter ihm hat die Erde bereits aufgesogen.

Der Tod des Vaters

Mit jener Vorliebe für Tagebücher und die Koinzidenz von Daten, die ich mit ihm teile, schreibt Bernardo in seinem Roman: »Buell Quain nahm sich am späten Abend des 2. August 1939 das Leben – am selben Tag, an dem Albert Einstein den historischen Brief an Präsident Roosevelt schickte, mit dem er vor der Atombombe warnte, drei Wochen vor Unterzeichnung des Nichtangriffspakts zwischen Hitler und Stalin, der grünes Licht gab für den Beginn des Zweiten Weltkrieges und für viele eine der größten politischen Enttäuschungen des zwanzigsten Jahrhunderts war.«

Auf den letzten Seiten des Buchs beschreibt er den Tod seines Vaters, des Piloten, der schillernden Vaterfigur, des zum Wrack gewordenen Verführers. Sein Zimmer- und Leidensgenosse in einer Klinik in São Paulo ist ein alter Fotograf. »Mein Vater teilte das Zimmer mit einem achtzigjährigen Amerikaner, der seit Langem in Brasilien lebte.« Die Krankenschwester vertraut Bernardo an, der alte Mann habe »hier keinen Menschen, keine Verwandten, keine Freunde«, aber »sie versuchten, den Sohn in den USA ausfindig zu machen, bevor er starb«.

Unlängst fragte ich Bernardo bei einem Treffen nach dem Anteil der Fiktion in seinem Roman. Ich hatte ihn gerade wieder gelesen, mir schien, die große Frage darin war die der Beobachtung, der Gegenwart eines Beobachters, der das, was er beobachtet, wie in der Heisenbergschen Unschärferelation unmöglich nicht verändern kann; die Ethnologie würde nie erfahren, wie die Indianer lebten, wenn diese nicht die wochenlange Anwesenheit eines Ethnologen in ihrem Dorf ertragen müssten, der vor seiner Hütte sitzt und fortwährend seine Notizhefte füllt, während sie noch nicht einmal die Schrift kennen. Und diese universelle Regel galt auch für Väter und Söhne, denn ein Vater, der sich von seinem Sohn beobachtet weiß, ist ein anderer als in Abwesenheit des Sohnes, und der Mann, der Pierre in meiner Abwesenheit war, war mir bestimmt ebenso unzugänglich wie das Leben der Trumaï.

Was den Anteil der Fiktion anging, war mir klar, dass Bernardo nicht allzu viel sagen wollte, aber er bestätigte mir, dass alles, was er über Lévi-Strauss erzählte, nicht fiktiv war. Zu seiner Zeit als Paris-Korrespondent von *La Folha de São Paulo* hatte er mehrere Interviews mit dem alten Mann geführt. Eine Aussage daraus hatte er in seinen Roman aufgenommen: »Je mehr die Kulturen miteinander kommunizieren, umso stärker wird die Tendenz zur Vereinheitlichung und umso weniger haben sie einander mitzuteilen. Das Problem für die Menschheit besteht darin, dass es eine ausreichende Kommunikation zwischen den Kulturen geben sollte, aber nicht zu viel. Als ich vor über fünfzig Jahren in Brasilien war, hat mich das Schicksal der kleinen, vom Untergang bedrohten Kulturen selbstverständlich tief berührt. Fünfzig Jahre später muss ich zu meiner Überraschung feststellen: Auch meine eigene Kultur ist bedroht.«

Die Kultur, die Lévi-Strauss bereits bedroht sah, war die des Humanismus von Montaigne. Und ganz wie die Trumaï, die schon in den Dreißigerjahren vor ihrer Auslöschung standen, waren wir inzwischen vielleicht zu den letzten Mohikanern geworden.

An Bord

Gegen den starken Strom musste das geliehene kleine Boot immer wieder ankämpfen, schlingerte und stampfte zugleich. »Jedes Mal (...) fürchteten wir zu sinken«, schrieb Cendrars in *Moravagine*. Wir überquerten den Fluss und die Linie, entlang der die Gewässer vor Manaus zusammenfließen.

Wenngleich es für die Peruaner schon der Amazonas ist, der das viel weiter westlich gelegene Iquitos umspült, bekommt der Amazonas für die Brasilianer seinen Namen erst ab hier, mit dem Zusammenfluss des Rio Negro, der von Norden kommt, und des Rio Solimões, wie sie den Strom ab dem Zusammenfluss des Rio Marañón und des Ucayali in Peru nennen. Flussabwärts von Manaus fließen die jeweils drei Kilometer breiten Flüsse Rio Negro und Rio Solimões einige Dutzend Kilometer weit Seite an Seite im selben Flussbett, ohne sich zu vermischen, eine Folge von Temperaturunterschieden und unterschiedlichen chemischen

Zusammensetzungen, soweit ich verstanden habe. Zuletzt ist es der schnellere Rio Solimões, der dreimal mehr Wasser führt, der den Sieg davonträgt, den Rio Negro verschlingt, zum Amazonas wird und seinen majestätischen Weg nach Santarém und dann Bélem fortsetzt.

An jedem Ufer die übliche Landschaft, Niederwald und Sümpfe, in denen große Victoria-Seerosen wachsen, reglose Silberreiher, Aquakulturen, Pfahlbauten mit Terrassen voller Geflügel. Der fruchtbare Boden Amazoniens ist empfindlich, weil er nicht schwer ist, große vom Wind umgewehte Bäume zeigten ihre Wurzelkronen, die man hier Sonnen nennt. In einer seiner Erzählungen aus der Sammlung *A cidade ilhada* (»Die Inselstadt«) erfindet Milton Hatoum die Figur eines alten japanischen Gelehrten, der an den Ufern des Rio Negro sterben will: »Sein Beruf hatte ihn in ferne Länder geführt, und auf allen Gewässern, die er in Afrika wie in Asien befahren hatte, war in ihm nur der Wunsch gewachsen, den Hauptzufluss des Amazonas zu sehen. Für eine lange Reise fehlte ihm die Zeit. Und er fügte hinzu: die Zeit zu leben.« In der Tat würde man gerne am Hafen von Manaus vorbei den Rio Negro hinauffahren, das schöne Rätsel des Brazo Casiquiare durchdringen, der das Amazonasbecken mit dem des Orinoko in Venezuela verbindet, ein Flussarm, über den man bei La Condamine, bei Humboldt, der als Erster die Karte von ihm zeichnete, bei Verne und auch bei Gheerbrant liest.

Unterwegs mit dem Konsul

Wohin auch immer ich gehe, Manaus verfolgt mich.
MILTON HATOUM, A cidade ilhada

Häufig wecken die Namen ferner Städte in uns den Wunsch, sie mit eigenen Augen zu sehen. Natürlich wecken alle Städte Fernweh. Vor allem jene, die fernab der Territorien unserer Kindheit liegen, jene, denen die ersten Besucher in ihrer Sprache aufs Geratewohl Namen in seltsamer Rechtschreibung gaben: Auf Französisch ist es das »u« in Manaus, das fast wie ein deutscher Städtename klingt, das »z« in Cuzco, das viel geheimnisvoller ist als das Cusco der Spanier. Milton Hatoum, der seine Kindheit in Manaus verbrachte, hat zwei Dichter erfunden, die in der Stadt mit den zwei Silben, Paris, gemeinsam träumen. Nur die Literatur ermöglicht uns eine Annäherung an die Wahrheit von Orten, vor allem, wenn Schriftsteller von Generation zu Generation andere Schriftsteller verarbeiten. Milton hatte über die Mission des Autors von *Krieg im Sertão* und den Fluch Amazoniens geschrieben: »Auf denkwürdigen Seiten scheint Euclides da Cunha die Wirklichkeit zu beschreiben, wie er sie sich vorstellte oder wie ein Reisender sie noch heute sehen kann: eine Region, wo die Menschen arbeiten, um Sklaven zu werden.«

In *Die Jangada* beschreibt Jules Verne die Iguarapes, jene Kanäle, »die die Stadt in jeder Richtung durchziehen und ihr fast einen holländischen Typus verleihen«. Er nennt die Stadt, die er nie gesehen hat, Manao und ihre Bewohner Manaoenser. Der Vorschlag wird ebenso wenig angenommen wie der Ausdruck »auf die Erde herabsteigen« für die Landung in *Fünf Wochen im Ballon*.

Gut fünfzig Jahre später hängt Henri Michaux in *Ecuador* ein
»s« an die Schreibung von Jules Verne: »Eine gewaltige, einen
Kilometer lange, sehr hohe, rechts an den Fluss gedrückte Mauer.
Dahinter und darüber: Manaos. Zweitausend Kilometer von
allem entfernt diese Stadt, die hunderttausend Einwohner hat,
und geht man eine Straße entlang, mündet sie in den Wald.«
Zwischen diesen beiden Büchern erlebte die Kautschuk-Metropole der Welt ihre Glanzperiode und dann ihren Niedergang.

Vom Hafen am Rio Negro aus, diesem Durcheinander von
Fischerbooten und Passagierschiffen vor der Halle des Mercado
Municipal Adolpho Lisboa, nahmen Pierre und ich inmitten
einer dichten und lärmenden Menschenmenge die Avenida
Getúlio Vargas hinauf ins Stadtzentrum. Manaus war eine Stadt,
die noch immer einem Nichts mitten im Nirgendwo glich. Aus
den zwei- oder dreihunderttausend Einwohnern in den Fünfzigerjahren waren mehr als zwei Millionen geworden: keine
Kanalisation, keine Kläranlagen, keine Müllverbrennung, die
Iguarapes voll von Plastikmüll und ausrangierten Gerätschaften.
Im Norden des historischen Zentrums erstreckte sich eine große
Vorstadt nach nordamerikanischem Vorbild, mit einem Einkaufszentrum mit den weltweit verbreiteten Marken, durch die
wir fahren mussten, um auf die BR174 zu gelangen und zu
Takashi zu fahren.

Wenn die findigen englischen Ingenieure, die im Herzen des
Dschungels die einst reichste Stadt der Welt, die erste elektrifizierte Stadt Brasiliens errichtet hatten, nach einem Jahrhundert
zurückkämen, würden sie sehen, dass die Eisenbrücke noch
immer in Betrieb ist, sie sähen die Markthallen, würden die
schwimmenden Kais und Docks im Hafen suchen, wo die Kautschukballen zu Goldpreisen gehandelt wurden, würden zur
Praça São Sebastião hinaufgehen und dort auf die Oper mit ihren
Murano-Verglasungen, ihrer Kuppel mit Elsässer Mosaik blicken,

daneben auf die aus Italien stammende Kirche, die asymmetrisch ist, weil einer ihrer beiden Glockentürme im Atlantik versank, ringsum jedoch auf verfallene, schwarz angelaufene Gebäude mit eingestürzten Dächern, die von Farnen und Lianen überwuchert werden, und die Pumpstation am Fluss, die nie in Betrieb war, weil sie im Jahr des Bankrotts fertiggestellt und dann aufgegeben wurde.

In diesem Mai 2018 riss der Strom der zahllosen, aus dem Norden kommenden Venezolaner nicht ab, die das Regime von Nicolás Maduro flohen. Der Streik der siebenhunderttausend Lastwagenfahrer blockierte im ganzen Land die Straßen, und in São Paulo war gerade der Notstand ausgerufen worden. Von ihrer Gewerkschaft organisiert, die vielleicht hinsichtlich der bevorstehenden Präsidentschaftswahlen manipuliert war, forderte diese Bewegung von den Regierenden den Verzicht auf die Benzinpreiserhöhung. Lula lag bei den Umfragen noch vorn, aber schlief hinter Gittern. Hinter ihm legte der Kandidat der extremen Rechten zu, der Reservehauptmann Jair Bolsonaro. Die Sorge um die Versorgung der isolierten Stadt wuchs. Man begann mit der Rationierung von Benzin und Diesel für die Schiffe und Autos. Das Elektrizitätswerk wurde mit Heizöl betrieben und die Stromerzeugung damit heruntergefahren. Große Demonstrationen riefen in der Stadt lautstark zum Militärputsch auf.

Bei der Aussicht, hier länger als vorhergesehen zu bleiben, nur noch Tambaquis und Pirarucus aus Aquakulturen zu essen, statteten wir unserem Honorarkonsul einen Höflichkeitsbesuch ab. Dominique Chevé waltete seines Amtes auf einem Plastikgartenstuhl unter einer Überdachung im Hof der Alliance française. Vor ihm, auf einem Tisch aus demselben Material, warteten geduldig ein Stempel und ein Dutzend brandneuer, französischer

Pässe. Er stehe kurz vor der Pensionierung, ließ er uns wissen, leite aber noch ein Unternehmen für »Produkte zum Personenschutz«, ich glaubte, es handele sich um die euphemistische Formel für den Verkauf von Knarren und schusssicheren Westen, aber nein, er handelte mit Schutzhelmen, Staubmasken und Sicherheitsschuhen für Bauarbeiter.

Im Laufe unseres Gesprächs führte er genüsslich die Pariser Arrondissements auf, in denen er in einem anderen Leben gewohnt hatte. Seit Langem in Brasilien, davon zehn Jahre in Manaus, erinnerte der Mann ein wenig an den Konsul Lowrys. Es klang nach verflossenen Liebschaften. Er kam mir vor wie die fiktive Figur des chilenischen Konsuls in Iquitos aus dem Roman *Wo einst das Paradies war* von Carlos Franz. Unser Konsul vertrat um die hundert registrierte französische Staatsbürger. Seine Energie, beklagte er, wurde vor allem von zahlreichen alleinstehenden brasilianischen Müttern beansprucht, die von den französischen Vätern ihrer Kinder verlassen worden waren und denen das großzügige Frankreich eine bescheidene Unterstützung gewährte. Pierre hatte ihn lakonisch gefragt, ob hier auch umgekehrt ein alter verlassener französischer Vater von solchen Vergünstigungen profitieren und eine kleine Pension erhalten würde.

In Manaus

Das Restaurant des Amazônia-Hotels hieß Fitz Carraldo, eine kleine Wortspielerei, durch die man vielleicht vermeiden wollte, an Werner Herzog Rechte für seinen *Fitzcarraldo* zahlen zu müssen. Meistens verließen wir das Hotel am späten Nachmittag und überqueren den trotz seiner Lage in der Mitte des historischen Zentrums, des centro do Centro, von eingestürzten Gebäuden umrahmten Largo São Sebastião, gingen am Amazonas-Theater vorbei – seit Langem wieder in seinem ursprünglichen rosafarbenen Anstrich, nachdem es, wie alle öffentlichen Gebäude, während der Militärdiktatur kasernenblau getüncht war – und stießen die Tür zu einem kleinen Häuschen auf, das im selben Dunkelgrün gestrichen war wie die Pariser Zeitungskioske und in dem sich die alteingesessene Buchhandlung von Joaquim Melo befindet.

Weil draußen ein Plakat die jüngste Publikation von Milton Hatoum rühmte, hatte ich ihn am ersten Tag gefragt, ob der berühmteste Schriftsteller von Manaus zurzeit in der Stadt sei, und mich auf unsere sehr alte Kameradschaft berufen. Argwöhnisch hatte er sein Telefon geholt und ihn angerufen, hatte ein wenig mit ihm geschwatzt und mir dann den Hörer hingehalten. Milton war in São Paulo. Wir hatten uns seit unserer zufälligen Begegnung in Recife zehn Jahre zuvor in Begleitung von Lucila nicht mehr gesehen, jetzt bedauerten wir, dass wir uns dieses Mal verpassten. Nachdem ich mich als vertrauenswürdig erwiesen hatte, waren die Nachmittage zwischen den Bücherregalen, in denen wir herumstöberten, herzlich. Joaquim empfing Freunde, und wir sprachen mit ihnen bei einem Kaffee über Literatur und Politik, er brachte Raritäten von zu Hause mit, Bücher, die uns interessieren könnten. Ich brachte ihm die Übersetzungen von meinen, die Samuel Titan herausgegeben hatte, der ebenfalls ein Freund von Milton ist. Ihre Großväter, der eine in Belém, der andere in Manaus, standen schon zu Zeiten Getúlio Vargas' in geschäftlichem Kontakt zueinander. Joaquim trug dazu bei, dass der Bücherstapel, den ich ausgewählt hatte, noch höher wurde, unter anderem mit jener Rondon-Biografie, die ich bereits erwähnt habe, sowie den *Soldados da borracha* (»Kautschuk-

Soldaten«) von Oliveira Lima. Pierre erstand ein Handbuch der Vogelwelt Amazoniens.

Nachdem wir uns Karten für die Oper besorgt hatten, widmeten wir uns der Vorbereitung unserer Abreise in den Wald, ohne zu wissen, was uns dort erwartete, genossen wie auf dem Schiff ausgiebig die Ruhe und das Lesen im Amazônia Hotel mit Blick von der Fensterfront auf die nassen Palmen, die der Wind schüttelte, beobachteten zwischen den Regengüssen die in der Luft stillstehenden Kolibris, schlürften chilenischen Weißwein, und am Abend teilten wir unsere gemeinsame Vorliebe für harte Drinks und pichelten den *Jambú-Cachaça*, von dem wir uns in Alter-do-Chão einen Vorrat zugelegt hatten. Jambu ist eine Pflanze mit kleinen grünen Blättern und gelben Blütenknospen, die auch Parakresse genannt wird, auf Französisch *brède mafane,* was noch weniger bekannt ist außer auf Madagaskar und in Manaus, wo sie eine Zutat für die traditionelle nordbrasilianische Suppe *Tacacá* ist: In einem Schnaps erzeugt sie im Mund kleine, prickelnde Entladungen, die adstringierend wirken. Morgens brach Pierre auf, um in den angrenzenden Straßen die verfallenen Gebäude und Trümmer zu fotografieren mit dem Ziel, eine Ausstellung vorzubereiten oder die UNESCO auf den Zustand dieses Kulturerbes aufmerksam zu machen.

Als wir von Takashi zurück waren, perplex, als wären wir aus dem Herzen der Finsternis zurückgekommen, hatten wir unsere Opernkarten und unsere letzten sauberen Kleider aus dem Gepäck geholt, wir sahen aus wie aus dem Ei gepellt und wirkten dennoch wie in Bettlerlumpen zwischen all den Fräcken und Abendkleidern. Wir stiegen die große Treppe mit dem roten Teppich hinauf, jene Stufen, die Klaus Kinski zu Beginn von *Fitzcarraldo* in seinem schlammverschmierten weißen Anzug und den vom Paddeln blutigen Händen atemlos hinaufrennt:

Der von den Kautschukbaronen in der Silvesternacht des 31. Dezember 1896 eingeweihte Saal ist voll. Klaus Kinski und Claudia Cardinale hören stehend die große Stimme von Caruso, für den der Abenteurer eine Oper in Iquitos bauen will. Vor dem Theater, auf dem mit Kautschuk überzogenen Pflaster des Vorplatzes, tränken die Kutscher die Pferde eimerweise mit Champagner.

Da wir das Programmheft überflogen hatten, das man uns mit den Karten aushändigte, wussten wir, dass eine Vater-Sohn-Geschichte gegeben wurde. Es war die Premiere der Oper *O Vulcão azul* des brasilianischen Komponisten João Guilherme Ripper. Besagter blauer Vulkan war der Kawah Ijen in Indonesien. Statt eines Franzosen in Algerien oder eines Portugiesen in Brasilien war der ruchlose, mit Hohngelächter empfangene Kolonist Niederländer, womit alle zufrieden waren. Als wir dann die Ränge hinaufgingen, stellten wir fest, dass das Publikum wenig repräsentativ für die hoch gerühmte brasilianische Diversität und Rassenmischung war und fast ausschließlich aus Weißen fortgeschrittenen Alters bestand, die sich in Schale geworfen hatten. Die sehr ausgedehnten Pausen zwischen den Akten boten dieser Hautevolee bei Premieren vielleicht die Gelegenheit, unter den in der Kuppel hängenden Kristalllüstern und zwischen den Büsten von Racine und Molière schöne Ehen innerhalb der Bourgeoisie von Manaus einzufädeln.

Wir besserten bei der Lektüre des Librettos, das auf einem hellen Bildschirm unterhalb der Bühne vorbeigeflimmert war, unsere Portugiesischkenntnisse auf, und als der Vorhang nach dem letzten Akt gefallen war, lächelten wir uns auf unseren roten Samtsitzen mit den goldenen Bordüren zu: Der Sohn vergiftet den Vater. Sogleich entdeckt er seine Liebe zu ihm. Es ist zu spät. Der Vater ist gestorben. Der Sohn untröstlich.

Wir gingen ein letztes Mal zum Hafen hinunter, mehr auf der Suche nach einem Vorrat an Schönheit als an Nahrungsmitteln, schlenderten durch die riesige, laute Markthalle, wo dem Auge auf weiß gekachelten, mit Eis bedeckten Tischen, die im rechten Winkel um den Verkäufer angeordnet sind, haufenweise schillernde Süßwasserfische dargeboten wurden, deren Namen und Geschmacksvarianten wir uns seit unserer Ankunft zu merken versucht hatten, wo sich bunte, duftende Gemüse auftürmten, Kräuter, Gewürze und Früchte, alles, was sich die Bewohner von Manaus in ausgelassener und ehrbarer Freude auf kurzem Wege einverleiben könnten, sollte die augenblickliche, durch den Streik der Lastwagenfahrer hervorgerufene Knappheit sie um die Befriedigung ihres Appetits auf alle importierten und so exotischen Produkte bringen wie das Cassoulet de Castelnaudary oder die Marseiller Fischsuppe.

Auf diesem Kai, vor dieser Halle entlässt Cendrars Moravagine und seine Gefährten aus Amazonien und schickt sie, von den blauen Indianern befreit, nach Europa zurück: »Wir sind an Bord des *Marajô,* eines kleinen brasilianischen Dampfers, der direkt von Manaos, einer Provinz am Amazonas, nach Marseille fährt, Departement Bouches-du-Rhône. Wir fahren mehr als tausend Seemeilen den Amazonas hinab, wir schwimmen auf dem ältesten Fluss der Welt, in dem Tal, das die Gebärmutter der Welt ist, das Paradies des irdischen Lebens, das Heiligtum der Natur. Aber was nutzt uns die Natur, die schönste Pflanzenwelt, das herrlichste Schauspiel der Schöpfung. Wir verlassen das Krankenzimmer an Bord nicht. Wir lachen. Eingeschlossen. Hand in Hand. Moravagine und ich.« Über diese imaginäre Schifffahrtslinie schickt er sie in die Realität und in die Weltgeschichte zurück. »Wir kamen in Paris an, als die Stadt ihre Tore hinter der Bonnot-Affäre schloss.« Und so ist Schluss mit den blauen Indianern.

Wir dagegen wollen in die andere Richtung weiter, nach Westen, bis nach Peru.

Unterwegs zum Inka

Drei Jahre zuvor besuchte ich mit Véronique Yersin auf der Rückreise vom Chalet der Mégevands in Chamonix das Museum für Völkerkunde der Stadt Genf, wo gerade eine große Sonderausstellung dem Publikum die neuesten Forschungsergebnisse über die Mochic-Könige präsentierte – sie zeigte unter anderem die Rekonstruktion einer hohen, dekorierten Palastwand, deren Farben jahrhundertelang unter dem Sand erhalten geblieben waren. Die ethnische Gruppe der Mochica faszinierte uns so sehr, dass wir einige Monate später in Lima durch den mit Monsterkakteen und Kandelaber-Euphorbien bepflanzten Garten des Larco-Museums an der Avenida Simon-Bolivar gingen, in dem sich die größte Sammlung mit Grabungsfunden aus der Küstenregion befindet.

Unter den Prä-Inka-Völkern zeigt das der Mochica mehr noch als das der Nazca und ihrer rätselhaften Geoglyphen, die man vom Himmel aus sehen kann, und mehr noch als das der Lima, die die hohen Tempelpyramiden von Huaca Pucllana »im Bücherregalstil« errichtet und mit geopferten Frauen und Kindern gefüllt hatten, eine geniale Liebe zum Detail, zu raffinierter künstlerischer Dekoration kleiner Alltagsgegenstände, Töpferwaren und Keramiken, die den Eindruck erwecken, als lebten sie mitten unter den Menschen: Haustiere und wilde Tiere, Früchte, Pflanzen, mit Humor gestaltete Gesichter und erotische Szenen, eine über achthundert Jahre währende Evolution, die man an der Küste aus den Schichten im Sand herauslesen kann, eine Kultur, die ihren Höhepunkt erreicht hatte und zu einer Zeit verschwand, als die verschiedenen Zivilisationen noch nicht voneinander wussten, als jede für sich ihr architektonisches und künstlerisches Genie entwickelte, ein eigenes materielles und spirituelles Leben, eine eigene Landwirtschaft, eigene Speisen und eigene Götter. Eine Zivilisation ist etwas sehr Pflanzliches, es lässt sich kaum sagen, wie sie entsteht, sie sprießt, wächst, gelangt zur Blüte, verwelkt, und nicht viel mehr wissen wir über ihren Untergang, außer im Falle einer Invasion oder ihrer Vernichtung.

Um das zwölfte und dreizehnte Jahrhundert, als sich in Japan die Feudalherrschaft der Shogune ausbildete, in Europa die Kathedralen gebaut wurden, in Angkor die Khmer ihren Höhepunkt erreichten, die Zagwe-Dynastie monolithische Kirchen in den äthiopischen Fels hauen ließ, stiegen die Inka, ein Volk von Ingenieuren, Verwaltern und Soldaten, das dann alle Kulturen unterwarf, zur Hegemonialmacht auf, errichteten einen despotischen Staat, der ganze Völker deportieren ließ und die Stadt Cusco im Gebirge zum Mittelpunkt ihres riesigen Herrschaftsgebiets, des Tawantinsuyu, machte, das sich vom Norden des heutigen Chile bis in den Süden des heutigen Kolumbien erstreckte und von mehr als zwanzigtausend Kilometern Straßen durchzogen war, gebaut von einem Volk, das das Rad nicht kannte. Brücken überspannten die Abgründe der Kordilleren. Diese Meisterwerke der zivilen Baukunst begünstigten das Vordringen der Spanier und führten mit zum Untergang des Sonnenreichs.

Ein Kopf, der 1980 zufällig in einer Kiste in der Kathedrale von Lima entdeckt wurde, überzogen mit getrockneter Haut von der Farbe eines Brathähnchens, erwies sich als der Kopf des Schurken Francisco Pizarro, der hier 1541, zehn Jahre nach der Gefangennahme des Inka-Herrschers, enthauptet wurde.

Da die Inkas keine Schrift kannten, gibt es nichts, was den Aztekencodices vergleichbar wäre. Die ersten Chronisten, Garsilaso de la Vega, Sohn eines Konquistadors und einer Inka-Prinzessin, und Titu Cusi Yupanqui, Bruder von Túpac Amaru, beschrieben den Untergang der Welt in der Sprache der Sieger. Ungeachtet der Ungenauigkeiten und der bisweilen chaotischen Aufzeichnungen erfährt man aus ihren Chroniken, mit welch unglaublicher Schnelligkeit die Zivilisation des Sonnenreichs erlosch, das sich ewig wähnte.

Am 22. April 1500 erreicht Pedro Cabral die Küste Brasiliens, am 23. April 1519 ist Hernán Cortés in Veracruz im Süden Mexikos. Ab 1532 segelt sein Cousin Francisco Pizarro, der später Enthauptete, von Mittelamerika aus die Pazifikküste hinunter, geht im Norden von Peru mit weniger als zweihundert Mann, zweiundsechzig Pferden sowie einigen Kanonen und Arkebusen an Land. Vor ihm liegt das riesige Reich der Inkas mit Hunderttausenden von Soldaten, von denen er nichts weiß. Wie viele der ersten Entdecker ist der alte Haudegen, der weder lesen noch schreiben kann, ein Veteran aus den Italienkriegen. Er war bei der Expedition von Balboa ins aktuelle Panama dabei. Es ist eine Familiengeschichte, fünf Pizarros sind in der Truppe, Brüder oder Halbbrüder und ein Cousin.

Francisco an ihrer Spitze setzt auf die üblichen Methoden: Schurkerei und Kühnheit, Korruption und Mord. Die Macht im Reich ist instabil, zwei Söhne des verstorbenen Inka, Huascar im Süden von Cusco und Atahualpa im Norden von Quito, streiten sich darum. Letzterer hält sich zu diesem Zeitpunkt in seiner Sommerresidenz an den heißen Quellen von Cajamarca auf. Dort gerät er in einen Hinterhalt, in wenigen Stunden verändert die »Schlacht von Cajamarca« den Subkontinent für immer.

In *Vie et mort de l'Inca Atahuallpa* (»Leben und Tod des Inkas Atahuallpa«) folgt Gilbert Vaudey den Ereignissen, die der aus der Schweiz stammende Anthropologe Alfred Métraux einst erforscht hat. Von der Küste kommend, dringen die Reiter und Fußtruppen in die Anden vor, entdecken eine wohlbestellte und fruchtbare Landschaft, in zweitausend Metern Höhe eine funktionierende Stadt, der Himmel ist strahlend blau, Häuser aus Lehm und Stein, gekehrte Straßen, saubere Abwasserkanäle. Pizarro schickt eine Gesandtschaft zum Inka. Dieser sieht zum ersten Mal ein Pferd. Er erlaubt den Spaniern, ein Quartier zu beziehen.

Am nächsten Tag, Samstag, dem 16. November 1532, präsentiert er sich ihnen im ganzen Glanz seines Reichs auf seiner Sänfte, umringt von vielen Tausend Menschen. Die Zahl der Spanier ist so gering, dass er denkt, er könne sich ihrer Pferde bemächtigen, eine Reiterschar bilden, die ihm einen Vorteil im Kampf gegen seinen Bruder Huascar verschaffen würde. Es ist eine Falle. Die bärtigen Fremden mit den Eisenhelmen greifen mit Geschrei an, schwingen die Bibel und das Schwert. Die Schellen, die man den Pferden an die Beine gebunden hat, verstärken die Bestürzung über die Schüsse der Arkebusen. Tausende Tote, bevor es Abend ist. Die Konquistadoren berichten von einem Leichtverletzten in ihren Reihen. Das Inkareich wird an einem Tag gestürzt, der Sohn der Sonne gefangen. Er verspricht ein ganzes Haus voller Gold, um sich freizukaufen. Pizarro wartet, bis das Lösegeld zusammengetragen ist, um ihn dann zum Tod zu verurteilen.

Montaigne hat Pizarro später des Treuebruchs bezichtigt und Atahualpa als besiegten Helden gezeichnet.

Die lange Fahrt flussabwärts

Häufig geschieht die Entdeckung und Kartografierung von Flüssen, indem sie flussaufwärts befahren werden, so beim Nil und beim Mekong, seltener flussabwärts: das war im Abstand von Jahrhunderten beim Kongo und beim Amazonas der Fall, dessen Mündung nicht zu erkennen ist.

Acht Jahre nach dem Hinterhalt von Cajamara, sieben Jahre nach der Hinrichtung des Inka, genügt das Gold von Peru schon nicht mehr. 1540 schickt Francisco Pizarro seinen Bruder Gonzalo an der Spitze eines kleinen Erkundungstrupps nach Norden und Quito mit dem Auftrag, im Osten das Land El Dorado zu suchen. Über die Expedition in Kenntnis gesetzt, macht sich Francisco de Orellana, Gouverneur der weiter südlich am Pazifik gelegenen Hafenstadt Guayaquil, der sich nach der Eroberung des Inkareichs vielleicht schon langweilt, Richtung Quito im Norden auf, um seine Dienste anzubieten, und kehrt dann zurück, um seine Truppe zu bewaffnen. Ohne auf ihn zu warten, bricht Gonzalo Pizarro, der weder Ruhm noch Gold teilen will, am 21. Februar 1541 auf. Von dem dreitausend Meter hoch gelegenen Quito nimmt er zusammen mit zweihundert berittenen Hidalgos und Fußtruppen, Meuten von Bluthunden, mehreren Tausend ausgehobenen Indianern, Schweineherden zum Vorrat und einem Dominikanermönch, Gaspar de Carvajal, samt Kreuz und Ziborium, die Kordilleren in Angriff.

Auf der einen Seite Wolken, Schnee und Vulkane, auf der anderen Seite Hitze, Regenwald, wilde Tiere und Stechmücken, Ruhr und Malaria mit ihrem Fieber, Krankheiten, die man noch nicht kennt, Flüsse, die Namen bekommen und gesegnet werden,

Wilde, die getauft werden, wenn man sie einfangen kann. Noch kein Gold, aber man würde schon noch darauf stoßen. Sie erreichen gerade den Fuß der Kordilleren, als Orellana und seine Truppe, die ihre Verfolgung aufgenommen haben, sie schon eingeholt haben.

Pizarro scheint seine Meinung zu ändern, hält diese Verstärkung nicht mehr für überflüssig. El Dorado ist vielleicht weiter weg als gedacht. Zusammen bauen sie die *San Pedro*, halb Brigantine, halb Floß und halb Barke mit Mast. Sie sind schon seit zehn Monaten abgeschnitten von der Welt, der Hunger zehrt an ihnen. Man feiert Weihnachten, dann, am 26. Dezember, legt Orellana mit einigen Männern ab, um Hilfe und Nahrung zu suchen. Mit an Bord ist der Dominikaner Carvajal, sicher in der Absicht, Wild und Früchte mit schönen Gebeten und der Offenbarung des wahren Glaubens zu vergelten. Er ist neununddreißig Jahre alt, ein robuster Mann, von dem wir wissen, dass er überleben wird, denn sonst wüssten wir nicht, wie es ausgegangen ist: »Kapitän Orellana nahm also siebenundfünfzig Männer mit sich, bestieg mit ihnen besagtes Schiff und einige Kanus, die er den Indianern weggenommen hatte, und begann, den Fluss hinabzufahren in der Absicht, zurückzukehren, wenn er Nahrung fände.«

Die starke Strömung reißt das Schiff mit sich. Selbst wenn sie wollten, könnten die Männer nicht mehr umkehren. Sie überlassen Pizarro und seine Männer ihrem unseligen Schicksal, sind kaum besser ausgestattet, entdecken einen breiten Fluss, den sie Napo taufen, doch es ist wieder ein Fluss, und an seinen Ufern ist nichts zu finden, sie hungern. Carjaval, dem wir bald den Namen für Amazonien verdanken, fährt in seinem Bericht fort: »Wir fanden nichts zu essen und auch keine Spur von Bewohnern, mit dem Einverständnis des Kapitäns feierte ich eine Messe, wie man es auf See macht, legte das Los unserer Männer und unser Leben in die Hände unseres Herrn und flehte ihn an, er möchte uns, auch wenn wir es nicht verdienten, aus so großem Elend und so großer Not helfen, denn uns wurde klar, dass wir nicht flussaufwärts zurückkehren konnten, selbst wenn wir gewollt hätten, da der Fluss uns daran gehindert hätte, und es bereits unmöglich geworden war, einen Versuch zu unternehmen, wieder an Land zu gehen, sodass wir uns, wegen des Hungers, den wir litten, in höchster Lebensgefahr befanden.«

Am 11. Februar endlich das Meer – doch nein, es ist noch immer Süßwasser. Sie sind seit bald einem Jahr unterwegs und haben den Zusammenfluss des Napo und des Amazonas erreicht, einige Dutzend Kilometer entfernt von der heutigen Stadt Iquitos. »Unsere Entbehrung erreichte ein solches Ausmaß, dass wir nur noch das Leder, die Schnürsenkel und die Sohlen unserer Schuhe, gekocht mit ein paar Kräutern, aßen, und wir waren so schwach, dass wir uns kaum auf den Beinen halten konnten. Zum Teil kriechend, zum Teil auf Stöcke gestützt, schwärmten sie in die Berge aus, um essbare Wurzeln zu suchen. Und einige, die unbekannte Kräuter aßen, wären fast gestorben, weil sie verrückt wurden und ohne jeden Verstand waren.« Sie hatten vielleicht das Ayahuasca gefunden. Vielleicht auch Orellana selbst, der sich im Ruhmesrausch vor den Männern zum Generalkapitän ausruft, sich von den Pizarros lossagt und sich niemandem sonst mehr unterwerfen will als König Karl V., dem er dieses neue, vermeintlich von ihm eroberte Land schenkt.

Er schickt Gesandte aus in den Wald, aber nirgendwo eine Stadt, nirgendwo ein gold- und edelsteingeschmückter Palast, nur ein paar Völkchen, die sie ausplündern, Jäger und Sammler, die bei der Ankunft der bärtigen, rostigen Helme in den Dschungel fliehen. Während sich weiter im Westen und im Norden nach und nach drei glanzvolle Reiche herausgebildet hatten, die der Azteken, der Maya und der Inka, leben diese Indianer halb nackt, sehen die mit Metallrüstungen geschützten Körper der Weißen, an denen ihre Curare-Pfeile wirkungslos abprallen, hören das Donnern der Arkebusen, sehen, mit welchem Eifer sie Kreuze aufstellen, wenn sie ihre Toten begraben. Schließlich gelangen die Männer zur Mündung des Rio Negro, an der sich heute Manaus erstreckt. »Während wir weiterfuhren, sahen wir zur Linken einen anderen großen Fluss in den einmünden, auf dem wir unterwegs waren. Sein Wasser war schwarz wie Tinte, deshalb tauften wir ihn Rio Negro. Er floss schnell und so gewaltig, dass sein Wasser sich mehr als zwanzig Meilen nicht mit unserem vermischte.«

Weiter flussabwärts erholen sie sich in einem Dorf von Indianern, die eher friedlich und Tabakraucher sind. Sie fällen Bäume, erledigen Zimmerarbeiten, schmieden Nägel, lassen neue Schiffe zu Wasser, setzen ihre Flussfahrt fort. Und vielleicht war nun Carvajal an der Reihe, das Ayahuasca zu probieren. Denn an dieser Stelle des Berichts tauchen schließlich die Amazonen auf. »Diese Frauen sind sehr groß und weiß, sie haben sehr langes Haar, das sie geflochten um den Kopf wickeln. Sie sind sehr grobschlächtig und gehen alle nackt, ihre Bogen und Pfeile in der Hand, jede so kriegerisch wie zehn Indianer. Und tatsächlich schoss eine dieser Frauen einen Schwarm Pfeile auf eine der Brigantinen ab, die danach aussahen wie Stachelschweine.«

Man muss wirklich auf alles gefasst sein bei diesen Indianern, die einen manchmal mit offenen Armen empfangen und gegen die man manchmal kämpfen muss. »Von uns allen verwundeten sie in diesem Dorf nur mich durch einen Pfeil, den sie mir ins Auge schossen, der meinen Kopf durchschlug, eine Wunde, die mich das Auge kostete, wovon weder Erschöpfung noch Schmerz zurückblieb, woran man sieht, dass der Herr, ohne dass ich es verdiente, mir das Leben schenken wollte, damit ich mich bessere und ihm besser diene, als ich es bisher getan hatte.« Endlich das Meer, die Gezeiten, man kostet das Wasser, und dieses Mal ist es salzig. Doch aufgrund der gewaltigen Breite des Amazonas und seines geringen Gefälles machen sich die Gezeiten bis weit ins Landesinnere bemerkbar. Bis zum Meer liegen noch Wochen vor ihnen. Die Männer studieren den Horizont, entdecken einen toten Tapir in den Wellen. Sie harpunieren ihn und folgen dem gastronomischen Rat, den Jules Verne dreieinhalb Jahrhunderte später erteilt: »Willst Du mit mir wetten, daß sie ihn aufessen und damit gar nicht Unrecht haben, denn es geht wirklich nichts über eine gut geröstete Tapirlende!«

Im Schutz einer Insel wird ausgebessert und kalfatert, werden Segel genäht und Masten gezimmert. An Bord der Barkassen dauert es noch sechzehn Tage auf dem Atlantik, bis sie einein- halb Jahre nach dem Aufbruch in Quito, acht Monate nachdem sie Pizarro zurückgelassen haben, eine spanische Niederlassung erreichen. Gonzalo Pizarro wiederum hat in diesem Juni 1542 an der Spitze einer Handvoll Überlebender gerade noch einmal die Kordilleren überwunden und ist zurück nach Peru gelangt. Er beabsichtigt, Orellana wegen Verrats vor Gericht zu stellen. Dann erfährt er, dass sein Bruder Francisco zwischenzeitlich im Juni 1541 in Lima enthauptet wurde.

Man könnte meinen, sie seien ziemlich lange unterwegs ge- wesen, doch Savorgnan de Brazza benötigte im neunzehnten Jahrhundert drei Jahre, um von der Küste Gabuns an die Ufer der Alima und wieder zurückzugelangen.

Ein Teil der Expedition von Francisco de Orellana kehrt wieder nach Peru zurück, darunter der sympathische Bruder Gaspar de Carvajal, der sich dort hinsetzt und letzte Hand an seinen fan- tastischen Bericht anlegt, wobei er sich als ein scharfsichtiger Beobachter erweist, als man vermuten könnte. Noch sind es knapp zehn Jahre bis zum Disput von Valladolid, wo sein Zeugnis maßgeblich zu der Entscheidung beiträgt, den Indianern den Status menschlicher Wesen zuzubilligen: »Alle Menschen an diesem Fluss, den wir, wie berichtet, hinabfuhren, sind, nach dem, was wir gesehen haben, Menschen mit Vernunft und Erfindungsreichtum, was sich in allen ihren Werkstücken ebenso zeigt wie in ihren Skulpturen und Zeichnungen und ihren farbenfrohen, sehr kräftig bunten Malereien, die wunderbar anzuschauen sind.« Carvajal erreicht ein hohes Alter und stirbt 1584 mit zweiundachtzig Jahren als einäugiger Erzbischof von Lima.

Der übrige Teil des Trupps folgt Orellana nach Spanien. Von der Anschuldigung des Verrats freigesprochen, den die Pizarros gegen ihn erhoben hatten, rüstet er zu einer neuen Expedition, um die von ihm entdeckten Ländereien in Besitz zu nehmen, sticht in Cadiz an der Spitze mehrerer Hundert Kolonisten in See und überquert den Ozean. Das Mündungsgebiet des Amazonas an der atlantischen Küste erstreckt sich über hundert Kilometer. Der ruhmreiche Kapitän weiß nicht, wohin er sich wenden soll, er steuert seine Schiffe in das Labyrinth von Wasserläufen, Inseln, Sümpfen, toten Flussarmen, die richtige Einmündung aber findet er nie, und im Alter von fünfunddreißig Jahren stirbt er an einem namenlosen Ufer am Fieber.

Erst 2016 wird man das große Korallenriff vor der Amazonasmündung entdecken, in einem Seegebiet, das von Brasilien bereits an den Mineralölkonzern Total verpachtet ist, der es vermutlich zerstören wird.

Das Wasser, das bei
den Ruinen entspringt

Drei Jahre zuvor hatte ich mit Alfredo Pita und Diego Trelles Paz die Edition einer zweisprachigen kritischen Bestandsaufnahme der zeitgenössischen peruanischen Literatur ausgearbeitet, im Anschluss daran waren wir von Lima aus in die Kordilleren gefahren, erreichten nach einer mehrstündigen Busfahrt auf dem Altiplano die Stadt Puno. In der Mitte eines kleinen Platzes vor dem Hotel Hacienda gab es zur Feier des Nationalfeiertags einen Aufmarsch mit Fanfaren und Fahnengruß. Abends im Zimmer stellte ich, nachdem Véronique eingeschlafen war, den Fernseher so leise wie möglich, um die Jahresansprache von Präsident Ollanta Humala zu hören.

Es folgte eine Nachrichtensendung, in der man Bilder vom schon achtzigjährigen Abimael Guzmán sah, der seit 1992, seit der Regierungszeit Fujimoris, in Callao im Militärgefängnis der Marine im Norden von Lima inhaftiert ist. Die peruanische Armee hatte in diesen letzten Julitagen 2015 gerade Geiseln des Leuchtenden Pfads befreit, vierunddreißig Kinder und zwanzig Erwachsene, die bis dahin in einem dieser an die Roten Khmer erinnernden landwirtschaftlichen Arbeitslager gefangen waren, die abgeschieden im Dschungel des Vraem lagen – ein Akronym für die Täler der Flüsse Apurímac, Ene und Mantaro. Die Erwachsenen unter den Geiseln, Frauen vor allem, waren seit über zwanzig Jahren in Geiselhaft. Was die Kinder anging, in der Mehrzahl Jungen, so stammten sie aus der Vergewaltigung dieser Gefangenen und hatten keine andere Schule genossen als das Brüllen maoistischer Slogans von morgens bis abends; mit zwölf waren sie als Kindersoldaten in der Guerilla aktiv, bald selbst Vergewaltiger von Bäuerinnen, und ihre Integration in die Zivilgesellschaft schien sehr schwierig.

Am nächsten Tag waren wir zum Hafen gegangen und hatten die *Yavari* am Kai bewundert, halb Passagier-, halb Kriegsschiff mit einem einzigen Kamin in der Mitte, einem schwarzen Rumpf mit jadegrünem Rand, von Peru 1860 bei den Stahlwerken James Watt in Birmingham in Auftrag gegeben, von England aus zerlegt in tausend Teilen über Kap Hoorn nach Peru gebracht, von der Pazifikküste auf dem Rücken von Maultieren, Pferden und Menschen durch das Gebirge hinaufgetragen, hier in Puno zusammengesetzt und im Titicacasee zu Wasser gelassen, eine Großtat, die vergleichbar ist mit jener, durch die die *Graf Goetzen* in Tausenden von Kisten aus Deutschland in den afrikanischen Hafen von Kigoma befördert wurde.

Die *Graf Goetzen* ist jünger, 1915 zu Wasser gelassen. Sie schwimmt auch nicht so weit oben, der Wasserspiegel des Tanganjikasees liegt achthundert Meter über dem Meeresspiegel, während sich der Wasserspiegel des Titicacasees in über dreitausend Metern Höhe befindet. Während das deutsche Schiff, das inzwischen Tansania gehört und in *Liemba* umgetauft wurde, meines Wissens noch im Liniendienst stand, wenngleich ich seit 2006 nicht mehr an Bord war, ist das bei der *Yavari* nicht mehr der Fall, und wir bestiegen ein weit weniger imposantes Schiff, eine Art Schnellboot mit doppeltem Deck, um auf die Insel Amantaní zu gelangen, auf der es keine Hotelanlagen gibt und die Reisenden üblicherweise von den Insulanern beherbergt werden.

Das Haus unserer Gastgeberin Amanda lag am Hang auf halber Höhe des Hügels, und Véronique hatte ihn bestiegen, um vom Gipfel den Sonnenuntergang zu betrachten. Ich war im

Zimmer geblieben, saß vor einem kleinen dreiflügeligen Fenster mit kunstvoll gearbeitetem Holzrahmen, das mit einem Fensterbrett genau in der Größe eines Notizbuchs ausgestattet war, blickte auf die gepflügten Felder, die wie Terrassen gestaffelt und, von Steinmauern begrenzt und von blühenden Fuchsien beschattet, vor dem glatten Spiegel des Sees und den Schneebergen der bolivianischen Sierra am Horizont lagen, und das alles war vom Licht der untergehenden Sonne überflutet, auch der Hof unter mir mit den Bohnen, die auf dem blanken Boden zum Trocknen ausgelegt waren.

Ruhige Worte auf Quechua und das Blöken der Schafe stiegen zu mir auf, und allmählich spürte ich, wie ein unverhofftes, großes Glücksgefühl von meiner Brust bis in den Kopf strömte, während ich weiter in meinem Notizbuch die Landschaft, die Klänge und die Düfte protokollierte, wissend, dass ich ohne Heizung und Strom bald in eisiger Dunkelheit dasitzen und erstarren würde, aber mit der Gewissheit, dass sie kommen würde und wir in Kleidern eingemummt unter einer großen Bettdecke schlafen würden, denn der Juli ist der kälteste Monat, in dem die Temperatur nachts weit unter null Grad sinkt. In Lima hatten wir in den Zeitungen gelesen, dass im Juli 2015 zahlreiche Lamas und Alpakas in der Region Puno erfroren waren, wir hatten Winterkleidung und ein kleines Fläschchen Pisco gekauft, und auf einmal ergriff mich das schwindelerregende Gefühl simpler Lust am Leben, wie es im besten Fall einmal im Jahr, in manchen Jahren sogar überhaupt nicht vorkommt, und ich versuchte, das alles nach und nach aufzuschreiben, diesen Rausch angesichts des Sonnenuntergangs, der kein Ende nahm, im Einzelnen festzuhalten, eine lange orange gefärbte Wolke, kein Windhauch, die ersten beiden Sterne, die Kälte, die herabsank, die drei Pullover, die ich trug, der Rauch des Eukalyptusholzes, den ich einatmete, während ich bereits überlegte, an welchen

Abend ich mich am allerletzten Abend erinnern würde, wenn ich ausgestreckt im Dunkeln läge, und an diesen hier würde ich mich umso besser erinnern, als ich ihn beschrieben habe, ein Wiedererleben, das durch die Jahre, die zwischenzeitlich vergangen waren, noch lebendiger wurde, auch wenn drei Jahre so wenig sind, aber schon reingewaschen von den nervigen Details der Gegenwart, weil das Gedächtnis von den Tagen, die man im Glanz der Erinnerung nicht aufgehübscht, sondern geläutert wiedererlebt, nur das Wesentliche behält wie den Saft einer Frucht. In dieser Sehnsucht liegt kein Schmerz, sie ist reiner Genuss, ruhig, melancholisch. Wir wollen diese Tage nicht wiedererleben, wir haben sie erlebt und mit der Zeit herausdestilliert, was an ihnen großartig, also erinnerungswürdig war.

Auch Véronique war begeistert, als sie von ihrem Ausflug auf den Hügel zurück war. Mit zitternden Händen, ein wenig verwirrt von der gewaltigen einsamen Freude, die ich noch empfand, war ich in die winzige Küche im Erdgeschoss des Puppenhauses getreten. Wir saßen zu viert im Lampenschein um einen kleinen quadratischen Tisch zusammen und aßen mit Amanda und ihrem sechsjährigen kleinen Bruder zu Abend, der wie alle Kinder, die in großer Höhe geboren sind, sehr rote Bäckchen hatte, ein schönes, geradezu tibetanisches Gesicht. Ich erinnere mich an sein Alter, weil er uns reihum einen hübschen Reim sprechen ließ, nachdem er selbst den Anfang gemacht hatte:

Manzanita del Perú
Dime cuantos años tienes tu!

Und darauf musste ihm jeder antworten. Ich war siebenundfünfzig, das gesetzte Alter eines Fußballveteranen und großen Langstreckenrauchers: Am nächsten Morgen erwartete mich der Junge mit einem Ball unter dem Arm. Wir spielten uns auf dem leicht abschüssigen Platz vor dem Haus ein paar Pässe zu. Er wusste, dass ich ein Landsmann von Zinedine Zidane war und meine Ratschläge, selbst atemlos, ihm helfen konnten, damit Peru sich eines Tages für die Weltmeisterschaft qualifizierte.

Als ich drei Jahre später in einem Zimmer des Hotel Europa in Iquitos, unweit jener Gewässer, die zum Teil aus der fernen, viel weiter südlich gelegenen Region Cusco herabkommen, auf dem Bett lag, trat mir wieder vor Augen, wie wir in der weitläufigen Kathedrale, deren Baubeginn ins selbe Jahr fiel wie die Enthauptung Pizarros, Kerzen anzündeten. Wir hatten welche in Lima in der kleinen Kirche von Rímac angezündet und behielten diesen Brauch aus Cusco auch vor dem Altar bei, von dem Gold und Silber auf die sterblichen Überreste des Konquistadors Sebastián Garcilaso de la Vega rieselten.

Wir warteten darauf, die Ruinen zu besuchen, die der Eisenbahningenieur Rudolph August Berns 1867 als Erster besucht hatte. Während sich der Deutsche damit begnügt hatte, die schwindelerregenden, senkrecht über dem Urwald errichteten Inkapaläste zu beschreiben, und nichts mitgenommen, sondern seine Untersuchungen über den möglichen Verlauf einer peruanischen Eisenbahntrasse fortgesetzt hatte, brachte Hiram Bingham bei seiner Ankunft 1911 gleich einen Haufen Expeditionsmaterial mit, machte Fotoaufnahmen, führte Grabungen durch, überschwemmte die Presse mit Nachrichten, sorgte dafür, dass die untergegangene Stadt Machu Picchu in Mode kam, und entzündete die Fantasie von Percy Fawcett, vor allen Dingen aber plünderte er alles, was er zu fassen bekam, und schickte es in die Vereinigten Staaten. Peru musste ein Jahrhundert lang warten, bis die Objekte 2012 von der Universität Yale restituiert wurden, sodass wir den Schatz im Museum Casa de la Concha besichtigen konnten, bevor wir weiterreisten.

Von diesen Reisetagen und den jeweiligen Etappen, jeden Abend in einem anderen Hotel, habe ich eine Art kaleidoskopische Erinnerung behalten, vermischt mit den Bildern aus der langen Eröffnungssequenz des Films *Aguirre, der Zorn Gottes*, die Werner Herzog Anfang der Siebzigerjahre an den steilen und nassen Hängen des Machu Picchu gedreht hatte, wobei er darauf geachtet hatte, dass die viel zu berühmte Ruinenstadt nie ins Bild kam, denn es sollte aussehen, als wären es die sehr weit entfernt im Norden liegenden ecuadorianischen Kordilleren, von denen die langsame und endlose Prozession der Konquistadoren und Indianer mit Schweinen, Pferden und Kanonen-Karren aus den Wolken und dem Nebel hinabstieg, auch wenn Herzog in seinem Drehbuch zwei zwanzig Jahre auseinanderliegende Unternehmungen, die Expedition Gonzalo Pizarros und Francisco de Orellanas von 1540 und die Expedition Pedro de Ursúas von 1560, an der Lope de Aguirre teilnahm, zusammenlegte und die beiden Expeditionen weit entfernt voneinander starteten, bevor sie beide auf den Amazonas stießen.

Je länger wir dem Río Vilcanota folgten und andere Ruinen besuchten, umso mehr verdüsterte sich meine Stimmung, die schöne Euphorie von der Insel Amantaní verflog angesichts zahlloser Gruppen von Dummköpfen, die die engen Wege blockierten, um sich zu fotografieren, die laut miteinander redeten und Kleider in hässlichen, grellen Farben trugen, Mitmenschen, die ich am liebsten an den Schultern gepackt und den Hang hinabgestoßen hätte, stattdessen rutschte ich bei dem Versuch, sie zu umgehen, auf dem steinigen Boden aus, verletzte mich nicht unerheblich am linken Arm und am Ego.

Im Dorf Písac hatte ich etwas zum Verbinden und zur Desinfektion der Wunde gefunden, und am nächsten Tag in der Hacienda Yucay, wo wir uns friedlich wieder in unsere Bücher versenkten, beruhigte ich mich dann ein wenig, auch weil ich wusste, dass Simón Bolívar, dessen Spuren ich überall suchte, einige Jahre nach seiner Begegnung mit General San Martín in Guayaquil dort übernachtet hatte. Als wir in Ollantaytambo zum Bahnhof gingen, tauchte wie in einer Lowry'schen Vision in einer schmalen, abschüssigen Straße eine sehr laute Toten-Prozession vor uns auf. Alle Männer der Blaskapelle trugen violette Hemden, Freunde des oder der Verstorbenen warfen Händevoll rote und weiße Rosenblätter auf den Sarg, eine peruanische Feier, die mich unweigerlich an Mexiko erinnerte. Schließlich nahmen wir den Zug nach Aguas Calientes.

Vor dem Fenster des Abteils floss der schmale, sprudelnde Fluss wie ein Forellenbach, dem Pazifik in der Andenkondor-Fluglinie recht nahe, aber die Orografie verleitet zum Träumen: Sie lädt dazu ein, sich senkrecht in den Himmel über den Gleisen aufzuschwingen, auf den Flusslauf vorauszublicken, sich vorzustellen, wie eine Kinderhand der Strömung ein schwankendes Schiffchen anvertraut: Der Río Vilcanota wird sich als Río Urubamba mit dem Río Tambo vereinen, der zuvor Río Apurimac und Río Ene hieß, um sich dann als Río Ucayali unterhalb von Iquitos mit dem Río Marañón zu vereinen, bevor er sich in den Amazonas ergießen und mit all dem vermischten Wasser zum Atlantik strömen wird. Wenngleich ich schon damals im Zug dieses Amazonas-Projekt nährte, musste ich zuvor noch das Frankreich-Projekt beenden, an dem ich gerade arbeitete: Auf den Spuren von Bolívar reisten wir ab ins Tarn und in die Abtei von Sorèze. Zu der Zeit konnte ich mir noch nicht ausmalen, oder wagte noch nicht zu hoffen, dass ich drei Jahre später zusammen mit Pierre weiter flussabwärts zu diesen Gewässern zurückkehren würde.

In Iquitos

Es war mitten in der Nacht, als wir auf dem Gehweg vor dem kleinen Hotel Europa, umringt von streunenden Hunden, eine erste Zigarette in dieser uns unbekannten Stadt anzündeten und dabei eine riesige Kakerlake beobachteten, eine jener Schaben vom Typ *Periplaneta americana,* deren Art nicht vom Aussterben bedroht ist und die sogar in der Lage sein sollen, eine nukleare Apokalypse zu überleben. Ein bewaffneter, aber schläfriger Nachtwächter saß auf einem Hocker, bewachte die Kasse des Hotels und aus den Augenwinkeln vielleicht auch uns.

Im Morgengrauen waren wir hinuntergegangen, um am Ende der Straße den Fluss oder vielmehr den Flussarm namens Río Itaya zu sehen, und dem Malecón bis zu jener Kneipe gefolgt, der ein Belgier den Namen *Trunkenes Schiff* gegeben hat, was uns wieder einmal mit den Rätseln der Literaturgeschichte konfrontierte. Es ist zwar erwiesen, dass Rimbaud Jules Verne gelesen hat, doch es ist unwahrscheinlich, dass er *Die Jangada* kannte, einen Roman, der erst 1881 erschienen ist, in dem Jahr, in dem Arthur Rimbaud sich zum ersten Mal in Harar aufhielt. Der belesene Belgier, ein Landsmann von Henri Michaux, wusste aber bestimmt, dass der Dichter zehn Jahre später, 1891, nach wochenlangem Geschaukel auf einer Krankenbahre, vor der Amputation seines Beins seine letzte Reise von Aden nach Marseille an Bord eines Dampfers namens *Amazone* der Reederei *Messageries Maritimes* angetreten hatte.

Unterhalb der Terrasse über diesem Flussboulevard, wie es anderswo Meeresboulevards gibt, erstreckte sich jenseits der Balustrade in diesem Moment des Niedrigwassers gerade einmal nicht der Fluss, sondern eine sehr grüne Wiese mit hohen Gräsern, in der das rostige und zertrümmerte Wrack eines langen Schiffs lag, das das Fitzcarraldos hätte sein können und das vielleicht dem Navigationsfehler eines dem Suff verfallenen Kapitäns zum Opfer gefallen war, was eine andere, denkbare Hypothese ist, warum es gegenüber ein Bistro namens *Barco ebrio* (»Trunkenes Schiff«) gab.

In den folgenden Tagen hatte sich Pierre aus Vorliebe für Randständiges darangemacht, das Wrack zu inspizieren, in dem ein ganzes Völkchen von Vorstädtern und Clochards oder verfemten Dichtern auf dem blanken Blech nächtigte. Zudem hatten wir den 15. August, einen der drei jährlichen Fixpunkte für meine Meditationen. Während der 21. Februar seit zwanzig Jahren allein dem Fortschreiten meines Abrakadabra-Projekts gewidmet ist, einer Reihe von Romanen rund um die Welt, verbringe ich die beiden anderen Tage, den 31. Dezember und den 15. August, wie immer gelähmt von den Ephemeriden, mit so etwas wie dem großen Hin- und Herwälzen der Geschehnisse, die sich in den Monaten zuvor ereignet hatten, sodass ich keinen Ort, kein Detail, kein Gesicht, kein Buch je vergesse. Die Übung erfordert es, allein zu sein, um mich herum Ruhe zu haben und im Dunkeln zu liegen.

Noch bevor ich auf diesen Imperativ zu sprechen kam, hatte mich Pierre damit überrascht, dass er mich auf diesen rituellen Tag hinwies und ankündigte, er werde am Abend zurück sein, obwohl der letzte 15. August, den wir zusammen verbracht hatten, der 2005 in Stolac in Bosnien-Herzegowina gewesen war. Zehn Jahre später hatte ich den Tag in Sorèze im Tarn verbracht, und den 15. August 2008, zehn Jahre vor diesem Zimmer in Iquitos, in einem Zimmer des Belas-Artes-Hotels in São Paulo. Ein besonders heftiger Gewittersturm klatschte gegen die Scheiben des Europa-Hotels und ließ sie erzittern, der von Blitzen zerfurchte Himmel heulte, wie es bei solchen esoterischen Zeremonien üblich ist. Dennoch war Pierre trocken zurückgekommen, er hatte sich in eine Kneipe geflüchtet und dort Schutz vor den Regengüssen gefunden, die so gewaltig waren, dass das Lokalblatt *El Popular* am nächsten Morgen titelte: »TERROR IN IQUITOS: Hubo heridos y temen que el fenomeno se repita.«

Das Unwetter, bei dem es also Verletzte gab und von dem man befürchtete, dass es sich wiederholen könnte, wurde als eine Spezialität des Augusts in Iquitos präsentiert und Santa-Rosa-Sturm genannt, weil es sich stets um das Fest der Santa Rosa de Lima herum ereignet. Es war dunkel geworden, und wir wanderten auf überfluteten Straßen durch die Stadt. Wellblechdächer waren heruntergerissen, Palmen entwurzelt worden. Nachdem ich mich wie jedes Jahr wie neugeboren fühlte, und weil Pierre den Pisco Sour noch nicht wirklich kannte und wir die Cachaça-Zone verlassen hatten, schlug ich ihm vor, in der Bar des Hilton einen Pisco zu probieren, denn dort war zu erwarten, dass man ihn korrekt zubereiten würde. Und so war es. Wir beglückwünschten den Barkeeper. Und als ich den zweiten oder dritten schlürfend zu Pierre sagte, dieser Barkeeper verdiene eine hübsche Maschine, um das Eis zu zerstoßen und das Eiweiß zu Schnee zu schlagen, was zusammen mit der vernünftigen Dosierung des Angostura ein wenig das Geheimnis des Gelingens eines Pisco Sour sei, erwiderte er, man könne das Eiweiß auch von Hand schlagen.

So hat es Cassius Clay gemacht, erinnerte ich ihn.

Wir waren ein wenig angeheitert.

Wir warteten darauf, nach Süden weiterzureisen, nach Nauta, einem Dorf am Zusammenfluss von Marañón und Ucayali, um zu sehen, wo Aguirre vorbeigekommen war, aber niemals Orellana.

Vater & Tochter

Zwanzig Jahre nach Orellanas großer Fahrt stromabwärts ist diese zweite Amazonas-Expedition besser vorbereitet. Man hat den Bericht von Gaspar de Carvajal, dem Einäugigen aus Lima, gelesen und ihn befragt. Werner Herzog holt den Dominikaner wieder mit ins Boot, in Wirklichkeit bleibt dieser aber am Bischofssitz, er hat bereits ein Auge verloren, und das reicht. Auch die Überlebenden wurden befragt. Man vermutet, dass sie aus Furcht vor dem Unbekannten nicht aufmerksam genug waren: Von Hunger verzehrt, aus Angst und wegen des Ayahuasca an Halluzinationen leidend, seien sie von den hinterlistigen Indianern, die ihren Reichtum versteckten, an der Nase herumgeführt worden.

Die Organisation und das Kommando über das ganze Unternehmen werden Pedro de Ursúa anvertraut, und der ist nicht irgendjemand. Aus einer navarresischen Adelsfamilie stammend, ist er seit fünfzehn Jahren in der Neuen Welt. Der Held der Kriege gegen die Indianer im heutigen Kolumbien hat mehrere Jahre an der Seite des Vizekönigs in Peru verbracht. Er nimmt sich Zeit, verlässt Lima ein erstes Mal mit Brettsägern und Bootsbauern, Reitknechten und Handwerkern und führt sie bis ans Ufer des Huallaga. Man bestimmt einen Standort für die Schiffswerft und den Flusshafen, errichtet Bauernhöfe und Ställe für die Nahrungsmittelversorgung.

Vielleicht geht es unter dem Vorwand, Gold und Zimt zu suchen, auch darum, den Portugiesen zuvorzukommen, die kurz zuvor die Holländer aus Recife vertrieben hatten und jetzt fast überall Niederlassungen gründeten. Man wollte am großen Fluss

Stellung beziehen und mehr noch, die seit dem Ende der Eroberung Perus unbeschäftigten Konquistadoren loswerden, die noch immer dem versprochenen Vermögen nachjagten und schnell zur Rebellion neigten. Möglicherweise will Ursúa, der die Krone repräsentieren soll, selbst Verrat üben, sich zum ersten König Amazoniens ausrufen und eine Dynastie begründen. Nach anderthalb Jahren kehrt er in Begleitung seiner Geliebten Ines de Atienza mit großem Pomp aus Lima zurück, um die Vorbereitungen zu inspizieren, und lässt sich als Fürst im Dorf Moyobamba nieder.

Der Aufbruch wird für den 26. September 1560 festgelegt. Wenig später vertreiben die Portugiesen die letzten Franzosen aus ihrem von Vizeadmiral de Villegagnon gegründeten Fort Coligny in der Bucht von Guanabara in Rio. Ursúa verfügt über einige Karten, die allerdings sehr ungenau sind, eher aus dem Gedächtnis gezeichnete Spuren: Die Expedition folgt dem Rio Huallaga hinunter bis zu seinem Zusammenfluss mit dem Marañón, dann diesem bis zum Amazonas. Mehr als dreihundert Spanier legen ab, darunter ein einziger Veteran der Expedition von Kapitän Orellana, viele Pferde, Körbe mit Geflügel und an den Füßen gefesselte Schweine, zahlreiche Indianer und schwarze Sklaven.

Zur Truppe gehört auch jener Aguirre aus Oñate im Baskenland, der seit zwanzig Jahren in Peru ist. Erst Zureiter, dann Glücksritter, floh er eine Zeit lang nach Nicaragua, um Racheakten oder dem Gefängnis zu entgehen. Aufgrund einer Verwundung aus einem Kampf hinkt er. Ein grimmiger Haudegen, der Indianer mit einem Schwerthieb spalten kann. Er ist nicht reich, besitzt aber etliche Morgen Land. Er gehört nicht zu den Abenteurern, die nichts zu verlieren haben.

Sollte das Amazonas-Königreich gegründet werden, sind Geflügel und Schweine nicht nur zum Verzehr, sondern auch für die Zucht bestimmt. Dasselbe gilt für die Pferde: Man setzt darauf, dass sie sich fortpflanzen. Lope de Aguirre wäre dann ein nützlicher Mann. Vielleicht gibt ihm sein kostbares Talent als Zureiter auch das Vorrecht, seine fünfzehnjährige Tochter Elvira, eine Mestizin, mitzunehmen. Sollte Ursúa je von Aufruhr und Ruhm geträumt haben, werden seine Träume zerplatzen. Nach über anderthalb Jahren Vorbereitung bleiben ihm noch drei Monate zu leben. Die gesamte Geschichte der Eroberung ist eine Geschichte von Verrätern, die von noch übleren Verrätern verraten wurden. Der finstere Aguirre ist der skrupelloseste. Nachdem er die Truppe dezimiert hat und besiegt wurde, findet er den Mut, seine Tochter zu töten.

Ein Rebell

Der grandiose Verrückte mit dem irren Blick unter dem Eisenhelm, den Herzog am Ende allein auf seinem von Affen belagerten Floß zurücklässt, ein Bein nachziehend und das Schwert an der Hüfte, ist ein einsamer Mann. Kinskis goldenes Haar und seine blauen Augen vor der grünen Wand des Dschungels mögen die Legende in ein Bild gefasst haben, doch die Porträts von Aguirre nach seinem Tod in den Stichen zeitgenössischer Chroniken wie der von Francisco Vázquez oder in der späteren von Toribio de Ortiguera sind weniger schmeichelhaft. Aber auch den faszinierenden Mann, den Zerstörer der ungerechten Ordnung, entdeckt man in den Archiven, in denen die Zeugenaussagen anderer an der Katastrophe Beteiligter niedergelegt sind, die sie nach ihrer Rückkehr vor Gericht gemacht haben, um ihre Haut zu retten. Obwohl sie, vor die Wahl gestellt, sich reinzuwaschen oder zu sterben, ein noch schwärzeres Porträt des Tyrannen zeichnen, den sie angeblich gehasst haben, dessen Wahnsinn sie jedoch ebenso wenig hätten eindämmen können wie seine Blutgier oder seine Lust an der Gotteslästerung.

Diese Manuskripte erzählen uns auch, mit welcher Feuerkraft die Expedition ausgestattet war. »Gouverneur Pedro de Ursúa verfügte insgesamt über dreihundert gut ausgerüstete Männer mit der gleichen Anzahl von Pferden und ein paar Neger, nicht mitgezählt eine große Anzahl von Eingeborenen, hundert Arkebusiere und vierzig Armbrustschützen«, heißt es bei Vásquez. Die Bewaffnung ist mit der ihrer Vorgänger von der Orellana-Expedition nicht zu vergleichen, sie ist beträchtlich, aber leicht. Man verzichtet auf jene fahrbaren Kanonen, die im Morast stecken blieben und im Wald nicht zu gebrauchen waren. Die Männer unter Ursúas Kommando sind größtenteils Gesetzlose, Abenteurer, »die sich der Expedition angeschlossen hatten, um den Strafen zu entgehen, die ihre Verbrechen verdient hätten, und die auf diese Weise die Justiz, die sie verfolgte, abschütteln wollten«. Sie werden Marañónes genannt nach dem Fluss, auf dem sie ihre Flussfahrt begonnen haben.

Von der Truppe getrennt, erregt das einzige Paar an Bord, das sich in seine schwimmende, mit Brokat bespannte Suite zurückgezogen hat, die Eifersucht der anderen. Vielleicht hört man sie beim Vögeln im Morgengrauen deutlicher als den Hahnenschrei und sieht ihre Diener mit den erlesensten Gerichten über Deck gehen, während Fernando de Guzmán, immerhin ein Adliger aus Sevilla und ebenfalls von hoher Geburt, sich mit dem gewöhnlichen Mahl der Offiziere zufriedengeben muss. De Guzmán leidet nicht an Lüsternheit, sondern an Fressgier. Diese Schwäche wie auch die Frustration der anderen wird man noch auszunutzen wissen. »Dona Inès habe wegen ihres Verhaltens wie auch wegen ihrer Manieren einen schlechten Ruf gehabt, hieß es, und daraus ergab sich, dass sie die Hauptursache für den Tod des Gouverneurs und unsere vollständige Vernichtung war.«

Ende September ist Aufbruch, und drei Monate später gibt es eine blutige Neujahrsüberraschung. Die Verschwörer überreden de Guzmán, den die Chronisten übereinstimmend als Idioten und Fresssack darstellen, es ist Silvester: »In der Neujahrsnacht, am Tag der Beschneidung unseres Herrn und 1. Januar 1561, versammelten sie sich gegen zwei oder drei Uhr morgens zu zwölft um Don Fernando.« Diese Apostel ermorden Pedro de Ursúa im Schlaf. Fernando de Guzmán wird zum Expeditionsführer gemacht. »Noch in derselben Nacht wurden Don Fernando zum General und Lope de Aguirre zum Regimentskommandeur ernannt. Nachdem sie alle Soldaten gezwungen hatten, sich in Kampfformation aufzustellen, befahlen sie ihnen, nur laut zu sprechen, und wollten sogar einige töten, weil sie miteinander getuschelt hatten.« Dieses Verbot, etwas in seinen Bart zu brummen, wird jedes Mal mit einer Bestürzung beschrieben, die an die der Griechen vor Alexander erinnert, der laut seinen Biografen als Erster Botschaften schweigend gelesen hat, ohne sie laut zu verlesen.

An Gemeinsamkeiten von de Guzmán und dem verstorbenen Ursúa bleibt, dass beide gern zur Feder griffen, dem spanischen Adel entstammten und dem großen Verwaltungs- und Ämterwahn verfallen waren. Ganz wie Pizarro der Hinrichtung von Atahuallpa Rechtmäßigkeit verleihen wollte und seine Grausamkeit in einem Protokoll verschleiert hat, ruft man die Schreiber, diktiert die Anklageschrift, segnet sie vielleicht mit ein paar Tropfen Weihwasser aus den Reservebeständen: »Don Fernando de Guzmán, General, unterzeichnete als Erster, Lope de Aguirre als Zweiter und fügte seiner Unterschrift hinzu: Lope de Aguirre,

Verräter.« Zum ersten Mal erscheint der Hinkende in dem Bericht, an dem Vásquez bereits schreibt, der ihm schließlich den Titel gibt, unter dem wir ihn kennen: *Bericht von der Reise und Rebellion des Aguirre*: »Der Tyrann Lope de Aguirre war ein Mann von gut fünfzig Jahren, klein und von schmächtiger Statur, ein wenig missgebildet und mit schmalem Gesicht. Sobald er starr blickte, funkelten seine Augen, besonders wenn er wütend war; obwohl er Analphabet war, besaß er einen lebhaften und scharfen Verstand.«

Er lässt sich im Protokoll vom Schreiber als Verräter ausweisen, um de Guzmán und die gesamte Truppe unumkehrbar mit in die Verantwortung zu nehmen. Er will sich nicht mit Papierkram und Siegeln aufhalten. Hören wir seine Rede: »Worin also besteht eure Dummheit und eure Unbesonnenheit? Ihr habt einen Gouverneur des Königs getötet, der von ihm befugt war und seine Person repräsentierte, und nun meint ihr, ihr könntet euch durch dieses Protokoll von diesem Verbrechen reinwaschen?« Es ist die Flucht nach vorn, ohne Hoffnung auf eine Rückkehr in die Legalität. Nach drei Monaten Flussfahrt ist de Guzmán bereit, die Krone zu verraten. Man macht diesen Don Fernando Fresssack zum König. »Er schien mit seinem neuen Titel und seiner neuen Würde glücklich und sehr zufrieden zu sein. Anschließend stellte er aus zahlreichen Offizieren und Edelmännern einen Hofstaat zusammen, um ihm zu dienen und ihn zu begleiten. Von nun an speiste er allein und wurde feierlich bedient.« Die Festmahle sollten nicht lange dauern. Ihre Hoheit wird seiner Rolle als Strohkönig nicht gerecht, vor allem fürchtet er Aguirre, gegen den man ihn in eine Verschwörung verwickelt. Nach fünf Monaten guten Schmausens lässt Aguirre ihn am 22. Mai 1561 ermorden und proklamiert sich selbst nicht zum König, sondern zum Oberhaupt über das Festland, über Peru und Chile.

Tatsächlich sind ihm der Wald und das gesamte Amazonasgebiet völlig egal, er will seine Macht über die Städte und die ganze bekannte Welt ausüben. In den Chroniken ist kaum die Rede von den Indianern entlang des Flusses, nur von Plünderungen der Dörfer an den Ufern wird berichtet. Sie alle konzentrieren sich auf die antike oder elisabethanische Tragödie, die sich an Bord der Flottille abspielt, als wäre es eine Bühne. Das Oberhaupt befürchtet Aufrührer und Verrat, er verspricht den Marañónes eine glänzende Zukunft, malt sie ihnen aus. Er ist nach Nicaragua gereist und kennt die Geografie. Wenn sie das Karibische Meer erreicht und die Landenge überquert hätten, würden sie die Küste hinunterfahren und Lima einnehmen. In diesem Delirium von Eroberungen und Siegen feiert man ihn, und alle »schmeichelten sich, dass in wenigen Tagen ganz Peru in ihrer Hand sein würde, auch hatten sie bereits begonnen, es untereinander aufzuteilen. Sie verteilten nicht nur die Reichtümer, sondern auch die Frauen der Einwohner, vor allem die schönsten, und jeder wählte sich im Voraus diejenige aus, die ihm am besten gefiel.«

Zweifellos hat man in den Dörfern indianische Frauen geraubt, aber an Bord schwirrt ihnen der Kopf nur von Aguirres Tochter und der hübschen Witwe Ursúas, die Lorenzo de Zalduendo in seiner Eigenschaft als Hauptmann der Garde König Fernandos für sich beansprucht. Auch sie wird ermordet. »Sie töteten sie mit Schwert und Dolch und stahlen alles, was sie besaß, es war erbärmlich.« Die schöne Elvira, die fünfzehnjährige Jungfrau, bleibt immer an der Seite ihres Vaters, der nicht mehr schläft und stets die Hand am Dolch hat. Angst und Schrecken nehmen zu. Bei jedem Zwischenstopp lässt er Männer töten, vermischt Verdächtige und offenkundig Unschuldige, und das weckt bei allen Bedenken.

Am 20. Juli landet die Truppe auf der Insel Margarita nordöstlich von Caracas. Vermutlich sind sie wie Orellana den Amazonas stromabwärts bis zu seiner Mündung in den Atlantik, dann die Küste Guyanas entlang hinauf nach Norden gefahren, oder aber sie haben, wie der französische Journalist und Autor Ricardo Uztarroz in seinem Buch *Amazonie mangeuse d'hommes* (»Amazonien, menschenfressendes Land«) annimmt, unwissentlich den Brazo Casiquiare genommen: Sie wären dann vom heutigen Manaus aus den Río Negro hinauf zum Orinoko gefahren. Das orografische Rätsel des Brazo Casiquiare – als würde die Loire vor Orleans auf ein Hindernis stoßen, sich teilen und dann mit dem einen Arm nicht die Stadt umfließen, um sich mit dem anderen wieder zu vereinen, sondern stattdessen nach Norden strömen und ihr Wasser in die Seine ergießen – wurde erst zwei Jahrhunderte später beschrieben. Vásquez klärt die Frage nach der Route nicht, denn wie auch immer sie verlief, die Karibik musste erreicht werden. Er notiert nur, dass »der Tyrann Lope de Aguirre« nach einer Reise von »zehn Monaten minus fünf oder sechs Tagen, von denen man drei Monate und zwanzig Tage oder einhundertzehn Tage sowohl auf dem Fluss als auch über das Meer gesegelt war, (…) zusammen mit seinen verfluchten Komplizen auf der Insel Margarita ankam« – wie viele sie waren, weiß er angeblich nicht.

Aguirre verfügt noch über ungefähr zweihundert Männer, »neunzig Arkebusiere und zwanzig in Rüstung«, genügend Material, um die spanische und kreolische Bevölkerung zu unterwerfen. Er lässt alle Schiffe und Boote zerstören, damit niemand Alarm schlagen kann, verschanzt sich in der Minifestung der Isla Margarita und bereitet von der kleinen Insel aus die Eroberung des großen Kontinents vor. Erst jetzt wird Aguirre zu Aguirre, erreicht er den Gipfel seiner Maßlosigkeit und erklärt, er wolle in Zukunft »alle Präsidenten, Gerichtsvertreter, Bischöfe, Gouverneure, Erzbischöfe, Anwälte und Staatsanwälte töten, die ihm in die Hände fielen, weil diese Leute den Verlust Westindiens zu verantworten hätten, dazu alle Frauen mit schlechtem Lebenswandel in den Tod befördern, weil sie die Quelle großer Übel und großer Skandale auf der Welt seien«. Für den Augenblick muss er sich mit denen begnügen, die ihm zur Verfügung stehen: »Er tötete vierzehn seiner Marañónes und elf Einheimische sowie zwei Mönche und zwei Frauen, was insgesamt, ohne die beiden konvertierten Indianer mitzuzählen, die er ebenfalls beseitigte, fünfzig Personen macht, die er ums Leben brachte, bis er die Insel verließ, und fast alle ohne Beichte.«

Verräter gab es zuhauf, Verrückte auch, er aber ist der Verräter der Verräter, der Eidbrüchige, der Gotteslästerer, der die Sakramente mit Füßen tritt, der Priestermörder, der seinen gottesfürchtigen Männern einen heiligen Schrecken einjagt. Er weiß, dass er nicht mehr zu retten ist, mit großen Schritten schreitet er durch die Festung von Margarita wie William Walker drei Jahrhunderte später durch die von Trujillo. Der Analphabet diktiert Briefe an den spanischen König, in denen er Bangloses mit Politischem vermischt, so groß ist sein Zorn. In Angst und Schrecken versetzt, bringt der Schreiber alles zu Papier, tränkt die Feder, schreibt im Eiltempo die bisweilen zusammenhanglosen Sätze nieder. Wir sehen ihn in einem dunklen Zimmer des kleinen Forts im Schein der Fackeln sitzen, während ihr Widerschein auf Aguirres Rüstung blitzt, der vor ihm auf und ab marschiert, die Arme hebt und nach Art mittelalterlicher Irrer und moderner Befreier wütet, sodass eine anachronistische Lektüre ihn zu einem Vorläufer Bolívars oder Che Guevaras machen würde; er spricht den spanischen König direkt an, als stünde dieser vor ihm, und der Schreiber fährt zitternd mit der Feder übers Papier, ein falsches Wort, und es wäre sein Tod: »Und dazu, König und Herr, glaube mir, dazu sind wir gebracht worden, weil wir nicht länger die Unterdrückung und Strafen Deiner Minister ertragen können, welche, um ihre Söhne und Diener zu fördern, unseren Ruhm, unser Leben und unsere Ehre geraubt haben. Welch ein Jammer, o König, die üble Behandlung, die man uns angetan hat! Und dennoch folgte ich, an meinem rechten Bein hinkend von den Schüssen, die mich unter Marschall Alonso de Alvarado im Tal von Coquimbo trafen, Deiner Stimme und Deinem Ruf gegen Francisco Hernández Girón, der in Deinem Dienste zum Rebell geworden war, so wie ich und meine Kameraden es jetzt sind und bis zu unserem Tode sein werden.«

Victoria o muerte. Beschwerdeheft und zugleich delirierende Verwünschungen des Herolds gegen die großen und die kleinen Ungerechtigkeiten, die seit Jahren an ihm nagen: »Ich rede davon, weil in der Stadt der Könige (Lima), zwei Meilen vom Meer, eine Lagune entdeckt wurde, wo man Fischerei betreibt. Gott hat erlaubt, dass es so sei. Aber diese Deine schlechten Richter verpachten die Lagune, um sich an der Fischerei zu bereichern für ihren Luxus und ihre Laster, und sie geben zu verstehen, als wären wir Tölpel, dass das alles mit Deinem Einverständnis geschehe.« Dann wütet er gegen die Kirche: »Schau, König, glaube nicht, was sie Dir erzählen. Denn die Tränen, die sie dort vor Deiner königlichen Person vergießen, fließen nur, damit sie hierherkommen, um zu befehlen. Wenn Du wissen willst, was sie hier für ein Leben führen: Sie treiben Handel, machen Geschäfte, erwerben Güter und verkaufen die Sakramente, sind Feinde der Armen, Ehrgeizige und Schlemmer, sodass ein Mönch, und wäre er der geringste, über alle diese Länder zu befehlen beansprucht.«

Er ist zu beißender Ironie fähig, und vielleicht sogar zu Antirassismus: »Die Mönche nun wollen keinem armen Indianer predigen und hausen in den besten Wohnungen. Ihr Leben ist wirklich rau; denn ein jeder von ihnen hat als Buße in seinen

Küchen ein Dutzend Mädchen und ebenso viele Burschen, die für sie fischen, Rebhühner jagen und Früchte einsammeln.« Der prä-conrad'sche Kurtz rühmt sich seiner Grausamkeit, bekennt sich zu seinen Verbrechen, ohne um Gnade zu bitten, weder um die königliche noch um die göttliche: »Da tötete ich den neuen König, den Hauptmann seiner Wache und Generalleutnant, vier Hauptleute, seinen Verwalter, seinen Kaplan, einen Messepriester, eine Frau, einen Komptur der Rhodosritter, einen Admiral, zwei Fähnriche und weitere fünf oder sechs seiner Diener, mit der Absicht, den Kampf weiterzutragen und dabei zu sterben wegen der vielen Grausamkeiten, die Deine Minister gegen uns verüben.« Er weiß, dass das alles eines Tages in Lima von Leuten gelesen wird, die dem Vize-König nahestehen, sowie am Hof in Madrid, von den katholischen Behörden in Salamanca, dass man schaudern und sich vor Abscheu bekreuzigen wird. Sein Sieg wird ein Sieg vor der Geschichte sein. Er weiß genau, dass die königlichen Truppen in den nunmehr drei Monaten, seit er sich auf der Insel verschanzt hat, die Zeit nutzten, um sich an der Küste zu verteilen, und dass sie ihn erwarten.

Aguirre geht an Land, nimmt einige Dörfer ein, befreit die Sklaven und heuert sie an: »Er gelangte zu ein paar Hütten, in denen die Bewohner der Provinz ihre Sklaven unterbrachten. Dort blieb er einen Tag, um seine Lebensmittelvorräte aufzufrischen und vor allem, wenn er konnte, die Neger um sich zu sammeln, denn er baute darauf, sie zu seinen Verbündeten zu machen. Fünfzehn oder zwanzig hatten sich ihm angeschlossen, an ihrer Spitze stand ein Hauptmann. Er sagte ihnen, sie seien frei, und dass er allen die Freiheit geben werde, die sich ihm anschließen würden. Er behandelte sie ebenso gut und vielleicht sogar besser als die Spanier.« Angesichts der Übermacht der königstreuen Truppen gibt es immer mehr Überläufer, die Marañónes legen das Schwert nieder, werfen sich zu Boden, flehen um Gnade von König und Papst. In seinem Negerdorf umzingelt, wacht Aguirre über die schöne, nun sechzehnjährige Elvira. Bei jedem Scharmützel werden Männer abtrünnig. Einige dieser Renegaten geben später ihre Version der Geschichte zu Protokoll, Plädoyers, um der Strafverfolgung zu entgehen, und danken Gott, dass er sie von diesem blutrünstigen Irren befreit hat.

Er tötet seine Tochter, damit sie der Soldateska nicht als Amüsiermatratze dienen muss. »Als er sah, dass er allein war, von all seinen Soldaten verlassen, beging er in seiner Verzweiflung und vom Dämon besessen die größte Grausamkeit, die er bis dahin begangen hatte, und tötete mit Dolchstichen seine Tochter, die einzige Frau, die noch im Lager verblieben war, eine Mestizin von außergewöhnlicher Schönheit, die ihm sehr ähnelte.« Nachdem er zerstört hat, was ihm mehr wert war als sein Leben, stürzt er sich in einer letzten Raserei mit den Waffen in der Hand auf seine Feinde, metzelt einige von ihnen nieder, bis er zwei Kugeln einer Arkebuse abbekommt. Sein Leichnam wird enthauptet, sein Kopf ausgestellt wie vierhundert Jahre später der Lampiãos: »Der Kopf wurde in die Stadt Tocuyo gebracht und mitten auf dem Platz in einem Eisenkäfig zur Schau gestellt«, das ist das Los von Rebellen und Unbeugsamen. Schon bald entsteht die düstere Legende, beginnt die Verehrung: »Hauptmann Pedro Bravo brachte die rechte Hand nach Merida und die linke nach Valencia, als wären es die Reliquien irgendeines Heiligen«, auch das ein Los von Revolutionären. Man mag sich an jene Amputation erinnern, die man 1967 am toten Che Guevara am Rande des bolivianischen Urwalds vornahm, als man ihm beide Hände abschnitt und nach La Paz schickte; erst viele Jahre später wurden sie an Kuba zurückgegeben.

Zwanzig Jahre nach dem Tod Aguirres erscheint dieser große Name der Ruchlosigkeit schließlich in der Chronik des Toribia de Ortiguera, einer Chronik mit einem etwas langen Titel, wie er in jener Epoche beliebt war, *Jornada del Río Marañón, con todo lo acaecido en ella y otras cosas notables dignas de ser sabidas, acaesidas en las indias occidentales* (»Reise auf dem Río Marañón mit allem, was dabei geschehen ist, und anderen bemerkenswerten Dingen, von denen man wissen sollte, und was sich auf den Westindischen Inseln ereignet hat«), und sie hievte den Helden in die Geschichte: »Er wagte es sogar, sich Fürst zu nennen, und sein Titel ist bis heute der großartigste und hochmütigste, den ein Tyrann je angenommen hat: Lope de Aguirre ließ sich ›Der Zorn Gottes‹ nennen, ›Fürst der Freiheit und des Königreichs des chilenischen Festlands und seiner Provinzen‹.«

Seit der Nachricht vom Tod des häretischen Messias sind die wenigen Tagewerke Land, die er in Peru besaß, aufgrund schwarzer Magie und Aberglaubens von Salz zugedeckt. Das war im Oktober 1561, wenige Monate bevor Montaigne in Rouen drei Indianern begegnete.

An Bord

Zwischen den beiden Expeditionen, der von Orellana und der von Aguirre, lagen zwanzig Jahre, doch die Fahrstrecke der beiden durch diese Gefilde war ununterscheidbar, man nahm Kurs auf mitten im Wasser liegende, bewaldete Punkte im Geflecht der damals noch namenlosen, aber den Indianern vielleicht schon bekannten Flüsse Río Itaya und Río Nanay, wo man drei Jahrhunderte später, 1860, eine Holzkirche bauen und die Pfarrei Iquitos am Amazonas gründen würde, hundert Kilometer unterhalb des Zusammenflusses von Río Marañón und Río Ucayali.

Iquitos war im Jahr 2018 vielleicht die letzte Stadt ihrer Größe, die nicht über ein Straßennetz mit dem Rest des Planeten verbunden war, ein Privileg, das sie mit den Inselstädten teilte. Alles, was leicht und verderblich war, kam mit dem Flugzeug. Der Rest wurde mit Lastwagen von Lima in den Flusshafen von Pucallpa transportiert. Die Fahrzeuge brauchten nach der Überquerung eines Andenpasses ungefähr dreißig Stunden, um diese Hafenstadt zu erreichen. Von dort dauerte die Fahrt nach Iquitos über den Río Ucayali für die Frachter fünf Tage.

Über die einzige asphaltierte Straße gelangte man in zwei Stunden nach Nauta im Süden. Wir verließen die Gewässer des Marañón in der Nacht und fuhren den Ucayali hinauf. Am nächsten Tag war die Landschaft offener, der Wald nicht mehr so nahe. An den Klippen aus grauer Erde zeigten unterschiedliche Schichten den allmählichen Anstieg des Flusses, nach dem Schmelzen des Schnees in den Kordilleren würden diese Klippen wieder im Strom versinken. Entlang des nationalen Naturschutzgebiets Pacaya-Samiria gelangten wir zur Einmündung des Río Tapiche und passierten die Fawcett-Bucht. Das Schiff hatte einen Stahlrumpf und fuhr in langsamer Geschwindigkeit mit fünf Knoten flussaufwärts, es war von moderner Bauart und weniger attraktiv als die *Jangada*, auf der wir in Brasilien den Amazonas befahren hatten, ein peruanisches Schiff, das nicht nach der klassischen Form der Amazonas-Passagierschiffe mit hochgezogenem Bug gebaut war, was jedoch den Vorteil bot, dass die Kabinen knapp über der Wasseroberfläche lagen.

Zu Zeiten, als die Schriftsteller reicher waren, kauften manche sich Schiffe, so Verne und Stevenson, London und Simenon, rekrutierten Besatzungen, richteten ihre Bibliothek und ihre

Schreibtische an Bord ein, befahlen, den Anker zu lichten, und betrachteten durch die Bullaugen die Herrlichkeit der Welt, die an ihnen vorüberzog. Eine Schiffskabine kann die Abgeschlossenheit eines Pascal'schen Zimmers mit dem Schauspiel der Landschaft vereinen: Ich verbrachte die meiste Zeit im Liegen und lesend, und wenn ich vom Buch aufblickte, sah ich Bäume, Lichtungen, Vögel, manchmal die Piroge eines Ringwadenfischers oder einen Frachter.

Eine Verstimmung

Als ich einmal spätnachmittags, nachdem ich an meinen kleinen Geschichten gebastelt hatte, meine Kabine verließ und an Deck ging, traf ich dort Pierre an; er saß an einem Tisch und schrieb in sein Notizbuch. Erneut wunderte ich mich, dass er so viel schrieb, und machte eine, wie ich dachte, scherzhafte Bemerkung darüber. Daraufhin klappte er sein Notizbuch zu, stand auf und ging davon. Später kam er zurück, um mir frostig mitzuteilen, dass er diese ewigen Bemerkungen satthabe, vor allem, wenn er wie soeben eine Idee verfolge, die nun verloren sei. Damit ließ er mich stehen.

Allein, mit den Ellbogen auf die Reling gestützt in jener scheinbar lässigen Haltung, die Passagiere der Oceanliner in früheren Zeiten häufig einnahmen, wenn sie merkten, dass sie fotografiert wurden, wurde mir beim Anzünden einer Zigarette klar, dass dieser dämliche Scherz, den er schon mehrmals ruhig hingenommen hatte, eher meine Ängste als meine Dummheit entlarvte.

Zum ersten Mal erkannte ich das zeitliche Ungleichgewicht zwischen unseren Schreibaktivitäten. Während er die Seiten, die ich meinen Notizbüchern zu entnehmen hoffte, noch vor ihrem Erscheinen in Buchform zu lesen bekäme, was ich ihm übrigens versprochen hatte, und er später, nach meinem Tod, vielleicht sogar meine Notizbücher entdecken und versuchen würde, sie zu entziffern, so wie ich das Fluchttagebuch aus der Jugend meines Vaters nach seinem Tod entziffert hatte, würde ich nie wissen, was die Seiten seiner Notizbücher enthielten. Ich begriff, dass dieses Projekt, für das ich die Verantwortung trug, über mich hinausreichte, dass die Wahrheit über uns vielleicht in diesem Gegenentwurf lag, an dem er schrieb und den ich nie lesen würde, kurz, dass ich bescheuerter war als Fawcett und Roosevelt zusammen.

Als er an Deck zurückkehrte, saß ich gerade wieder über meinen Notizen. Pierre setzte sich mir gegenüber, schlug sein Notizbuch auf, holte seinen Stift hervor und fragte mich lächelnd, warum ich nichts sagte. Zum Zeichen der Versöhnung. Ich antwortete nicht und tat, als zitterten meine Hände, als flatterten mir die Nerven. Was kann man von einem Sohn mehr verlangen, als dass einem eines Tages verziehen wird, und sei es nur dafür, dass man ihm das Leben auferlegt hat, ohne ihn zu fragen.

In den folgenden Tagen fiel mir eine Bemerkung ein, die ich einige Monate zuvor, im Februar, gehört hatte, als ich von Marrakesch und besagtem Haus des Generals Mangin aus, in dem Pierre als kleiner Junge mit mir gewohnt hatte, mit dem Auto nach Tanger fuhr und dort durch Zufall mit einem Psychotherapeuten zu Abend aß, der mir anvertraute, nachdem wir im Laufe unseres Gesprächs auf das Vorhaben der Amazonasreise mit Pierre gekommen waren, dass er aufgrund seiner langen Berufserfahrung zu der Überzeugung gelangt sei, dass derjenige ein guter Vater ist, dem man die Note 3 geben würde. Mit schlechterer Note, meinte er, sei der Vater abwesend oder vernachlässige sein Kind, mit besserer sei er unausstehlich.

Zuerst hatte ich an Paul gedacht, dann an Pierre. Der Apfel fällt nicht weit vom Stamm. Ich sah wieder die uns dreien gemeinsame Unfähigkeit, einfache Worte zu finden, diese gepanzerte Verschlossenheit, diese Unbeholfenheit trotz aller Bemühungen. Was wusste ich eigentlich von meinem toten Vater, von meinem lebendigen Sohn? Wir waren noch nicht am Ufer des Pazifiks, und ich hoffte, mit der Zeit, der Erschöpfung und der Langeweile würden wir beide es schaffen, unsere Scham und unsere Schüchternheit zu überwinden. Schüchternheit ist eine starke Eigenschaft, und Prahlhanse sind gering zu schätzen. Schüchternheit ist aber auch ein Handicap. Mir schien, dass mich Pierre von allen Menschen am besten kennt. Umgekehrt war ich mir nicht sicher. Pierre ist ein rätselhafter, geheimnisvoller Mann, er hat einen englischen Humor, scharf und schneidend. Ich fragte mich, ob für einen Sohn die 3 auch die beste Note sei.

Bei Alberto

Wären wir auf dem Río Ucayali und seinen Zuflüssen mit verbundenen Augen bis hierher gekommen und hätten die Binde erst an Bord dieses Boots abgenommen, das unter einem Laubgewölbe den schmalen Río El Dorado im Pacaya-Samiria Nationalpark hinauffuhr, in dem die Sonne über smaragdgrünem, von aufsteigenden Bläschen gesprenkeltem Wasser blinkte, die an der

Oberfläche kleine goldene Glocken bildeten, bevor sie zerplatzten, hätten wir auf der Fahrt durch das Naturschutzgebiet bis zum El-Dorado-See glauben können, die Welt sei geschützt, so voll war sie von Vögeln und Fischen, von Delfinen, Kaimanen und Fischadlern, die sich auf die Piranhas hinabstürzten und sie in ihren Klauen in die Lüfte emportrugen, und unser Planet sei das Paradies, das er einst war.

Aber dann hätten wir uns die Augen von Neuem zubinden müssen, als wir die Städte im Amazonasgebiet passierten, wild wuchernde Ballungsräume, die von keinem natürlichen Hindernis begrenzt werden, Krebsgeschwüre mitten im Wald, den sie verschmutzen, Metastasen aus Müllhaufen in den Außenbezirken und an den Flussufern. Auch wenn, aus der Vogelperspektive betrachtet, Iquitos, die Hauptstadt des Loreto, im Jahr 2018 nur ein winziger Lymphknoten dieser riesigen Verwaltungsregion mit anderthalb Millionen Einwohnern war, von denen jeder Zweite in der Stadt lebt, und die Region zu den am dünnsten besiedelten Gebieten des Planeten gehörte, ein noch gutartiger Tumor in der Lunge der Welt, so war doch der Wald auf dem besten Weg, zerstört zu werden. Die siebenhunderttausend Einwohner von Iquitos entsprachen der Bevölkerungszahl eines kleinen Stadtviertels in einer chinesischen Kleinstadt, aber die Geburtenrate in Peru liegt über vier und in der Region von Loreto über sechs Prozent. Eines Abends fiel in unserem Gespräch ein Satz, den Claude Lévi-Strauss schon im letzten Jahrhundert formuliert hat: »Was uns die Reisen in erster Linie zeigen, ist der Schmutz, mit dem wir das Antlitz der Menschheit besudelt haben.«

Diese Worte hatten mehr als fünfzig Jahre auf dem Buckel. Sie wurden unter dem Eindruck der zweiten industriellen Revolution gesagt, die damals schon hundert Jahre alt war, dem Nahen der größten Umwälzung des Ökosystems seit dem Zusammenstoß mit einem Asteroiden vor fünfundsechzig Millionen Jahren. Seit der Zeit des Kautschukbooms war den Gebieten am Amazonas das Schlimmste aus Europa widerfahren, und zwar ohne dessen Humanismus als Gegengewicht. Die Ausrottung der Völker und der Tiere, die Verunstaltung der Landschaft, würdigen Amazonien herab. Und die Hässlichkeit führt zu Unterwerfung und Willenlosigkeit, macht es einer Parodie von Demokratie leicht: Überall an den Hauswänden von Iquitos sah man Piktogramme, die Analphabeten zur Wahl aufriefen, wo sie auf dem Wahlzettel ein Pferd oder einen Hahn ankreuzen sollten. Über das alles hatten wir einige Tage, bevor wir ablegten, auch mit Alberto Chirif gesprochen.

Der in Lima geborene Anthropologe lebt seit Langem in Iquitos, er hat ein Werk über die Folgen geschrieben, die der Konkurs der Kautschukbarone 1914 für die Indianer und ihr Leben bis Ende des zwanzigsten Jahrhunderts hatte, ein Werk, das in gewisser Weise die Fortsetzung der Mission Roger Casements und seines Berichts über die Gräuel der Peruvian Amazon Company von Julio César Arana bildete, jenem *Blue Book*, das zum Prozess in London geführt und den Bankrott der Kautschukbarone noch mehr befördert hatte als der Jahrhundertdiebstahl Henry Wickhams. Alberto hat auch linguistische Forschungen betrieben und das Wörterbuch *Diccionario amazónico – Voces del castellano en la selva peruana* veröffentlicht.

Als Berater für Projekte in indigenen Gemeinschaften erforschte er die Überfischung der Flüsse, die zum Verschwinden ganzer Arten führte, und die Bergwerksbetriebe, durch die die Flüsse noch vor der Überfischung vergiftet wurden. An der Bar des Hilton schlürften wir zu dritt Chilcano de Piscos, als wären wir an Bord der Titanic. Dabei hätte ich die Verabredung beinahe wegen eines blockierten Hotelsafes abgesagt, eine Geschichte, die geeignet war, mich wie einen gewöhnlichen Gauner aussehen zu lassen, der sich an der Bar des größten Hotels einige Drinks bezahlen lässt unter dem Vorwand, er könne gerade nicht auf seine Kreditkarten und sein reichlich vorhandenes Geld zugreifen, ein wahres Vermögen, weil sie im Safe eines kleinen, preiswerten Hotels lagen, der sich nicht mehr öffnen ließ.

Wenngleich ich mich in der Mail, die ich ihm einige Tage zuvor geschickt hatte, auf eine Empfehlung seines Freundes, des Malers Gino Ceccarelli, bezogen hatte, kannte ich Ceccarelli nicht, der in Zürich lebte. Mein Freund Alfred Pita hatte ihn über unseren Aufenthalt in Peru unterrichtet. Aber Chirif kannte Pita nicht. Mir schien das alles, für das ich im Übrigen nicht den Hauch eines Beweises erbringen konnte, ziemlich kompliziert zu sein, aber bevor wir gingen, mussten wir ihm mitteilen, dass er uns einladen müsse.

Ich hatte ihm gleichwohl mitgeteilt, dass wir im Europa-Hotel immer noch auf die Ankunft von El Chino warteten, der vielleicht ein professioneller Safeknacker sei. Safes gab es in Iquitos etliche, doch kein einziges Service-Unternehmen dafür, wie ich an der Rezeption erfahren hatte. In den Zeitungen der vorausgegangenen Tage hatten wir von den Heldentaten einer lokalen Bande von Bankräubern gelesen, die als Los Topos bekannt waren und erst kürzlich ein Juweliergeschäft ausgeraubt hatten, indem sie unter falschem Namen ein Nachbarhaus angemietet und von dort einen Tunnel gegraben hatten. Der mysteriöse Chinese, den man uns seit Tagen ankündigte, war vielleicht einer der flüchtigen Maulwürfe. Nachdem man uns wieder um ein wenig Geduld gebeten hatte – morgen würde El Chino bestimmt kommen –, hatte ich vom Rezeptionisten verlangt, mit dem Hoteldirektor zu sprechen, den wir ebenfalls noch nicht zu Gesicht bekommen hatten. Der war bereit, uns mit einer erklecklichen Anzahl von Zweihundert-Sol-Scheinen aus der Patsche zu helfen.

Wäre ich Alberto gewesen, hätte ich an dieser Stelle des wirren Berichts eine Finte gewittert und vielleicht verlangt, die Zweihundert-Sol-Scheine zu sehen. Stattdessen bestellten wir Pisco Sour und führten eine lebhafte Diskussion über die chaotische, planlose Stadtentwicklung von Iquitos. Das Haus, das er bewohnte und das er in den Siebzigerjahren nur wenige Häuserblocks entfernt von jener Plaza de Armas teils eigenhändig, wie er sagte, gebaut hatte, lag damals am Stadtrand und war nun seit Langem von Neubauten umringt. Seinen Obstgarten hütete er eifersüchtig.

Ich wollte mich mit Alberto unterhalten, weil ich die Absicht hatte, eine Geschichte dieser Stadt seit ihrer Gründung 1860 zusammenzustellen. Zwanzig Jahre zuvor hatte ich die Geschichte Nicaraguas seit der Hinrichtung William Walkers 1860 bis zum Niedergang der Sandinisten in einem Buch versammelt und dabei auch das Túpac-Amaru-Kommando erwähnt, das sich zur Zeit Fujimoris in der japanischen Botschaft von Lima verschanzt hatte. Seither verfolgte ich die peruanische Presse, und bei der Zeitungslektüre erfuhr ich in diesen Tagen, dass der Antikorruptionsrichter Juan Gonzalez Chávez wegen Korruption verhaftet worden war, nachdem er die Untersuchungen zu Nadine Heredia, der Ehefrau des damaligen Präsidenten Ollanta Humala, eingestellt hatte, dessen Rede zum Nationalfeiertag ich 2015 in Puno gehört hatte.

Wir kommentierten die aktuelle Lage, und immer wieder schlichen sich die Sandinisten in unser Gespräch. In Nicaragua waren gerade Protestbewegungen von einem übergeschnappten Daniel Ortega gewaltsam unterdrückt worden. Wir empfanden beide Trauer über diese Entstellung des Sandinismus. Wer die

Geschichte Nicaraguas nicht kennt, würde künftig alles in einen Topf werfen und den von Ortega entehrten Namen Sandinista mit den Besten unter ihnen, wie Ernesto Cardenal oder Sergio Ramírez, verbinden, Männern, die unter Einsatz ihres Lebens gegen die Somoza-Diktatur gekämpft, mit Waffengewalt die Macht erobert, freie Wahlen organisiert, diese verloren und ihre Niederlage akzeptiert hatten.

Ich hatte Alberto mein Buch über die Sandinisten in der Übersetzung von José Manuel Fajardo geschenkt. Einige Monate später schrieb er mir. Es war wieder eine dieser Fragen nach dem Anteil der Fiktion. Er wollte wissen, ob ich die Presseausschnitte, die ich anlässlich des »Fußballkriegs« zitierte, der 1969 zu einem Einmarsch der Armee von El Salvador nach Honduras geführt hatte, nicht doch erfunden oder willkürlich zusammengeschustert hätte, so unglaublich seien sie. Ich antwortete ihm, dass ich mich darauf beschränkt hätte, sie Wort für Wort einem Werk von Roque Dalton zu entnehmen, man könne sie in *Guerra a la Guerra* (»Krieg dem Krieg«) finden, einer Monografie, die parallel vom Leben des salvadorianischen Dichters und dem des honduranischen Dichters Eduardo Bähr erzählte, den ich in Tegucigalpa besucht hatte.

Alberto befragte auch Pierre, und wir erwähnten das Vater-Sohn-Projekt, die Strecke unserer Expedition von einem Ozean zum anderen. Alberto selbst hatte keinen Sohn, aber Töchter. Dann erzählte er von seinem Vater. Wie sein Nachname Chirif verrät, stammten seine Eltern von arabischen Immigranten ab, die in Uruguay angekommen waren. Sein Vater wurde auf der anderen Seite des Río de la Plata in Buenos Aires geboren. Er war also das, was man auf dem Südkegel einen Turco nennt, wie Juan José Saer im Norden Argentiniens, der auf eine weit zurückliegende syrische Herkunft blicken kann, oder Milton Hatoum im Norden Brasiliens mit libanesischen Wurzeln. Chirif wusste allerdings nichts über seine geografische Herkunft. Er, der Mann der Archive, besaß zu seinem Bedauern kein einziges Dokument seiner Familie.

Er wusste, dass sein Vater als Kind mit seiner Mutter aus Argentinien nach Peru gekommen war, um eine Tante zu besuchen, und dass er dort Wurzeln geschlagen und geheiratet hatte. Wir kannten uns seit zwei Stunden. Es ist immer merkwürdig, was Menschen zum Erzählen bewegt, wenn sie Unbekannten ihr tiefstes Inneres öffnen in einem Vertrauen, das der sich neigende Tag und die Dunkelheit, die längst über der Plaza de Armas lag, noch verstärkte. Er erinnerte sich an den Tod seines Vaters, der traurig war, weil er kein Vermögen gemacht hatte und seinen Kindern nichts hinterlassen konnte, während sie ihn trösteten und ihm für die Werte und die Bildung dankten, die er ihnen mitgegeben hatte, und in der Tat schien Alberto ein guter Mensch zu sein. Dann sprach er über die Erinnerung an seinen Aufenthalt in Paris, an seine glücklichen Spaziergänge aufs Geratewohl durch die Straßen der Stadt. Wir marschierten zum ersten Mal durch die von Iquitos, Pierre viel mehr als ich. Ich erwähnte die Casa de Fierro, das Eiserne Haus von Gustave Eiffel an einer Ecke der Plaza de Armas, das ich in der kleinen Geschichte von Iquitos seit seiner Gründung beschreiben wollte, ebenso *Die Jangada*, den Roman von Jules Verne, der in Iquitos seinen Ausgang nimmt. Wir holten die Zweihundert-Sol-Scheine hervor und bezahlten die Runden.

Pierre & Jules

»Und wenn meinem Vater durch ihn ... ja, durch ihn irgendein
Unglück widerfährt, dann bezahlt er es mir mit dem Leben!«
VERNE, Die Jangada

Wir widmeten uns wieder unseren Büchern. Der Notizbuch-Streit war ad acta gelegt. Wir tauschten die Bücher unserer kleinen amazonischen Reisebibliothek. Wenngleich er nach eigener Aussage vor ein paar Jahren mit großem Vergnügen *In achtzig Tagen um die Welt* gelesen hatte, räumte Pierre ein, dass er *Die Jangada* ein wenig aus dem Blick verloren hatte.

Der zeitliche Abstand wirkt sich auf die Lektüre dieser Romane aus, die auf geografischen Entdeckungen beruhen. Die Spannung zu Beginn von *Fünf Wochen im Ballon* ist verflogen: Nachdem die Luftschiffer in Sansibar gestartet waren, schwebten sie nach Westen bis zum Tanganjikasee, und die ersten Leser fragten sich, wie Verne wohl die andere Seite des Sees beschreiben würde, die große unbekannte Leere im Herz Afrikas, die erst einige Jahre später Stanley sehen sollte. Ein passend aufkommender Südwind blies den Ballon nach Norden in schon bekannte Zonen. Statt dem Äquator zu folgen und in São Tomé e Príncipe zu landen, landete der Ballon im Senegal. Seit wir die Karte des Kongo und auch die Amazoniens kennen, ist der Nervenkitzel weg: Beim Erscheinen von *Die Jangada* 1881 hatten nur wenige Leser Bilder des großen Flusses vor Augen. Heute ist das Interesse an der Geografie zum Interesse an der Geschichte geworden.

Zwanzig Jahre zuvor, als Jules Verne mit seiner Arbeit begann, war die Stadt Iquitos, ein im tiefen Regenwald verlorener Marktflecken, ein Vorposten des Triumphs der Industriekultur. Im Jahr ihrer Gründung hatte Verne 1860 seinen ersten, pessimistischen Roman geschrieben, *Paris im 20. Jahrhundert*, eine apokalyptische Vision, die erst lange nach seinem Tod erschienen ist. Der Verleger Pierre-Jules Hetzel drängt Verne dazu, stattdessen Loblieder auf den Fortschritt anzustimmen. Dennoch verkneift sich Verne in *Die Jangada* nicht eine wenig begeisterte, ethnografische Bemerkung: »Dieses Zukunftsbild hat freilich eine Kehrseite: Alle diese Fortschritte vollziehen sich nicht, ohne gleichzeitig die eingeborenen Rassen zu vernichten.«

Die Familie Garral unternimmt eine Reise den Fluss hinunter an Bord einer Jangada, eines Floßes aus zusammengebundenen Langhölzern, die an der Küste verkauft werden sollen. Ihr schwimmendes Dorf ist weitaus komfortabler als die Boote eines Orellana oder Aguirre. »Damit löste sich gleich ein Teil der Fazenda von Iquitos vom Ufer und fuhr den Amazonas stromabwärts.« Man hat auf dem riesigen Floß kleine Wohnungen, eine Kirche mit Priester und einen Glockenturm errichtet. Vierzig Indianer und vierzig Schwarze begleiten sie, dazu Hauspersonal und Vieh. Die Jangada hat sogar Erde geladen, damit man Beete anlegen, Obst und Gemüse anpflanzen kann. Diese Utopie einer beweglichen autarken Insel ist ein immer wiederkehrender Traum Jules Vernes.

Seine Geografie des nördlichen Peru entspricht der seiner Epoche und ist recht ungenau, bisweilen sogar falsch in ihren belehrenden Darlegungen: »Das Dorf Iquitos liegt nahe dem linken Ufer des Amazonas, fast genau unter dem 74. Grad (westlicher Länge von Paris) in dem Bereich des großen Stromes, wo er noch den Namen Marañón führt und sein Bett Peru von der Republik Ecuador trennt, etwa fünfundfünfzig Meilen westlich der brasilianischen Grenze.« Die Handlung dreht sich um die Entzifferung einer verschlüsselten Botschaft. Sie zu lesen, würde es ermöglichen, die Ehre des zu Unrecht des Mordes angeklagten Vaters wiederherzustellen. Wie häufig bei Jules Verne kommen durch das Papier die wahren Verhältnisse ans Licht, auch wenn man bezweifeln kann, dass es damals in Iquitos viele Bücher gab, die man einsehen konnte: »›Nun schnell zur Bibliothek!‹, rief sie. ›Holen wir alle Bücher, alle Karten, die uns über dieses herrliche Strombecken Auskunft geben können! Wir wollen nicht als Blinde reisen! Ich will alles wissen, alles sehen über diesen König der Flüsse unserer Erde!‹«

Während ihrer langen Fahrt stimmen die Reisenden ein Loblied an auf die »Reize dieses Flusses ohnegleichen, der das schönste Land der Erde bewässert, wobei er sich immer wenige Grade unterhalb des Äquators hält«. Sie sehen »anmutige Delfine« aus dem Wasser springen. Nachdem sie Manaus passiert haben, erreicht die Jangada auf dem Weg nach Belém Santarém, das Pierre und ich vor Wochen verlassen hatten: »Hier sieht man auch den Nebenfluss Tapajoz, mit grünlich grauen Wellen, der von Südwesten herabkommt; bald kam man nach Santarem, einem reichen Flecken von nicht weniger als fünftausend Einwohnern, zum größten Teil Indianer, deren vorderste Häuser direkt auf dem weißen Sand des Flussufers stehen.«

Vater & Sohn (dann Tochter)

> »*Er ist mein Vater, erklärte Jean, und ich bin nach*
> *Venezuela gekommen, um meinen Vater zu suchen!*«
> JULES VERNE, Der stolze Orinoko

Siebzehn Jahre nach *Die Jangada* veröffentlicht Jules Verne einen zweiten und letzten Roman, der in Amazonien spielt. Er ist siebzig. Vor seinem Tod erscheinen noch mehrere Bücher von ihm, danach stoppt sein Sohn Michel die unveröffentlichten Texte zusammen.

An diese Geschichte macht er sich, nachdem er die in der Zeitschrift *Le Tour du monde* veröffentlichten Berichte über die beiden Expeditionen von Jean Chaffanjon 1884 und 1887 gelesen hat, jenem Chaffanjon also, der erklärte, er sei durch die Lektüre von Jules Vernes *Außerordentlichen Reisen* zum Forschungsreisenden geworden. Verne, der sich nicht von der Stelle bewegt und anderen die Lust am Reisen vermittelt, schlägt auf seinem Schreibtisch auch den achtzehnten Band der *Nouvelle Géographie universelle* von Élisée Reclus auf. Mit dem antimilitaristischen Anarchisten als Gewährsmann spottet er über die venezolanische Armee, »jene ›Armee‹, die auf sechstausend Mann Soldaten gelegentlich siebentausend Generäle hatte, ohne andre hohe Offiziere zu rechnen«.

Der junge Jean macht sich auf die Suche nach seinem Vater, einem Offizier, der vierzehn Jahre zuvor in der Gegend des Orinoko verschwunden ist. Begleitet wird er vom treuen Sergeanten Martial, seinem Adjutanten. Die beiden Männer folgen den Spuren des Vaters. Dieser, Republikaner und Patriot, der nach der Niederlage von 1870 in den Truppen Garibaldis gekämpft hatte, taufte die Eigentümlichkeiten der Landschaft entlang der von ihm zurückgelegten Strecke nach Belieben und benannte sie nach großen Franzosen, nicht nach den bösen Deutschen, den Dieben des Elsass und Lothringens, hier einen Pic Ferdinand-de-Lesseps, dort einen Pic Charles-Maunoir nach dem Präsidenten der Société de Géographie in Paris. Und als sie durch ein Dorf kommen, ist es so, »wie es Chaffanjon acht Jahre früher gesehen hatte«, als der Forschungsreisende dem realen Herrn Marchal begegnet war, der acht Jahre später in diesem Hin und Her zwischen Fiktion und Realität zur Romanfigur wird.

Auch wenn dieser Roman in Amazonien spielt, so ist er doch erfüllt von der Sehnsucht des alten Jules Verne nach Amiens, nach der Trichtermündung der Loire, seiner Kindheit im Haus seines Vaters in Chantenay, aus dem er das Haus des jungen Jean macht, als wäre er selbst auf der Suche nach seinem verschwundenen Vater. »Vor drei Wochen hatten sie ihre Wohnung in Chantenay bei Nantes verlassen und sich in Saint-Nazaire auf der *Pereire*, einem Paketschiff der Transatlantik-Gesellschaft, eingeschifft, das nach den Antillen bestimmt war. Von da hatte ein andres Schiff sie nach La Guayra, dem Hafen von Caracas, übergeführt und eine kurze Eisenbahnfahrt sie endlich nach der Hauptstadt Venezuelas gebracht.«

Unterwegs treffen Jean und Martial, der sich für dessen Onkel ausgibt, zwei Forschungsreisende, einen Geografen und einen Botaniker. »Es waren zwei Franzosen, zwei Bretonen aus Nantes.« Während sie ins Gebiet der Guaharibo-Indianer vordringen, wird ihnen »die Freude zuteil, ihre Landsleute wiederzufinden«. Gemeinsam fahren sie durch die Grasebenen des Llano den Orinoko hinauf, doch der Siebzigjährige aus Amiens, der sich seinem Lebensende nähert, hat zu viel Heimweh nach der Bretagne und legt diese Sehnsucht Jean in den Mund.

– Die weiten Ebenen, die sich längs der beiden Ufer ausdehnen, erinnern mich jedoch eher an die Wiesen der unteren Loire, wie bei Pellerin oder bei Paimboeuf ...

– Richtig, lieber Neffe, mir ists auch so, als müsste jeden Augenblick der Dampfer von Saint-Nazaire auftauchen – der Pyrosca, wie man da unten mit einem Worte sagt, das mir aus dem Griechischen, das ich nie begreifen konnte, zu stammen scheint.

– Und wenn der Pyroscaph auch käme, lieber Onkel, antwortete der junge Mann lachend, würden wir uns seiner doch nicht bedienen, sondern ihn vorüberrauschen lassen. Nantes ist jetzt da, wo mein Vater ist ... nicht wahr?

– Ja, da wo mein wackrer Oberst weilt; und wenn wir ihn gefunden haben, wenn er erst weiß, dass er auf der Welt nicht allein steht, dann ... dann fährt er mit uns den Strom wieder hinunter, erst in einer Piroge, dann auf dem *Bolivar* ... und schließlich besteigen wir den Dampfer von Saint-Nazaire, aber nur, um beglückt nach Frankreich heimzukehren ...

– Möge Gott Dich hören!, murmelte Jean.

Wie Manaus Milton Hatoum verfolgt, wohin er auch geht, so muss ich zugeben, dass ich mich gefreut habe wie ein Kind, als ich den Namen des Flusshafens Paimbœuf las. Verne erinnert sich an ihn, weil er mit elf Jahren von zu Hause ausgerissen war mit dem Plan, zu den Westindischen Inseln zu reisen und von dort für seine Cousine Caroline eine Korallenkette mitzubringen. Dazu hatte er sich in Nantes als Schiffsjunge verdingt. Sein Vater sammelte ihn in Paimbœuf wieder ein, dem letzten Halt, bevor das Schiff bei Saint-Nazaire auf offene See hinausfuhr.

An diesem Punkt des Romans stellt sich von Neuem das Rätsel des Brazo Casiquiare: »Der Casiquiare verdiente die Untersuchung eines Sachverständigen, obgleich seine Breite hier kaum vierzig Meter übersteigt.« Verne folgt Reclus und macht aus der Flussbifurkation einen Flussarm des Orinoko, und nicht einen

Zufluss, der, wie Humboldt meinte, den Orinoko über den Río Negro mit dem Amazonas verbindet und den angeblich, laut Uztarroz, Aguirre mit seiner Truppe genommen hat, um nach Venezuela zu gelangen, doch die Versuchung ist groß, das Rätsel weiter zu verkomplizieren: Wenn man hört, dass manche Paranas in Brasilien ihre Fließrichtung gemäß der Wasserabflussmenge und je nach Ausmaß des El Niño in bestimmten Jahren umkehren, kann man sich fragen, ob Aguirre den Brazo Casiquiare nicht eher hinunter- denn hinaufgefahren ist zu einem Zeitpunkt, als der Amazonas aufgrund seines Hochwassers sein Wasser in den Orinoko schüttete und nicht umgekehrt. Wir kennen die meteorologischen Verhältnisse und die Niederschlagsmengen des Jahres 1561 nicht. Und die von 1860 auch nicht besser, als Alexander von Humboldt die Vermessung des Geländes unternahm.

Onkel und Neffe folgen dem Wasserlauf. »Links dehnte sich ein Kautschukbaumwald aus, aus dem die Gomeras große Mengen des wertvollen Federharzes gewannen.« Nach den bei Jules Verne üblichen Wendungen, Schurkereien, gefälschten Identitäten, Gefahren, Schüssen, Fallen, Liebesgeschichten, stellt sich heraus, dass Jean die als Junge verkleidete Jeanne ist. Alles endet gut, so wie es der inzwischen verstorbene Verleger Pierre-Jules Hetzel immer verlangte. Sein Sohn, Louis-Jules, führt jetzt den Verlag. »Von Caïcara brachte ein Dampfer des Apure die Reisenden binnen zwei Tagen nach Ciudad-Bolivar, von wo die Eisenbahn sie schnell nach Caracas beförderte. Zehn Tage später waren sie in Havana bei der Familie Eridia, und fünfundzwanzig Tage darauf in Europa, in Frankreich, in der Bretagne, in Sainte-Nazaire, in Nantes.«

Wolfgang & Frederik

Um diese beiden fiktionalen Werke Jules Vernes geografisch miteinander zu verknüpfen, musste man bis zur Expedition Alain Gheerbrants 1948–1950 und seinem Bericht *Welt ohne Weisse – Vom Orinoko zum Amazonas* über seine Reise von Bogotá nach Belém warten, die entlang des Brazo Casiquiare führte und damit »die erste Verbindung des Orinokobeckens über jenes ›unbekannte Gebiet‹ mit dem Amazonasbecken« herstellte.

Das Unternehmen ist diesmal nicht nur geografischer Natur wie bei Chaffanjon, sondern ethnografisch. Die Forscher lassen sich bei dem Volk nieder, das Gheerbrant anfangs nach Verne noch Guaharibo-Indianer nennt und später dann Yanomami. Die Männer führen sehr schwere Kisten mit einer ganzen Filmausrüstung und einem Aufnahmestudio, Kameras und große Metallboxen mit Filmrollen auf den Pirogen mit, mit denen sie in den Stromschnellen kentern, und schleppen sie dann durch die Berge der Sierra Parima, um die Wasserscheide zu überqueren. Schließlich »konnten wir schon gleich am ersten Tag bei den Piaroa-Indianern unsere ersten Schallplatten mit Piaroa-Musik aufnehmen. Das hatten wir Mozart zu verdanken, der uns noch manchen guten Dienst im Laufe der Expedition leisten sollte«.

Bei den benachbarten Makiritare-Indianern, die etwas weiter entwickelt waren und die Guaharibos bisweilen in Sklaverei hielten, hatte Mozart denselben Erfolg: »Am 10. November verzeichnete somit Mozart seinen zweiten Sieg über das Misstrauen der Indianer angesichts des Tencua-Falls, am Tor der Sierra Parima.« Die Schallplatte, die sie den betörten Indianern vorspielten, war die Symphonie Nr. 26 in Es-Dur, und sie demonstrierte nebenbei die Allgemeinheit des begrifflosen Wohlgefallens bei Kant, dass nämlich das Schöne das sei, was universell ohne Begriff gefällt. Einen Weißen, der vor ihnen, aber ohne Mozart gekommen war, hatten die Indianer zerstückelt.

Als ich vierzig Jahre nach meiner ersten Lektüre die *Traurigen Tropen* wieder zur Hand nahm, war ich überrascht, darin auf Chopin zu stoßen. In einem Moment, in dem sich Lévi-Strauss bei den Indianern genauso langweilt wie sein Kollege Buell Quain, fragt er sich: »Bei der Ausübung dieses Berufs verfällt der Forscher ins Grübeln: Hat er wirklich seiner Heimat, seinen Freunden, seinen Gewohnheiten entsagt, Unsummen an Geld ausgegeben, große Anstrengungen auf sich genommen und seine Gesundheit aufs Spiel gesetzt, nur um sich nun für seine schiere Anwesenheit bei ein paar Dutzend Unglücklichen zu entschuldigen, die dem nahen Untergang geweiht sind, hauptsächlich damit beschäftigt, einander zu entlausen und zu schlafen, und von deren Laune doch der Erfolg oder Misserfolg seines Unternehmens abhängt?« Er hat keine Tonaufnahme zur Verfügung, aber die Etüde Nr. 3, op. 10 in Erinnerung. »Ich sagte mir, dass der Fortschritt, der darin besteht, von Chopin zu Debussy überzugehen, vielleicht noch größer ist, wenn er sich in umgekehrter Richtung vollzieht. Die Genüsse, um derentwillen ich Debussy den Vorzug gab, fand ich nun bei Chopin, jedoch gleichsam als Andeutungen, in noch unsicherer und so verhaltener Form, dass ich sie anfangs nicht bemerkt hatte (...).«

Diese erneute Lektüre führte mich weit weg aus dem Wald ins Chalet von Chamonix. Wenn wir uns besuchten, erinnerte mich Bruno Mégevand, Präsident der Gustav-Mahler-Gesellschaft von Genf, häufig daran, dass der Komponist 1860 geboren war und er deshalb eines Tages in meinen Erzählungen auftauchen sollte. Dank ihm hörte ich mit großer Konzentration die

Symphonie Nr. 2, die Brunos Leben auf den Kopf gestellt hatte. Allerdings noch nicht mit derselben leidenschaftlichen Begeisterung wie er. Ich war weniger Musikliebhaber als Cineast und kannte damals nur die Sinfonie, die das Orchester des Grand Hotel des Bains in Viscontis *Tod in Venedig* spielt, einem Film, in dem der Widerwille des alten Gustav von Aschenbach gegen den Dschungel keine Rolle spielte.

Außer von Musik und Langeweile, von denen ebenso bei Gheerbrant die Rede ist – »wir brauchten Wochen und Monate der Gewöhnung an den Urwald, bis wir wie die Indianer in ihm mit einem Blick unbewegliche, oft mimikrifarbene Tiere, Reptilien und Vögel, im Unterholz ausmachten« –, las man in all diesen Texten freilich auch von gesundheitlichen Beschwerden, zerschundenen Füßen, Erschöpfung, Wunden, Infektionen, von allem, was der Preis für diese musikwissenschaftlichen Fortschritte zu sein schien in einer Zeit, in der diese Weißen, die die brutale Eroberung und Kolonialisierung nicht mehr zum Vorwand nehmen konnten, die Fahne der anthropologischen Forschung ergriffen, um bis ans Ende jener physischen Erschöpfung zu gelangen, die sie vielleicht vor allem anderen suchten, jene Verwirrung bis zum Wahnsinn bei Buell Quain oder die Entdeckung der Askese durch Hungern bei Peter Fleming, der ebenso gut in London hätte fasten können. Ipavu, der Indianer, der sich lieber ein kleines kühles Bier in der Stadt genehmigte und lieber in einem Bett als in einer Hängematte im Wald schlief, hätte darüber gelacht.

Vater & Sohn

Einer, der körperlich nichts fürchtete, war Maufrais junior, Raymond Maufrais, der noch im Fieberdelirium schrieb: »Ich habe euch geschworen, dass ich zurückkommen werde, und ich werde zurückkommen«, und der nicht zurückkam.

Wieder hatte eine Vater-Sohn-Geschichte mich auf ihn gebracht: Maufrais war als Widerstandskämpfer in den Maquis im Lot gegangen wie mein Vater. Beide waren damals keine zwanzig Jahre alt. Der eine marschierte durch das befreite Cahors, der andere durch Toulon. Nach der Befreiung geht Maufrais zu den Fallschirmspringern. Er hätte in Indochina kämpfen und dort sterben können. Stattdessen scheidet er aus der Armee aus, geht nach Rio, findet einen Job bei der französischen Presseagentur AFP, nimmt Kontakt zur Indianerschutzbehörde auf, schafft es 1946 in die Mission von Francisco Meirelles zu den Xavante-Indianern, gelangt zu Pferde bis zum Ufer des Rio Araguaia. Nach seiner Rückkehr aus dem Mato Grosso verfasst er Reiseberichte, hält Vorträge in Frankreich, spielt sich als Entdecker auf, dabei ist er noch keiner. Er muss wieder aufbrechen.

Als er im Januar 1950 in Cayenne von Bord des Schiffes geht, ist Raymond Maufrais dreiundzwanzig und ein Heißsporn, der von Heldentaten träumt. Weiter im Westen, in den Urwäldern des Orinoko, ist Alain Gheerbrant zur selben Zeit bereits seit Monaten unterwegs. Maufrais ist moderner, er belastet sich nicht mit irgendwelchen Vorwänden, weder mit kartografischen noch mit ethnologischen. Seine Unternehmung ist weiter nichts als eine nutzlose Herausforderung, eine jener Großtaten »allein und ohne Unterstützung«, wie sie später von Werbesponsoren und

Fernsehsendern ausgeschlachtet werden: Er möchte als Erster Amazonien von Guyana nach Brasilien durchqueren, eine Verbindung von Cayenne nach Belém über das Tumuc-Humac-Gebirge schaffen, das die Wasserscheide zwischen den Becken des Orinoko und des Amazonas bildet. Luftlinie sind das ungefähr zweitausend Kilometer.

Man versucht, ihn davon abzubringen.

Er macht sich dennoch auf den Weg, begleitet nur von seinem Hund Boby, erst in Pirogen, dann nimmt er seine lange einsame Wanderung in Angriff, ohne jede Wegzehrung, fehlgeleitet vielleicht von den Sätzen des Schwindlers Jules Verne, der nie aus Amiens herausgekommen war und der in *Der stolze Orinoko* geschrieben hatte: »Wir wissen, dass die Ernährungsfrage nie von besonderer Bedeutung war, wenn man so wildreiche Landstriche bereiste. Schon der Saum des Waldes lieferte dafür einen Beweis. Hier flatterten Wildenten, Hoccos und Pavas umher, hier sprangen Affen von einem Baum zum andern und trabten Bisam- und Wasserschweine hinter dem Gebüsch dahin, während das Wasser des Rio Torrida von Fischen geradezu wimmelte.« Ihn aber quält mehr der Hunger als die Einsamkeit. Im Wald gibt es kein Wild, oder er versteht sich nicht auf die Jagd. In seinem Tagebuch kann man das langsame Sterben verfolgen, der Rucksack wird zu schwer, er lässt Gepäck zurück, dann, einige Seiten weiter: »Abends habe ich Boby getötet. Ich habe die Kraft gehabt, ihn zu zerlegen und Feuer zu machen. Ich habe gegessen, und dann war mir übel.«

Er sitzt allein auf dem Ponton von Dégrad Claude, einer Anlegestelle, die niemand anfährt, am Rande des Hungertods ernährt er sich von Wasserpflanzen und kleinen Tieren, die er dort findet, nimmt wieder sein Tagebuch zur Hand. »Auf baldiges Wiedersehen, geliebte Eltern! Voll Zuversicht lasse ich dieses Heft hier (…).« Er schreibt den letzten Satz: »Ich habe euch geschworen, dass ich zurückkommen werde, und ich werde zurückkommen«, hängt seinen Rucksack gut sichtbar an einen Ast, will schwimmend weiterkommen. Er weiß, dass außer an den Flüssen im Wald kein Überleben möglich ist. Er verschwindet, ertrinkt oder verletzt und infiziert sich, stirbt den Hungertod oder wird von einem Raubtier gefressen. Der Rucksack wird von dem Indianeroberhaupt Monpeyra gefunden und zur Polizei gebracht. Einige Wochen später erscheint ein Artikel in *La République du Var*: »Gepäck von Raymond Maufrais im Dschungel gefunden.« Bis dahin ist es eine kleine Meldung unter vielen. Es müssen wohl einige Waghälse sterben, bis man mit anderen mitzittert.

Das Abenteuer beginnt mit der Abreise des Vaters. Edgar Maufrais, ein bescheidener Buchhalter des Marinestützpunkts von Toulon, ist ein Mann in den Fünfzigern, Kettenraucher mit angegriffener Lunge. Der Apfel fällt nicht weit vom Stamm: Auch er war in der Résistance, erlebte die Gefangenschaft in Deutschland. Sein Sohn ist verschwunden, ohne Spuren zu hinterlassen. Vielleicht wird er von einem feindlichen Stamm gefangen gehalten oder lebt nach einem Unfall ohne Erinnerung bei einem friedlichen Stamm. Der Vater verhandelt mit der Marine, verkauft, was verkauft werden kann, lässt die Mutter in einer kleinen Wohnung zurück, wo das Zimmer des Sohns für dessen Rückkehr bereit ist.

Zwei Jahre später ist der Vater in Rio mit dem Plan, Raymonds Route von hinten aufzurollen und ihn unterwegs zu finden. Er trifft Francisco Meirelles, wird sogar vom alten Marschall Rondon empfangen. Dank einer Spendensammlung in der französischen Gemeinde kann er sich die Ausrüstung beschaffen, die brasilianische Luftwaffe setzt ihn in Belém ab. Er fährt den Amazonas hinauf bis zur Mündung des Rio Jari, setzt seine Reise mit einer

Piroge fort, marschiert durch das Tumuk-Humak-Gebirge, fährt dann den Linati und den Maroni hinunter bis nach Maripasoula. In allen Dörfern zeigt er Fotos von Raymond. Nach fünf Monaten erreicht er die Flussanlegestelle Dégrad Claude, befragt den Häuptling Monpeyra. Der Vater hat das Vorhaben des Sohns umgesetzt. Er ist der Entdecker. Er hat eine Heldentat vollbracht, aber er ist niedergeschlagen, kehrt bald um.

Ein Gerücht ist im Umlauf über einen geheimnisvollen Weißen in einem Dorf bei Santarém, in Alenquer. Von Belém aus nimmt der Vater das Dampfschiff nach Manaus. Körperlich ist er abgehärtet, aber er ist noch immer naiv. Nachdem er in seinem Hotelzimmer in Santarém einen Landsmann, einen Schönredner, Lügner, Betrüger und Schmuckdieb, beherbergt hat, wandert er ein paar Tage wegen Hehlerei ins Gefängnis. Einen weiteren Reinfall erlebt er im Dorf Bon Futuro, wo einst ein Pole lebte. Nach drei Jahren vergeblicher Recherchen kehrt er nach Toulon zurück. Die Mutter erwartet ihn in Raymonds Zimmer. Der Vater veröffentlicht den Bericht seiner Suche unter dem Titel *À la recherche de mon fils* (»Auf der Suche nach meinem Sohn«), reist wieder nach Südamerika.

In seiner an Wahn grenzenden Obsession gefangen, sucht er von 1952 bis 1964 mit einer Verbissenheit, die in seiner Umgebung wachsendes Unverständnis hervorruft, Wahrsager und Radiästhesisten auf, die ihn in weitere Fiaskos schicken, unternimmt eine Vielzahl von Expeditionen, zweiundzwanzig in zwölf Jahren. Vom Mato Grosso im Süden bis zu den Guyanas im Norden wird der alte Edgar bei einigen Indianerstämmen zum vertrauten Besucher. Der dürre, knorrige, fürchterlich ausdauernde Greis geht dem geringsten Hinweis nach, wirft sich in neue, gefährliche und unnütze Eskapaden, die für den ehemaligen Buchhalter inzwischen Alltag geworden sind. Nach acht Expeditionen allein im Dreieck Santarém-Itaituba-Manaus kehrt er fürs Erste nach Frankreich zurück, um schließlich erneut aufzubrechen, dieses Mal in Begleitung eines jungen Mannes im Alter seines Sohnes.

Dieser junge Mann, Daniel Thouvenot, wird die zwölfte und dreizehnte Expedition dokumentieren. Wie Raymond träumt er davon, Entdecker zu sein. Er liebt Waffen und die Jagd, die Schlepperei und die körperliche Verausgabung. In seinem Tagebuch kann man unter dem 20. September 1956 lesen: »Ein heftiger Malariaanfall zwingt Edgar Maufrais in seine Hängematte; er schlottert vor Fieber und ist außerstande aufzustehen. In seinem Delirium ruft er immer wieder nach seinem Sohn.«

Thouvenot wird zum Militärdienst eingezogen, er muss aus Brasilien zurückkehren, und dann beginnt der Algerienkrieg. Edgar Maufrais verliert auch seinen Ersatzsohn. Während seiner zweiundzwanzig Expeditionen hat er drei Mal den Übergang vom Amazonas nach Guyana bewältigt, der seinen Sohn das Leben gekostet hat. Doch er will es noch immer nicht glauben. Er hinterlässt eine letzte Nachricht am Dégrad Claude an seinen Sohn, in einem Kanister, den er an den Baum nagelt, an dem der Indianerhäuptling vierzehn Jahre zuvor dessen Tagebuch gefunden hatte. Dann kehrt er zum Sterben nach Toulon zurück.

Da ich bereits Pläne schmiedete, mich von Amerika zu verabschieden und mich weiter im Westen umzuschauen, statt zwölf Jahre in diesem Dschungel umherzuwandern, gab ich Pierre den Rat, sich allein nicht allzu weit in den Wald hineinzuwagen. Selbst wenn er zum Schwimmen ging, machte ich mir Sorgen: Im brasilianischen Tapajos waren wir gemeinsam geschwommen, im Gegensatz zu mir verzichtete Pierre auch im peruanischen Ucayali nicht darauf und badete allein, ohne Angst vor dem gefährlichen Candiru. Wenn das Schiff abends vor Anker lag, kitzelten an Deck die Ausdünstungen von modernden Pflanzenteilen, Blättern, Moosen, Farnen, Torfmoosen, Schlick unsere Nasen. Nebel schwebten unwirklich über die Wasseroberfläche. Unsere Gedanken waren davon durchtränkt, feucht. Wir rauchten schweigend oder unterhielten uns leise, schlürften Pisco.

An Bord

Im engen Zusammenleben an Bord eines Schiffs oder in Hotelzimmern kann man sich nicht wochenlang etwas vormachen oder belügen, irgendwann erscheint man so, wie man ist: Das gilt aber nicht, wenn man Vater und Sohn ist. Freundschaft zwischen Vater und Sohn ist verboten, für Anthropologen ein Tabu. Sie würde eine unmögliche Gleichheit, eine Brüderlichkeit voraussetzen, die, wie der Name es andeutet, die Ordnung der Generationenfolge umstoßen würde. Was immer der Vater tut, er ist zu verletzlich, und er erinnert sich immer daran, ein Sohn gewesen zu sein.

Trotz aller Anstrengungen schleppten wir diese atavistischen Schlacken, diese eingefleischten Archaismen mit uns herum. Von seiner Liebe total blockiert, verbirgt der Vater diese Schwäche vor dem Sohn, der ihn scharf beobachtet. Doch wir waren auch Männer, die durch Jahrhunderte des Humanismus zugänglicher geworden waren, nach und nach tauchte jedenfalls eine Spitze dieses Eisbergs auf, den wir in unserer Brust trugen, vielleicht dank der Aufmerksamkeit, die wir unseren Träumen und Albträumen schenkten, über die wir uns manchmal austauschten, oder dank unseres Gelächters. Wir teilten unsere Sympathie für jenes seltsame, Bäume bewohnende Säugetier, dem man leider, statt es »weise« oder »friedlich« zu nennen, die Eigenschaft »faul« im Namen mitgegeben hat, das einmal pro Woche sehr langsam von seinem Baum herunterkommt, um auf dem Boden sein Geschäft zu verrichten, und dann mit seinen langen Krallenfingern wieder am Stamm hinaufklettert, um kopfüber im Baum hängend weiter zu träumen, seine Blätter zu kauen und dabei niemanden zu stören. Diese Tiere paaren sich alle zwei oder drei Jahre. Weder das Männchen noch das Weibchen kümmert sich um den Nachwuchs.

Aber der Mensch ist ein Tier, dem an seinem Stammbaum liegt.

Wir kamen auf die große Langeweile zu sprechen, die manchmal fruchtbar war und oft zu gar nichts führte, und auf das dennoch nicht zu unterdrückende Verlangen nach Einsamkeit, unter dem wir litten und die wir suchten, auf unsere Neigung zum kontemplativen statt zum aktiven Leben, unsere Absage an Zerstreuungen. Pierre teilte mit mir nur seine Zeichnungen und kurzen Texte, ohne Fiktion, Prosagedichte, die nach Francis Ponge klangen, Lobreden an Vögel wie den Hoatzin oder an winzige, geheimnisvolle Tierchen wie den Spinnenläufer.

Irgendwo im Dschungel Amazoniens an Deck dieses Schiffes sitzend, erinnerte ich mich auch wieder an unsere gemeinsame Fahrt durch Nordspanien in dem alten weißen Mercedes sechzehn Jahre zuvor, als wir in Comillas in Kantabrien und in Viveiro in Galizien Station machten. Damals las ich ihm abends Auszüge aus den *Parallelleben* vor. Die übrige Zeit zog er sich in sich zurück, schrieb oder zeichnete in seine Hefte. Sechzehn Jahre später waren wir nicht mehr dieselben. Dennoch waren uns Bilder von damals in Erinnerung, und bestimmt hatte jeder andere bewahrt.

Auch unsere Erinnerungen aus jüngster Vergangenheit waren verschieden. Etwa die Geschichte aus Brasilien mit dem Korb voller Guaven, die uns eine Mutter und ihr Sohn geschenkt hatten: Wenn er davon erzählte, wurden eher die Stunden danach am Ende des Tages lebendig. Da wir nicht vorgehabt hatten, uns nur noch von Guaven zu ernähren, steuerten wir mit dem Kanu einen Pfahlbau am Ende eines Stegs an, in dem sich ein Lebensmittelgeschäft befand und das die einzige beleuchtete Insel inmitten der endlosen Dunkelheit des Flusses und des Himmels war. Um den Tresen scharten sich einige schweigende Männer sowie Frauen und Kinder, die sicher nicht mit Gästen gerechnet hatten. Wir erfuhren, dass am Morgen ein Kind durch seine Gummistiefel hindurch von einer Schlange gebissen worden war. Eine Piroge hatte es zu einer jener Ambulanzen gebracht, die während Lulas Regierungszeit eröffnet worden waren. Am nächsten Tag würden sie Nachricht erhalten.

Ein Generator speiste ein paar Glühbirnen an der Decke sowie einen Fernseher mit großem Bildschirm, der stumm geschaltet war und in dem ein Lokalsender mit vermischten Nachrichten lief, während am unteren Rand ein Nachrichtenband vorüberzog. In einer Endlosschleife flimmerten Bilder von einem Raubüberfall, Waffen, Motorrädern, roten Ampeln über den Bildschirm. Und vielleicht fragte sich die Gruppe, ob es nicht doch besser sei, die Schlange zum Nachbarn zu haben als urbane Verbrecherbanden. Das Wort Urbanität, früher eine Bezeichnung für den freundlichen Umgang in der Stadt gegenüber der Rohheit auf dem Land, hatte seine Bedeutung umgekehrt. Oder aber die Versammlung stellte sich keine Fragen, beachtete den Bildschirm gar nicht, das vertraute Monster, von dem man nichts anderes erwartete, als dass es den ganzen Tag dieselben brutalen Bilder sendete. Schließlich standen wir alle mit einer kleinen Flasche Bier herum.

Einer der Männer hatte eine Plane weggezogen, mit der ein Billardtisch zugedeckt war, der direkt auf den Planken über dem Wasser stand. Pierre schloss sich der Partie an. Die sich aneinanderdrängenden Kinder beobachteten die Spieler. Alle trugen kurzärmelige T-Shirts, und vielleicht weckte sein weißes Hemd mit den langen, an den Handgelenken zum Schutz vor den Mücken zugeknöpften Ärmeln ihre Neugier. Die Hitze verband die Männer brüderlich, alle lachten mit der Kippe im Mundwinkel, und Pierre lachte mit, obwohl er dabei war, beim Billard eine Schlappe zu kassieren. Der Matrose von der *Jangada*, der das Boot steuerte, rauchte am Tresen, er sorgte sich, weil wir ohne Laterne losgefahren waren. Ich saß etwas abseits neben dem Geländer auf einem winzigen Hocker und vor einem Plastikeimer, in dem ein schwarzer Fisch mit ledernem Glanz zappelte, wie aus der Frühgeschichte.

Vielleicht kam diese Billard-Szene in Pierres Tagebuch vor wie auch die exakte Aufzählung unserer Reisestationen, eine Erzählung, die vielleicht einen der emphatischen Titel spanischer Chronisten trug, *El verdadero relato … Die überaus wahre und gänzlich verbürgte Erzählung einer Reise von Vater und Sohn durch Amazonien ohne irgendeine Erfindung*, während ich nur Einzelheiten notierte. Es genügt, Zeit vergehen zu lassen, dann zeigt sich die Fiktion von selbst. Gaspar de Carvajal hat nicht gelogen, er verstand sich als gewissenhafter Zeuge. Er hat die Amazonen gesehen. Was sahen eigentlich wir Jahrhunderte nach ihm, worüber man später lächeln oder mit der Schulter zucken würde? Wohl vor allem diese Abstammungsgeschichten von Vätern und Söhnen, Müttern und Töchtern, Worte, die angesichts der neuen und hochmodernen Methoden, Menschen hervorzubringen, vielleicht verschwinden würden. Einen Vater und seinen biologischen Sohn. Warum also keine Amazonen am Fluss?

Carlos & Antonio

Auf dem Bett in der Kabine nahm ich wieder die Geschichten zur Hand, die sich um Iquitos seit der Gründung 1860 ranken, als dort einige Hundert Indianer rund um eine Holzkirche isoliert von der Welt lebten. Aus diesem Jahr gibt es die erste Tonaufzeichnung einer menschlichen Stimme, die wir anhören können, keine Predigt, sondern die Stimme von Scott de Martinville, der *Au clair de la lune* singt. Im selben Jahr sieht Henri Mouhot als Erster die Tempelanlage von Angkor Wat und Augusto Berns die Stadt Machu Picchu, William Walker wird auf einem Strand in Honduras erschossen, und in den Vereinigten Staaten braut sich der Bürgerkrieg zusammen, Gordon Pascha und Francis Garnier sind an der Einnahme des Sommerpalasts von Peking beteiligt, Étienne Lenoir erhält das Patent auf den Gasmotor, Giuseppe Garibaldi nimmt Neapel und Sizilien ein. Louis Pasteur steigt mit seinen Phiolen ins Mer de Glace am Montblanc. Jules Verne schreibt seinen pessimistischen Zukunftsroman. Gustave Eiffel entwirft ein Haus aus Eisen und lässt es herstellen.

In den folgenden Jahren erlangt das Triumvirat Weltruhm: Pasteurs medizinische Mikrobiologie bis zur Entwicklung des Tollwutimpfstoffs, die inzwischen optimistischen Romane Jules Vernes, und die verschraubten Eisenkonstruktionen Gustave Eiffels, die es auf allen Kontinenten ermöglichen, Brücken über Flüsse zu schlagen, während er sein Projekt eines Hauses aus Eisen aufgibt. Als er für die Weltausstellung anlässlich des hundertsten Jahrestags der Revolution seinen großen Eisenfachwerkturm baut, der ganz aus algerischem Eisen besteht, das die

Regierung Bouteflika eines Tages zurückfordern könnte, stellt Eiffel erneut sein Haus aus Eisen aus. Es wird von dem Kautschukbaron Antonio Vaca Diez gekauft, zerlegt, über den Atlantik nach Belém verschifft, dann auf dem Amazonas über Santarém und Manaus bis nach Iquitos transportiert, wo es auf der Plaza de Armas, an der noch kein Hilton stand, wiedererrichtet wurde. Das Haus hat zwei Stockwerke. Die Pfeiler und rechtwinkligen Platten, aus denen es zusammengesetzt ist, hat man mit Rostschutzfarbe gegen die äquatorialen Regengüsse grundiert und dann grau gestrichen. Das Schild, das man später an der Fassade dieser *Casa de Fierro* anbrachte, nennt allerdings weder Paris und Gustave Eiffel noch den tragischen, gemeinsamen Tod von Antonio Vaca Díez und Carlos Fitzcarrald: »Simbolo de la epoca del caucho (1880–1914). Traida por el cauchero Vaca Díez en 1889, para instalarla en el Río Madre de Dios, pero lo dificil de su traslado, obligo armarla en este lugar.« (»Symbol der Kautschuk-Epoche (1880–1914). 1899 für den Kautschukhändler Vaca Diez herbeigeschafft, um es in der Region des Río Madre de Dios aufzubauen, musste es aufgrund der Transportschwierigkeiten an dieser Stelle errichtet werden.«)

Waren wir bei unserer sehr kurzen Flussfahrt stromabwärts auf dem Marañón auf den Spuren Aguirres unterwegs gewesen, so folgten wir nun diesen beiden flussabwärts auf dem Ucayali zu dem Ort, der heute noch auf manchen Landkarten als Arche Carrald oder Istmo de Fitzcarrald angegeben wird.

Fitzgerald wird als Sohn eines US-amerikanischen Kapitäns und einer Peruanerin 1862 geboren, er ändert seinen tatsächlichen, aber unaussprechlichen Familiennamen in Carlos Fitzcarrald, kämpft im Krieg zwischen Peru und Chile. Man weiß nicht, ob er ein Verräter oder ein Held war, doch er flieht, versteckt sich bei den Indianern, wird Abenteurer, lebt bei den Stämmen, heuert Kautschukzapfer an, beutet den Kautschukbaum aus, wird 1888 mit sechsundzwanzig Jahren an den Flüssen Ucayali und Urubamba zum Kautschukbaron.

Im selben Jahr, 1888, kommt es in Panama nach sieben Jahren Bauzeit zum Skandal. Die von de Lesseps gegründete Panamagesellschaft ist bankrott, die Arbeiten werden unterbrochen. Der Panamaskandal hat keine Auswirkungen auf die Kautschukproduktion, denn noch immer läuft der Export Richtung Osten und Europa. Von Iquitos nach Belém sind es fast viertausend Kilometer Schifffahrt auf den Mäandern des Amazonas. Fitzcarrald erwirtschaftet mit seinem Kautschuk weniger als die Kautschukbarone, die weiter flussabwärts sitzen. Er sucht nach einem kürzeren Schifffahrtsweg, um über den Río Madeira zum Amazonas und nach Manaus zu gelangen. Eine solche Strecke würde es erfordern, die Wasserscheide zu überwinden. Monatelang, jahrelang, vermisst er an der Spitze einer Indianertruppe die Wälder, verzeichnet das Gelände, findet die schmalste Landverbindung zwischen dem Ucayali-Urubamba-Becken und dem Madre de Dios-Madeira-Becken.

Wenn er in Iquitos ist, lebt er auf großem Fuß, lässt sich ein besonders reich dekoriertes Stadthaus bauen. Vielleicht wäre er sogar reich genug, um eine Oper zu finanzieren. Er gilt als höflicher, eleganter Mann, trägt englische Anzüge und einen Panama, betreibt ein blühendes Geschäft und ist junger Familienvater. Er könnte es dabei belassen, doch er ist besessen von seinem Traum und der Eroberung des Nutzlosen. 1893 übernimmt er das Dampfschiff *Contamana*. An Bord dieses Schiffs fährt er 1894 den Río Ucayali, dann den Camisea hinauf. Ein Heer von Indianern unter seinem Befehl rodet den Wald, legt eine vertikale Piste zum Varadero an, dem Stapelplatz auf dem Hügel, dessen Gipfel vierhundert Meter über den beiden Flüssen liegt. Man entgrannt die Stämme der frisch gefällten Bäume, baut eine gigantische Treppe daraus. Alle Feuerwaffen auf dem Dampfschiff werden entfernt, der Kessel wird ausgebaut, der Schiffsrumpf per Flaschenzug und Seilwinde über den Steilhang gehievt.

Diese Glanzleistung ruft eine ganze Flotte von zerlegten und anschließend wieder zusammenmontierten Schiffen in Erinnerung, die *Yavari* auf dem Titicacasee, Stanleys *Lady Alice*, die an den Stromschnellen des Kongo vorbei über Land getragen wurde, die *Faidherbe* von Major Marchand, die vom Atlantik bis nach Faschoda auf der anderen Seite Afrikas mehrfach auseinandergeschraubt und wieder zusammengebaut wurde, die *Florida*, die man, von Roger Casement überwacht, in Kisten zum Stanley-Pool transportierte wie die *Graf Goetzen*, die die Deutschen zum Tanganjikasee gebracht hatten, und die *La Grandière,* die die Franzosen auf dem Mekong bis in den Norden von Laos schleppten, um dort mit ihr die Engländer zu vertreiben und sich für den Rückzug bei Faschoda zu rächen. Unter der Führung von Fitzcarrald ziehen tausend Indianer in zwei Monaten den Rumpf der *Contamana* über eine Leiter aus Rundstämmen. Auf vierhundert Metern Höhe reckt sich der metallene Bug in den Himmel über dem Dschungel Amazoniens, schwankt, gleitet hinab. Die Einzelteile und die Maschine haben Männer auf dem Rücken transportiert oder mit Seilen hinübergezogen. Nach dem Wechsel des Flussbetts wird das Schiff wieder bestückt, überquert die brasilianische Grenze und fährt nach Manaus, wo seine Frau Aurora mit den Kindern auf Fitzcarrald warten. Er ist auf allen Titelseiten. Sein Ruhm währt kurz.

Seine Geschichte ist auch die Geschichte einer Freundschaft. Der peruanische Kautschukbaron Carlos Fitzcarrald lebt weiterhin in Iquitos. Er empfängt dort den bolivianischen Kautschukbaron Antonio Vaca Díez, dessen Zweitwohnsitz aus Eisen an der Plaza de Armas steht. Díez ist zehn Jahre älter, 1852 in Sucre geboren, er hat noch die Eskapaden des frankophilen Tyrannen Mariano Melgarejo erlebt. Als Bolivien den Krieg gegen Chile und damit seinen Zugang zum Meer verliert, ist er dreißig. Vaca Díez hat den Grundstock seines Vermögens mit der Rinde von Chinarindenbäumen gemacht, aus der Chinin gewonnen wird und die er über den Río Beni auf die Andenhochebenen und zum Titicacasee transportieren ließ, um sie anschließend mit der peruanischen Eisenbahn ab Puno an die Pazifikküste zu schicken. Er blieb als gebildeter Lebemann in Erinnerung, wohlbeleibt und großmäulig. Mitten im Dschungel, an einer Schleife des Río Madre de Dios, besitzt er ein eindrucksvolles Anwesen, das von Geschäften, Schuppen und Werkstätten, einem Krankenhaus und einer Schule umgeben ist. Er hat eine Druckmaschine importiert und gründet die erste bolivianische Wochenzeitung, *La Gaceta del Norte*. Seine beiden Söhne besuchen ein Internat in Paris.

Da ihre Waren denselben Weg haben, beschließen die beiden Männer, ihre Geschäfte zu vereinen. Sie träumen vom Bau einer Zahnradbahn über den Berg, an dem die heldenhafte Umbettung des Schiffs erfolgte. Vaca Díez reist nach Frankreich, bestellt Gleise und eine kleine Lokomotive im Werk von Paul Decauville. Diese Eisengießerei verschifft auch Reiterstatuen nach ganz Lateinamerika, auf die man überall versessen ist, so wie das noch immer im Park von San José in Costa Rica zu besichtigende große Denkmal zum Ruhm der fünf zentralamerikanischen Republiken, die William Walker niederwarfen.

Am 9. Juni 1897 fahren die beiden Gesellschafter an Bord ihres neuen Schiffs, der *Adolfito*, den Ucayali hinauf. Im Laderaum liegen die Gleise, in den Kabinen sind die Arbeiter und Vorarbeiter für den Bau der Bahnstrecke einquartiert. Das Schiff gerät in Flusswirbel, läuft auf Felsen auf, sinkt. Später wird von einem Navigationsfehler gesprochen oder behauptet, ein Fluch habe die ehrgeizigen Männer getroffen, weil sie die gottgewollte Geografie ändern wollten. Ihre Leichen werden aneinandergeklammert aufgefunden. Fitzcarrald, der ertrunkene Peruaner, war fünfunddreißig, Vaca Diez, der ertrunkene Bolivianer, fünfundvierzig Jahre alt. Dieser Schiffbruch ereignete sich sechs Monate nach der Einweihung des Teatro Amazonas in Manaus.

In seinem Film *Fitzcarraldo* hat Werner Herzog den Einfall, dem Kautschukbaron, der ihn inspiriert hat, den Wunsch mitzugeben, eine solche Oper in Iquitos zu eröffnen. Während des gesamten Films schallen aus dem Trichter eines Grammophons an Deck des Dampfschiffs Verdis Musik und die Stimme Carusos über den Fluss. Eine Fiktion, aber kein Anachronismus: Nelson Goodyear hatte das Ebonit 1851 erfunden, die ersten Schallplatten aus Ebonit wurden 1889 graviert, acht Jahre bevor Carlos Fitzcarrald starb, von dem man nicht weiß, ob er überhaupt Musikliebhaber war.

Mit Werner

»Ich trank so viel Masato, bis er mir schmeckte.«
WERNER HERZOG, Eroberung des Nutzlosen

Vierundzwanzig Jahre nach den Dreharbeiten nimmt Herzog wieder sein Tagebuch von damals zur Hand, ergänzt es und entschließt sich, es zu veröffentlichen. Dieses Buch, das mir Véronique Jahre zuvor als Lob der Dickköpfigkeit geschenkt hatte, als Handbuch des Überlebens, das man am besten immer aufschlägt, wenn man sich wegen zu vieler Widrigkeiten geschlagen geben möchte, hatte ich mitgenommen, um es vor Ort noch einmal zu lesen. Pierre und ich wechselten uns bei der Lektüre ab. Wir waren zurück in Iquitos und auf dem Kai zum Río Nanay, vor uns am anderen Ufer lag die SIMAI-Werft – Servicio Industrial de la Marina Iquitos –, neben uns ein Kanonenboot der peruanischen Armee mit schwarzem Metallrumpf.

Auf dieser Seite des Flusses liegt der Bellavista-Markt. Mit dem Autor des Tagebuchs gingen wir die Marktstände entlang, in denen kleine, gevierteilte Kaimane über der Glut brieten: »Am Markt aß ich von einem gebratenen Affen, der aussah wie ein nacktes Kind.« Als wir den Río überquert hatten, um zum Flusshafen zu gelangen, der über Treppen mit dem Busbahnhof verbunden ist, warteten an der Anlegestelle Geier auf die Reste. Einige Kilometer weiter im Süden von Iquitos lagen die Schwimmhäuser des Außenstadtteils Belén auf dem Río Itaya im Schlick, Holzbaracken mit Wellblechdächern, die durch Stege miteinander verbunden sind. Durch die Magie der Filmmontage sieht man Klaus Kinski und Claudia Cardinale hier an den rutschigen Pontons aus der Piroge klettern, über die Planken balancieren – Schnitt – und dann die Stufen zur Oper von Manaus hinaufsteigen. In dem Jahr, als die Szene gedreht wurde, herrschte in Brasilien noch die Militärdiktatur: das Teatro Amazonas ist kasernenblau gestrichen.

Das Tagebuch beginnt wie das Filmprojekt am 16. Juni 1979 im Haus von Francis Ford Coppola in San Francisco. Der hat gerade in Cannes die Goldene Palme für seinen Film *Apokalypse Now* bekommen, zu dem ihn die Lektüre von Conrads Roman *Herz der Finsternis* angeregt hat. Sieben Jahre nach der Premiere von *Aguirre* stellt Herzog ihm sein zweites in Amazonien spielendes Filmthema vor, die Besteigung eines Bergs mit einem Schiff, die Hochwasser führenden Flüsse, die Opernhausträume, den Dunst. Die beiden sind Cineasten des Nebels über dem Wasser. Eine der schönsten Szenen in Coppolas Vietnam-Film ist die Ankunft bei den französischen Pflanzern am Ufer des Mekong unter dicken Nebelschwaden. *Fitzcarraldo* ist ein ehrgeizigeres Projekt als der mit reduzierter Crew und Schulterkamera innerhalb von fünf Wochen gedrehte *Aguirre*. Herzog will weder Studio noch Kulissen, er rechnet damit, monatelang vor Ort zu sein, will die Glanztat von Carlos Fitzcarrald wiederholen und unter dem bewölkten Himmel Amazoniens filmen. Es wird Tote geben.

Als er lange danach diese Tagebuchseiten wiederliest, gibt er ihnen den Titel *Eroberung des Nutzlosen*. Dieser Bericht über ein unmögliches und katastrophales Unternehmen, Fehlschläge, den verbissenen Kampf, um die Produktionshindernisse zu überwinden, und ebenso den Hügel, den es zu erklimmen galt, hat, wie ihm scheint, etwas, das über den Film hinausreicht. Die Hauptrollen besetzt er mit Jason Robards und Claudia Cardinale, die gemeinsam in *Spiel mir das Lied vom Tod* gespielt hatten. Zurück in Peru, sucht er Kontakt zu Indianerstämmen, rekrutiert Statisten, verhandelt mit den nationalen und den lokalen Behörden, kauft zwei identische Schiffe des Modells, das bei den Kautschukbaronen gebräuchlich war, und stattet sie aus, bezieht eine Baracke auf Pfählen im Armenviertel Belén, wo es eine Kurzwellen-Sendestation gibt, kauft ein Motorrad, um über die lange Calle Ramírez Hurtado zur Plaza de Armas zu fahren.

Von diesem Hauptquartier aus steht er in Funkkontakt mit mehreren Camps, zu denen er per Boot oder Kleinflugzeug gelangt, heuert Seemänner, Holzfäller, Bauarbeiter, Krankenpfleger an. Ab Juli 1979 ist er auf Ortserkundung im Norden unterwegs und füllt seine Tagebücher. »Im Río Santiago kam ein erschossener Soldat angetrieben, auf dem Rücken schwimmend, aufgedunsen (...).« Der Río Santiago ist ein Zufluss des Marañón und kommt aus den ecuadorianischen Kordilleren. »Vor einigen Monaten ist ein peruanischer Armeeleutnant auf einem vorgeschobenen Außenposten am Río Santiago in Wahnsinn verfallen, erklärte Ecuador den Krieg und griff eigenmächtig mit vierundzwanzig Soldaten an. Er drang über dreißig Kilometer weit auf dem Oberlauf des Flusses in feindliches Territorium vor, und es hat offensichtlich große Anstrengungen gekostet, ihn wieder herauszuholen.«

Dieser zweite Kurtz, der verloren im Herzen der Finsternis hockt, wollte den immerwährenden Krieg zwischen den beiden Ländern wieder anfachen, nach dem Krieg von 1860 und dem von 1941, als Peru die unübersichtliche Weltlage ausnutzte, als Deutschland die Sowjetunion angriff und kurz darauf Japan die USA, um in dem Moment erneut bei seinem Nachbarn einzumarschieren. Während er diese Sätze notiert, im Juli 1979, kommen die sandinistischen Revolutionäre in Managua an die Macht, in Teheran wird die islamische Republik ausgerufen. In Amazonien ist man weit entfernt vom Weltgeschehen: »Die Stadt Iquitos, obwohl von jeglicher Straßenverbindung abgeschnitten, scheint den Ozean von Dschungel, der sie umklammert hält, gar nicht wahrzunehmen.«

Dieses Tagebuch, das jeder von uns las, haben wir – mehr noch als alle gemeinsamen Erlebnisse – unweigerlich unterschiedlich wahrgenommen, da alle darin genannten Kalendertage vor Pierres Geburt liegen, weshalb ich sie nicht lesen konnte, ohne mich daran zu erinnern, womit ich jene Tage verbracht hatte. Herzog am 14. Juli 1980: »Ich schrieb Briefe, auch einen langen an meinen kleinen Sohn, aber ich schreibe immer in dem fast sicheren Wissen, dass nichts davon ankommen wird.« Auch die verfügbaren Kommunikationsmittel, die damals noch aus der Zeit Pavies oder Rondons zu stammen schienen, aus einer Welt lange vor Handy und Internet: »Telefon nach Europa ist praktisch unmöglich, neulich habe ich 48 Stunden lang ohne Erfolg versucht, eine Leitung zu bekommen.« Ich befand mich in derselben Lage am Persischen Golf, wo ich damals lebte, ich sah mich wieder stundenlang vor einem schweren, stummen Apparat mit runder Wählscheibe sitzen. »Unser Telex gab auch heute Morgen seinen Geist auf«, bald würde die Erwähnung dieser Maschine eine Fußnote am Seitenende erforderlich machen.

Am 15. Dezember 1980 ist Herzog in New York, um den Vertrag mit Mick Jagger zu unterzeichnen, er kommt an dem Gebäude vorbei, vor dem eine Woche zuvor John Lennon erschossen wurde, und ich erinnerte mich, dass ich bei einem Händler für Musikkassetten im Souk von Maskat war, als ich die Nachricht hörte. Herzog wird Zeuge des Menschenauflaufs: »Das Ausmaß an authentischer Betroffenheit machte Eindruck auf mich, auch wenn die Demonstration von allen Dummheiten überschattet war, die auch zu seiner Epoche gehörten: Joints wurden herumgereicht, Plakate von Gurus in der Menge, und unspezifische Forderungen nach Frieden, welchem, wo? Eine junge Frau, gekleidet in dem Outfit der Paleo-Hippies, hielt ein Transparent mit der Aufschrift *All he said is ›Give peace a chance‹.*«

Jagger übernimmt die Rolle des Wilbur, Fitzcarraldos rechter Hand. Er landet in Iquitos, bringt Jerry Hall mit. Er hat einen Vertrag mit der *Vogue* und will im Dschungel Modeaufnahmen von ihr machen. Ein paar Tage hilft er der Crew als Chauffeur aus, dann brechen alle zusammen mit dem Schiff zum Drehort auf. »Mick wurde während der Szene von einem Affen in die Schulter gebissen und lachte hinterher so schallend darüber, dass es sich anhörte, als schreie ein Esel. Wann immer sich eine Pause ergibt, lenkt er mich ab mit klugen Diskursen über englische Dialekte und die Entwicklung der Sprache seit dem späten Mittelalter.« So eifrig und begeistert Jagger ist, so wenig ist es der Star und Hauptdarsteller Jason Robard, der immer launischer wird, auf einem importierten Steak oder Mineralwasser besteht, schließlich die Tür seiner Hütte hinter sich zuschlägt und in die Vereinigten Staaten zurückkehrt.

Das Projekt wird unterbrochen, alle bereits gedrehten Szenen sind unbrauchbar. In seiner irren Starrköpfigkeit überlegt Herzog, selbst die Rolle des Fitzcarraldo zu übernehmen, dann entschließt er sich, Kinski anzurufen. Es dauert, bis die Verträge geschlossen sind, Jagger muss auf Tournee mit seiner Band. Herzog, der ihn nicht ersetzen will, schreibt das Drehbuch um, nimmt seine Rolle heraus. Er weiß, was ihn erwartet. Die Filmreportagen, die sieben Jahre zuvor von den Dreharbeiten zu *Aguirre* gemacht wurden, zeigen, wie Kinski ihn mit der Machete angreift. Die beiden Männer hatten sich gegenseitig mit dem Tod bedroht. Herzog ist ein Fan des Skispringens. Er schließt die Augen, nimmt das Gefühl der Schwere in sich auf, legt die Arme an in Schnee und Eis, weit weg vom Dschungel, kommt zur Ruhe.

Am Vorabend des 10. Mai 1981 hatte mich Jacob, Inder aus Pondicherry und Hausmeister der französischen Botschaft, lächelnd und mit offenen Armen empfangen, überzeugt, dass die Wahl dieses Präsidenten von der Linken, von der er mir berichtete, unser Leben umkrempeln und uns in die höchsten Führungsetagen bringen würde. Gleichgültig gegenüber der französischen Politik, ist Herzog an jenem Tag in Pucallpa. Zusammen mit Paul, dem Kapitän des Schiffs, und seinem Kameramann Thomas Mauch verbringt er in Iquitos einen Abend mit einem belgischen Gauner, der in Drogengeschäfte verwickelt sein soll, »jedenfalls habe Marcel einige Millionen veruntreut und sei deshalb nach Pucallpa ausgewichen«.

Auch das sucht Herzog: die Tuchfühlung mit dem schäbigen, dem rauen Leben, der Wildheit, der Gewalt, der Erschöpfung –

wie vor ihm die Entdecker und die Konquistadoren. Er ist ein Europäer der zweiten Hälfte des zwanzigsten Jahrhunderts und wird mit dem Leben aus uralter Zeit konfrontiert. Beim Kentern einer Piroge ist einer der indianischen Statisten ertrunken: »Der Rat der Ältesten bestimmte für die Witwe des Ertrunkenen einen neuen Mann. Der Urwald erlaubt den Witwenstand nicht. Die Hochzeit fand im Büroraum im Camp der Ashininkas statt, wo unser Radio knisterte und quäkte. Die Braut, etwa fünfzehn Jahre alt, schien äußerlich vollkommen unbeteiligt ...«

Er notiert die Macho-Phantasmen, an die noch immer geglaubt wird. In der Nähe des Camps wurde ein großes, unbekanntes Insekt gefangen: »wie Segundo nur flüsternd preisgibt, ist sein Biss tödlich. Zur Kautschukzeit habe es davon viel mehr als heute gegeben, und die Rettung vor dem sicheren Tod sei nur gewesen, sich rasch mit einer Frau zu paaren, und so habe es vor hundert Jahren, wo es so viele Waldarbeiter, aber kaum Frauen gegeben habe, eine stillschweigende Übereinkunft gegeben, derzufolge eine Frau von ihrem Mann spontan ausgeliehen wurde, und so habe mancher, der gebissen war, tatsächlich überlebt.«

In der Nacht trinken die Männer Masato, Schnaps aus Maniokwurzeln, der mit Speichel fermentiert ist, sie betrinken sich und suchen die archaische Verbindung zum anderen Geschlecht: »Rücksichtslos, als gäbe es kein Morgen, waren die Männer, inzwischen betrunken, auf der Jagd nach einer Frau für die Nacht, indes die Moskitos, die ein ähnlich rücksichtsloses Prinzip treibt, achteten nicht darauf, ob einer betrunken war, lebte oder starb.«

Sirenen & Amazonen

Wenn du liebst, musst du abhauen
Hör auf zu flennen und zu lächeln
Mach's dir nicht zwischen zwei Brüsten bequem
Hol Atem, marsch, verreise, geh
BLAISE CENDRARS, Frachtbriefe

Als sie die Szene in den Stromschnellen drehen, wird das lange eiserne Schiff gegen die Felswände getrieben und kracht auf eine Klippe. Der Aufprall wirft alles an Bord durcheinander, und Thomas Mauch, der den verwirrt an Deck stürzenden Kinski filmte, wird von seiner Kamera niedergeschmettert. Ein Sanitäter verarztet die Hand provisorisch, aber er muss an Land operiert werden. Der Arzt der Crew hat seine Betäubungsmittelvorräte aufgebraucht. Alle umringen den heulenden Verletzten. »Ich ließ schließlich, einer Eingebung folgend, nach Carmen rufen, einer der beiden Prostituierten, die wir wegen der Waldarbeiter und Bootsleute hier hatten. Sie schob mich kurz zur Seite, begrub Mauchs Kopf zwischen ihren Brüsten, tröstete ihn mit ihrer schönen, weichen Stimme. Sie wuchs zu einer ihr innewohnenden Pieta über ihren Alltag hinaus, und Mauch verstummte bald. Während der fast zwei Stunden dauernden Operation sagte sie immer wieder ›Thomas, mi amor‹ zu ihm (…).«

Bei Gaspar de Carvajal haben die Amazonen zwei Brüste wie Carmen, anders als in den antiken Mythen, wo eine Brust amputiert ist, damit sie den Bogen besser spannen können. Dafür hat Gaspar nur ein Auge. Sicher waren der Truppe auf der langen Flussfahrt einige Stämme der Tapuia-Indianer begegnet, bei denen die Kriegerinnen als Vorhut vor den Männern kämpften. Der Dominikaner ist der Gebildetste an Bord. Er wählt den künftigen Namen für den Fluss aus. Man spricht sich Mut zu, indem man das unbekannte Fremde auf die Phantasmen des eigenen Stammes zurückführt. Was die drei Sirenen angeht, von denen Kolumbus schreibt, er habe sie gesehen, was von zahlreichen Seemännern auf allen Meeren bestätigt wird, so handelte es sich bei ihnen höchstwahrscheinlich um Manatis, Seekühe, bei deren säugenden Weibchen sich die Brustdrüsen stark vergrößern, sodass sie die Einbildungskraft der frustrierten und ungeduldigen Männer entflammen konnten.

Frauen tauchten kaum auf in den Berichten, die ich wälzte, keine Einzige war auf der Brigantine Orellanas. Wenn einem welche begegneten, waren sie häufig Opfer, wie die Geliebte Ursúas und die Tochter Aguirres oder die Mutter von Raymond Maufrais, die allein im Zimmer ihres Sohnes sitzt, der nicht zurückkehren wird. Die einzigen Heldinnen waren Maria Bonita, die eine sichere Schützin war, und zweifellos auch Juana Sánchez, der es gelungen war, sich für die Demütigungen zu rächen, die Mariano Melgarejo ihr zugefügt hatte, vielleicht auch Lotte Altmann, die aus Liebe Gift nahm. Die anderen waren häufig reduziert auf ihr körperliches Dasein, auf die Mutterschaft und deren Symbol, die Brüste, Stolz und Unheil zugleich.

Während die Menschen im einundzwanzigsten Jahrhundert – so lange Zeit brauchte die Art nach Darwin, um sich weiterzuentwickeln – den Gedanken, zum Tierreich zu gehören, immer mehr akzeptieren, das cartesianische Konzept der »Tiermaschine« von dem des »nichtmenschlichen Tiers« abgelöst und der Mensch den Säugetieren zugerechnet wird, ist die weibliche Brust in dieser hoch entwickelten Menschheit durch ein seltsames Paradox zu einem rein ästhetischen und erotischen Organ geworden, das durch Dessous oder Prothesen veredelt wird, vielleicht in dem Wunsch, so schnell wie möglich neue Gebräuche zu erleben, wie Menschen zur Welt gebracht werden, das Animalische in uns abzustreifen, die Sexualität für immer von der Fortpflanzung zu trennen und mit der Legende vom Mutter- wie vom Vaterinstinkt endgültig aufzuräumen.

Im Laufe der Umwälzung unserer Sitten, die auf den Mai 68 in Frankreich folgte, sah man Frauen oben ohne an den Strand gehen. Der Anblick ihrer anatomischen Besonderheit erschütterte mich als Junge, hatte ich doch nie zuvor, nicht einmal auf einem Foto, eine Brust auch nur gesehen, zumal ich als Säugling, nachdem man mich schon mit der Geburtszange entbinden musste, »die Brust verweigert hatte«, wie man es in der damaligen medizinischen Ausdrucksweise nannte, und man mich mit der Flasche großziehen musste. Pierre hatte diese althergebrachte Methode ebenfalls verweigert. Florence hatte sich einen Apparat besorgt, den die Apotheker Brustpumpe nennen, damit er trotzdem in den Genuss von Muttermilch kam.

Am 22. März 2018, auf den Tag genau fünfzig Jahre nach Beginn der Unruhen 1968 an der Universität von Nanterre und ohne dass sie diesem Datum besondere Beachtung geschenkt hätte, wurde meiner Mutter eine der Brüste amputiert, die ich abgewiesen hatte und von denen mein seit nahezu zwanzig Jahren verstorbener Vater in der monatelangen Verlobungszeit, die damals üblich war, bestimmt geträumt hatte. Nach alldem hatte ich mich gefragt, wie Pierre und ich in einem Eingeborenenstamm vor der Erfindung des Fläschchens wohl überlebt hätten – ob man uns auf Anraten eines Schamanen den Ameisen im Urwald überlassen hätte? –, und war auf der Spurensuche nach der Kindheit des mexikanischen Muralisten Diego Rivera darauf gestoßen, er habe behauptet, abwechselnd von einer Ziege und einer indianischen Amme gesäugt worden zu sein. Die persönliche Mythologie, an den Zitzen einer Ziege getrunken zu haben wie die beiden Römer an den Zitzen einer Wölfin, war für mich ein Beweis für den Größenwahn, für den er bekannt war.

Beim Durchblättern meiner Bordbibliothek hatte ich indes die folgende Geschichte in den *Essais* gefunden: »Auf die Ziege bin ich deswegen gekommen, weil es in meiner Gegend rundum üblich ist, dass Frauen, die ihre Kinder nicht aus der eigenen Brust stillen können, sich mit einem solchen Tier behelfen. (In meinem Dienst stehn zurzeit zwei Lakaien, von denen keiner länger als acht Tage Muttermilch getrunken hat.) Die dafür verwendeten Ziegen gewöhnen sich schnell an, die kleinen Menschenkinder säugen zu kommen; sie erkennen sie, wenn sie schreien, an der Stimme, und springen dann herbei. Reicht man ihnen einen anderen als ihren Säugling, weisen sie ihn zurück; und das Kind verhält sich gegenüber einer ihm fremden Ziege ebenso (...).«

Umgekehrt notierte Herzog in seinem Tagebuch: »Eine Frau in der Nachbarschaft, ich habe das schon ähnlich mit Ferkeln gesehen, säugt einen neugeborenen Hund, nachdem ihr Kind an einem Parasitenbefall gestorben war.« Vor ihm schrieb Alain Gheerbrant von seinem Aufenthalt bei den Guaharibo-Indianern, die als Sammler leben und keinen Ackerbau entwickelt haben: »Da die Okamatadi-Frauen keine Pflanzungen zu betreuen haben, verbrachten sie die hellere Tageszeit in ihren Hamacs damit, mit den Kindern und den kleinen Tieren der Umgebung sowie mit ihren Brüsten zu spielen, deren Milch sie großmütig allen kleinen Lebewesen zukommen ließen. So sahen wir mehrfach, wie ein kleines Menschenbaby seine Milch mit einem Hundebaby teilte, oder wie zwei Äffchen, die die Jäger mitgebracht hatten, an der Brust einer Frau den Platz zweier Kinder einnahmen, während die Mädchen des Stammes vergebens versuchten, es ihren Müttern gleichzutun und ihre Brüstchen ihren Brüdern oder Vettern reichten.«

Bei einem früheren Aufenthalt in Brasilien hatte ich in Zeitungsartikeln den Aufstand der Indianer verfolgt, die hoch im Norden von Manaus und dem Ort, wo Takashi lebt, oberhalb von Boa Vista die Straße nach Pacaraima blockierten. Reisanbau und Waldrodungen nagten an ihrem über zwei Millionen Hektar großen Reservat La Raposa. Das war zu Zeiten Lulas, unter Bolsonaro würde sich die Lage noch verschlimmern. Auf Fotos sah man, wie Soldaten der Bundesarmee mit Helm und kugelsicheren Westen ungekühlt in der Bruthitze Hunderten von wütenden Indianern und einem wogenden Wald aus Lanzen und Bogen gegenüberstanden. Die Indianer hatten nackte Oberkörper, waren mit bunten Farben und Federn geschmückt, hatten sich die Gesichter mit Annato bemalt. Auch die Indianerinnen, aber sie trugen weiße BHs, mehr aus Schamhaftigkeit, die ihnen vielleicht die Kirche eingeimpft hatte, denn aus Anstand oder um die Soldaten nicht zu sehr aufzureizen, und ich dachte, dass sie so spärlich bekleidet den gegenteiligen Effekt erzielten.

Pierre & Roger

Einer, der sich offenbar wenig aus weiblichen Brüsten machte und niemals Vater wurde, ist Casement.

Wer gerne beobachtet, wie die Geschichte sich der Geografie aufdrängt, die Zeit sich in den Raum einschreibt, für den sind Stadtpläne ein offenes Buch: In Iquitos verläuft die Aguirre-Straße parallel zur Calle Arica und ihrer Verlängerung, dem Jirón

Fitzcarrald, und führt zur Plaza 28 De Julio, während der Jirón Fitzcarrald die Ucayali-Straße überquert und, wenn man sie weitergeht, zu einer Parallelstraße der La Condamine wird, die nach dem ersten Wissenschaftler benannt wurde, der zweihundert Jahre nach Orellana den Amazonas hinunter- und an dieser Flussgabelung vorbeifuhr, als es noch kein Iquitos gab. Man kann verstehen, dass kein Straßenname Roger Casement ehrt, und auch keiner Pierre Savorgnan de Brazza, Letzteren, weil ihn hier niemand kennt, Ersteren, weil er den Bankrott von Iquitos herbeigeführt hat.

Obwohl beide nie ein Gramm Kautschuk geerntet hatten, wurde ihr Leben vom Kautschukboom erschüttert.

Brazza, der Entdecker, der Stanley den Rang abgelaufen und am Ufer des Kongo die Stadt gegründet hatte, die noch heute seinen Namen trägt, war ins Abseits gedrängt worden, weil er sich den Zielen der Handelsgesellschaften in Französisch-Äquatorialafrika entgegenstellte. Er hatte sich nach Algier zurückgezogen. 1905 erhielt er den Auftrag zu einer Inspektionsreise, bei der er die Übergriffe der Handelsgesellschaften dokumentieren sollte, die verschleierte Rückkehr zur Sklaverei, die Unterjochung der indigenen Völker durch den Zwang zu Trägerdiensten und zur Ernte der Kautschuk-Liane Landolphia, dem afrikanischen Äquivalent der brasilianischen Hevea. Auf dem Rückweg starb Brazza, bevor er seinen Bericht veröffentlichen konnte, den man dann hatte verschwinden lassen. Als ich 2006 seinen Spuren am Ogowe und am Kongo folgte, hatte ich vergeblich versucht, diesen Bericht auszugraben, und mich ans Nationale Überseearchiv gewandt, das die Bestände der ehemaligen Kolonialarchive übernommen hat. Ich hatte bei der falschen Stelle angeklopft. 2014 fand und veröffentlichte die Historikerin Catherine Coquery-Vidrovitch den Bericht.

Unter dem Namen Pietro Savorgnan di Brazza in Italien als Sohn eines Künstlers und Weltreisenden geboren, hatte er seinen Namen bei seiner Aufnahme in die Militärakademie von Brest französisiert. Roger Casement ist zwölf Jahre jünger als er. Er wird 1864 in Dublin geboren. Sein Vater war Offizier in Britisch-Indien, hatte im Great Game in Afghanistan gekämpft und war dort gefallen. Der Sohn bewundert den pazifistischen Missionar Livingstone. Das tun auch Brazza und später Yersin und Pasteur, der nach Edinburgh reiste, um seine Tochter zu besuchen. Casement wird aber weder ein Mann der Kirche noch Marineoffizier.

Der verwaiste und verarmte Sechzehnjährige arbeitet in Liverpool im Büro der Reederei Elder Dempster Line. Mehrfach reist er als Zahlmeister auf Frachtschiffen nach Afrika. Der junge Mann ist willensstark, träumt von Abenteuern und fremden Ländern. Mit zwanzig ist er Frachtagent in Boma in der Provinz Zentralkongo. Er organisiert den Transport des Dampfschiffs *Florida* auf dem Landweg von der Kongomündung zum Stanley-Pool, Hunderte von Kisten, die über fünfhundert Kilometer durch die Kristallberge getragen werden. 1884 begleitet er eine Stanley-Delegation, die für König Leopold entlang des Flussufers Handelsstützpunkte eröffnet. 1885 wird Afrika auf der Berliner Kongokonferenz unter den Kolonialmächten aufgeteilt. Casement ist Vorarbeiter beim Bau der Eisenbahnstrecke Boma–Leopoldville. Offenbar dachte er noch, Europa käme nach Afrika, um Leben und Seelen zu retten, seine zivilisatorische Mission zu erfüllen. Er tritt in den diplomatischen Dienst.

Nachdem Casement an verschiedenen Orten als britischer Konsul gewirkt hat, schickt man ihn erneut nach Boma. Im Juni 1890 trifft er in Matadi den polnischen Seemann Teodor Korzeniowski, den zukünftigen englischen Schriftsteller Joseph Conrad. Zu jener Zeit ist dieser wie Brazza Kapitän auf großer Fahrt.

Beide Kapitäne gehen im selben Monat an Bord eines Dampfschiffs, um den Kongo hinaufzufahren, Brazza in Brazzaville an Bord der *Courbet*, Conrad im gegenüberliegenden Leopoldville an Bord der *Roi des Belges*. Die Dampfschiffe fahren gemeinsam bis zum Zufluss des Ubangi, dann fährt Brazza den Sangha entlang, um ihn zu kartografieren. Die *Roi des Belges* setzt ihre Reise nach Stanleyville fort, dem heutigen Kisangani.

Conrad wird mit der kolonialen Wirklichkeit konfrontiert, schreibt seine erste Erzählung, *Ein Vorposten des Fortschritts*, später *Herz der Finsternis*. Darin erschafft er die Gestalt des monströsen Kurtz, der sich im Dschungel und im Wahn verloren hat, schildert »Das Grauen! Das Grauen!«. Casement und Conrad bleiben befreundet, verbringen später gemeinsame Wochenenden im Haus des Schriftstellers in Kent. Sie kennen die schreckliche Realität. Die Zeugnisse über den vielfachen Machtmissbrauch häufen sich. Der britische Konsul wird mit einer Untersuchung vor Ort betraut.

An Bord des Dampfschiffs *Henry Reed* fährt Casement erneut den Kongo hinauf. Von Juni bis September 1903 besucht er trotz des Widerstands lokaler Autoritäten die Flussufer, hält die Übergriffe fest, die durch die *Force publique* begangen wurden, eine auf Wunsch Leopolds II. speziell für Belgisch-Kongo geschaffene Militär- und Polizeitruppe: Geiselhaft von Frauen und Kindern bis zur Lieferung der Kautschukquote durch die Männer, Verstümmelungen, abgehackte Hände, Ketten, Vergewaltigungen, niedergebrannte Dörfer, deren Bewohner in den Wald geflohen sind. Im Unterschied zu Brazzas Bericht erreicht seine Dokumentation die Öffentlichkeit. Er wird für den belgischen König zum meistgehassten Mann. Parallel dazu beginnt er, auch die britische Kolonialisierung von Irland zu dokumentieren, nähert sich der Gaelic League und der Sinn Féin an. Brazza beendet seine Inspektionsreise im September 1905, schifft sich mit seinem

Bericht krank nach Frankreich ein, stirbt beim Zwischenstopp in Dakar, vielleicht durch Gift im Auftrag der Handelsgesellschaften. Sein Bericht verschwindet. Er ist dreiundfünfzig. Casement ist einundvierzig. Es bleiben ihm noch wenig mehr als zehn Jahre zu leben.

Im Putumayo

Das Leben in Afrika ist zu gefährlich geworden für diesen Diplomaten. Man schickt ihn nach Brasilien, erst als Konsul nach Santos, dann als Generalkonsul nach Rio. Der Fluch des Kautschuks verfolgt ihn. Die Beschwerden dringen bis in die Hauptstadt, ungeheuerliche Zustände werden beschrieben. Viele Unternehmen zur Kautschukgewinnung stehen unter britischem Recht und sind an der Londoner Börse notiert. Das Außenministerium schickt eine Untersuchungskommission mit seinem Generalkonsul an der Spitze nach Amazonien. Nach Belém, Santarém, Manaus erreicht die Kommission Iquitos. Über zehn Jahre ist es her, seit Carlos Fitzcarrald und Antonio Vaca Diez ertrunken sind. Der neue Kautschukbaron ist Julio César Arana, der die *Peruvian Amazon Company* führt.

Als die Engländer im August 1910 im Flusshafen an Land gehen, ist Iquitos von Lima weiter entfernt als von New York und London. Die immer reicher werdende Stadt wird nicht mehr von der peruanischen Regierung kontrolliert. Die Gehälter der Beamten, Polizisten und Stadträte werden von der *Peruvian Amazon Company* bezahlt. Journalisten, die über den Kautschuk recherchiert haben, sind ermordet worden oder verschwunden.

Ein Jahrhundert, nachdem Casement Iquitos einen Besuch abstattet, stellt sich Mario Vargas Llosa in dem Roman *Der Traum des Kelten* seine Ankunft vor: »Roger ging langsam durch die Straßen, ohne sich um die lärmenden Spelunken und Bordelle zu kümmern. Er dachte an die Kinder, ihren Gemeinschaften entrissen, gewaltsam von ihren Familien getrennt, wie sie gefesselt unter Deck eines Bootes nach Iquitos gebracht und dort für zwanzig oder dreißig Soles verkauft wurden, wie sie im Dienste irgendwelcher Familien von morgens bis abends putzen, waschen, kochen mussten und dabei beschimpft, geschlagen und womöglich vom Hausherrn und dessen Söhnen missbraucht wurden. Die alte Geschichte. Die immer gleiche Geschichte.«

Ohne Hoffnung darauf, in Iquitos Beweise oder Zeugen auftreiben zu können, fährt die Delegation wieder den Amazonas hinunter bis zur brasilianischen Grenze in Tabatinga, nimmt das Dampfschiff *Yavari*, um zurück nach Peru zu gelangen und im Nordwesten auf dem Rio Putumayo stromaufwärts Richtung Kordilleren, Äquator und Kolumbien zu fahren. Je schmaler der Fluss wird, umso mehr ähnelt die Landschaft dem Kongo, es gibt Kaimane und Affen. Als die ersten Siedler das Land der Indianer besetzen wollten, besorgten sie sich in den Hospitälern Kleidung von an Pocken Verstorbenen und hängten sie zwischen Geschenke in die Bäume. Nun, da der Kautschukboom auf dem Höhepunkt ist, sind die Indianer unverzichtbare Arbeitskräfte, aber sie werden immer weniger.

In den Lagern der Seringueiros sieht Casement Indianer, die an den Lenden oder am Rücken gebrandmarkt oder mit Messern gezeichnet sind, CA für Casa Arana, damit die kolumbianischen Kautschuksammler sie nicht rauben können. Die Sklaverei ist abgeschafft, aber das nächste Gericht befindet sich in Iquitos, die Richter sind von der *Peruvian Amazon Company* bestochen. Casement sieht Hals- und Fußblöcke, Ketten, um jeden zu bestrafen, der sich widersetzt. Es ist wieder wie im Kongo. »Das Grauen! Das Grauen!« Er inspiziert verschiedene Stützpunkte der Kautschuksammler, Entre Ríos, Atenas, Sur, La Chorrera, füllt seine Notizbücher, versteckt sie im Gepäck wie Brazza seine Notizen in einem doppelbödigen Koffer neben seinem Revolver. Seine Aufzeichnungen werden für die Kautschukbarone noch ruinöser sein als der Diebstahl der Helvea-Samen.

Die Delegation setzt ihre Inspektionsreise fort, an den Ufern zieht der Dschungel vorbei, Schmetterlinge und Papageien, Blumen und die Hölle. Wenn er die Augen schließt, denkt Casement vielleicht an grüne Weiden und Schafe, an seine Kindheit in Dublin. Die Iren wurden wie die Stämme der Uitoto, der Bora, der Andoke, der Muimane vom britischen Königreich kolonisiert und ausgebeutet. Nach sechs Monaten verfasst er seinen Bericht, das *Blue Book*. Er schätzt, dass die indigene Bevölkerung in der Provinz Putumayo innerhalb von fünf Jahren von fünfzigtausend auf weniger als achttausend geschrumpft ist, rechnet im Durchschnitt sieben Tote auf eine Tonne Kautschuk, erstellt eine Namensliste der Verantwortlichen, die vor Gericht gestellt werden sollen. Bei der Lektüre des Berichts tut Julio César Arana so, als wäre er überrascht von den Gewalttaten, und dankt Casement. Er lebe schon seit so langer Zeit zwischen London und Genf. 1911 ist auch das Jahr, in dem Cândido Rondon in Brasilien die Indianerschutzbehörde gründet.

Zur Würdigung der beiden humanitären Inspektionsreisen ins Kongo- und ins Amazonasbecken wird Roger Casement von Georg V. in den Adelsstand erhoben und nach Washington entsandt. Präsident William Taft unterstützt das britische Königreich und drängt mit diesem die peruanische Regierung, die Verantwortlichen vor Gericht zu stellen. An der Londoner Börse stürzen die Aktien von Aranas *Peruvian Amazon Company* ab.

Beim Versicherer Lloyd's ist man beunruhigt. Die *Company* beutet den Wald aufgrund eines Nutzungsrechts aus, aber sie hat keinerlei Grundbesitz. Ein Jahr später ist Casement zurück in Iquitos und stellt fest, dass kein einziges Urteil gefällt worden ist, die Beschuldigten nie festgenommen worden sind. Er will zurück ins Gebiet des Putumayo. Man untersagt es ihm. Er wird mit dem Tod bedroht.

In London will eine parlamentarische Untersuchungskommission Julio César Arana befragen. Er sagt im März 1912 vor der Kammer aus. Es ist der übliche Bericht eines Abenteurers. Von hundert, die sterben, wird einer Millionär. Vor den englischen Lords, die sich am Kautschuk bereichert haben, ohne einen Fuß nach Amazonien zu setzen, ohne sich um den Weg zu kümmern, den der Gummi vom Stamm der Hevea bis zu den Reifen ihrer Rolls-Royce nimmt, erzählt er von seiner Herkunft als Sohn eines Habenichts, von seinen Anfängen als fliegender Huthändler. Er scheint sich in seinen Ruin ebenso zu fügen, wie er sein Vermögen erworben hat, verkauft seine Häuser in London, Biarritz und Genf, kehrt nach Peru zurück.

In Iquitos bricht alles zusammen. Der englische Konsul informiert seinen Kollegen Casement über die Schließung von Hotels, Restaurants, Bordellen und Luxusgeschäften, die Champagner, Whisky und Cognac aus Paris und New York importierten. Die Liverpooler Reederei Booth Line bedient den Flusslinienverkehr nicht mehr. Iquitos fällt ins Jahr 1860 zurück. Die *Peruvian Amazon Company* schließt ihre Büros, im Juli 1914 auch die in Manaus. Am 4. August erklärt das Vereinigte Königreich Deutschland den Krieg. Am 15. August wird der Panamakanal eingeweiht. Die Öffnung des Kanals für den Schiffsverkehr, verbunden mit der Kriegserklärung und dem Ruin der amazonischen Handelsgesellschaften, ist ein Glücksfall für die Kautschukexporteure der Plantagen von Singapur, Malaysia, Java,

Sumatra, die ihre Ernte für Europas Rüstungsindustrien über den Pazifik schicken.

Zurück in Peru, startet der gescheiterte Kautschukbaron Julio César Arana eine lange politische Karriere. Er wird zum Senator von Iquitos gewählt. Fernab des Kriegsgeschehens überlebt er zwei Weltkriege und beschließt 1952 sein Leben mit achtundachtzig Jahren friedlich in Magdalena del Mar, einem Stadtteil von Lima, in dem die Schönen und Reichen leben. Da ist der Weltverbesserer Roger Casement längst gehängt. 1952 befindet sich seine Leiche noch immer auf dem Friedhof des Londoner Pentonville-Gefängnisses.

Casement hat das nationalistische Sprichwort zu wörtlich genommen, nach dem Englands Leid Irlands Freude ist, und den Patriotismus übertrieben. Es ist ein seltsamer Zufall, dass er seine mitreißende Rede, mit der er zur irischen Unabhängigkeit aufruft, bei einer Versammlung am 28. Juni 1914 hält, am Tag des Attentats von Sarajevo. Nach der Kriegserklärung ist er in Berlin. Am 20. November erklärt Deutschland, es werde die irische Unabhängigkeit unterstützen. Casement geht an die Front, nach Charlesville, dann nach München, dann ins Lager Limburg: Er wendet sich an die irischen Kriegsgefangenen mit dem Ziel, eine Truppe von zweitausend Mann aufzustellen, deren Abzeichen und Uniformen er entwirft. Diese Hilfstruppe könnte an der Seite der Türken in Ägypten gegen die Engländer kämpfen, an der Seite indischer Nationalisten gegen Britisch-Indien.

Am 12. April 1916 liefert ein deutsches Schiff zwanzigtausend Gewehre und zehn Schnellfeuergewehre an Irland. Aufgrund mangelnder Organisation wird der Osteraufstand zu früh gestartet, bevor dieses Waffenarsenal bei den Aufständischen angekommen ist. Der Aufstand wird niedergeschlagen, die Aufständischen werden im Kampf getötet oder erschossen. Am 21. April 1916 wird Casement von einem U-19-U-Boot an einem irischen Strand abgesetzt. Er wird sofort gefangen genommen und nach London überstellt. Sein Hochverratsprozess beginnt Ende Juli im Old Bailey. Am 1. Juli geht die Schlacht an der Somme los, in der der Offizier Percy Fawcett kämpft und der Offizier Valentine Fleming, der Vater von Peter, fällt. An diesem ersten Tag sterben fast zwanzigtausend Engländer. Es ist nicht die Zeit, Verrätern gegenüber Milde walten zu lassen.

Roger Casement wird zum Tode verurteilt. Sein Anwalt legt Berufung ein. Eine Petition bittet um Begnadigung. Man solle ihn mit Schande überhäufen, ihn aber wegen der Dienste, die er geleistet hat, am Leben lassen. Manchmal sind Tote störender als Gefangene und werden zu legendären Heiligen. Um den Diplomaten für alle Zeit zu diskreditieren, folgt auf den Skandal um das *Blue Book* jetzt der Skandal um die *Black Diaries*, die bei einer Durchsuchung gefunden wurden. Sein Leben lang soll Sir Roger Casement in Notizbüchern das Aussehen und die Größe der erigierten Glieder seiner Partner festgehalten haben. Seine Verteidiger behaupten, es handele sich um Fantasien, um eine Neigung zur Koprolalie, um ein literarisches Werk, kurz, reine Fiktion. Für seine Ankläger ist der Verdacht, dass ein Repräsentant des britischen Empire seine Zeit damit verbracht haben könnte, die Schwänze von Eingeborenen auszumessen, ein Makel, der zur Deutschenliebe entarten konnte. Während Oscar Wilde, ebenfalls ein Ire, zwanzig Jahre zuvor wegen Homosexualität zwei Jahre Zwangsarbeit aufgebrummt bekommen hatte, hat man über Roger Casement die Todesstrafe verhängt, seine Berufung wird am 2. August abgelehnt. Am nächsten Tag wird er gehängt.

Paul Verlaine war zu seinen Lebzeiten im Gefängnis in Mons wegen des Vorwurfs der Sodomie körperlich untersucht worden. An Casement wurde die Untersuchung post mortem vorgenommen. Der Rechtsmediziner, dem der vom Galgen abgenommene

Leichnam vorgelegt wird, beschrieb einen überdehnten Anus und ein weit überdehntes Kolon. Ob es das war oder nicht, die besagte Überdehnung war solcherart, dass sich die katholischen irischen Puritaner von ihrem Helden abwandten. Indessen wurde die Authentizität der *Black Diaries* weiterhin in Zweifel gezogen. 1965 wurden die Überreste von Casement in einem Militärflugzeug nach Irland überstellt und mit Ehren in Dublin empfangen, um dort bestattet zu werden.

Ein viel schönerer Grabstein für ihn ist jedoch seine Erwähnung in Joyce' *Ulysses*.

An Bord

Am südlichen Stadtrand von Iquitos lag in einem großen Rechteck geschützten Urwalds ein Zentrum zur Rettung und Pflege von verletzten oder bei Händlern befreiten Tieren. Wenn sie sich erholt hatten, wurden sie in den Dschungel oder in die Flüsse ausgewildert. Als wir es besuchten, gab es unter den Patienten Affen und Ozelote, Otter, Schildkröten, Papageien sowie Manatis, die ebenso arm dran waren wie die Sirenen und wie diese vom Aussterben bedroht, Opfer der Wasserverschmutzung durch das Öl aus den Bohrlöchern und das Quecksilber aus den Minen, und wenn sie unter diesen schwierigen Bedingungen überlebten, wurden sie häufig von den Indianern gefuttert, die sich ihrerseits damit vergifteten.

Angesichts des Ausmaßes der Katastrophe schien das Unternehmen ebenso lobenswert wie lächerlich. Es hatte aber den großen Vorteil, dass es Schulklassen empfing: nicht um sie unbedingt zu Vegetariern oder Jainas zu machen, sondern um sie für die Schönheit all dieser Tiere und die Blicke der mit uns verwandten Affen empfänglich zu machen. Es wäre nicht unnütz, an diese Kinder eine Kopie der im Juli 2012 von den bedeutendsten Neurobiologen unterzeichneten *Cambridge Declaration of Consciousness* zu verteilen, in der es heißt: »Konvergente Daten weisen darauf hin, dass nichtmenschliche Tiere zusammen mit der Fähigkeit zu intentionalen Verhaltensweisen die neuroanatomischen, neurochemischen und neurophysiologischen Grundlagen von Bewusstseinszuständen besitzen.« Man müsste den Text natürlich auf ihr Niveau bringen. »Nichtmenschliche Tiere, besonders die Gruppe der Säugetiere und der Vögel sowie viele andere Arten wie Kraken besitzen ebenfalls diese neuronalen Grundlagen.« Nach und nach verbreitete sich die Vorstellung, dass diese nichtmenschlichen Tiere »mit einem Gefühlsleben begabte Lebewesen« sind, ein leichter Fortschritt, den Viehzüchter und vielleicht sogar friedliebende Angler allerdings bereits mit Argwohn betrachteten.

Während wir uns anschicken, diese Stadt zu verlassen, in der für uns beide alles entdeckt war, streifte Pierre, wachsamer und neugieriger, aber vor allem besser zu Fuß als ich, weiterhin durch die Straßen. Auf diese Weise hatte er herausgefunden, dass ein kleines Flugunternehmen per Wasserflugzeug Pucallpa anflog, wo Werner Herzog seine Abende mit einem belgischen Konsul auf der Flucht verbracht hatte. Pierre hatte auch ein altes Schiff am Kai entdeckt, das er mir beschrieb, als wäre es ein Schwesterschiff des Flussdampfers von Fitzcarraldo. An einem frühen Morgen gingen wir über das Fallreep an Bord. Wir liefen die Decks ab, auf diesem Geisterschiff war niemand. Ein Schild wies darauf hin, dass das Dampfschiff *Ayapua* den Namen eines Sees im brasilianischen Amazonien trug, dass es 1906 auf einer Werft in Hamburg gebaut und 1910 auf der Handelslinie Belém–Iquitos in Dienst genommen worden war. Vielleicht war die Untersuchungskommission von Roger Casement im Jahr seiner Einweihung damit gefahren. Es hatte alle Komfortmerkmale und allen Luxus, die einem britischen Diplomaten auf Reisen gebührten. Alles war aus Kupfer und lackiertem Holz.

Zum Transport von Kautschukballen und verschiedenen Handelsgütern bestimmt, hatte dieses Fracht- und Passagierschiff das ganze zwanzigste Jahrhundert über seine Arbeit getan, hatte Fahrgäste zum Atlantik oder zurück nach Amazonien gebracht, war Anfang des dritten Jahrtausends aus dem Verkehr gezogen und dann von einem Engländer, Richard Bodmer, gekauft worden, der es in Brasilien wieder flottmachte und nach Iquitos überführte. Nach seiner Ausbesserung war es von 2006 bis 2013 auf dem Río Ucayali im Pacaya-Samiria-Naturschutzgebiet im Einsatz für die Wissenschaft. Seit 2014 lag es nun am Kai. Ich fragte mich, ob dieser Bodmer ein Nachfahre Karl Bodmers war, des Malers der nordamerikanischen Indianer, gebürtiger Schweizer und Mitglied der Schule von Barbizon, oder von Martin Bodmer, dem Gründer der Bibliotheca Bodmeriana in Genf. Als wir gerade vom Schiff gehen wollten, liefen wir dem schlaftrunkenen Wachmann in die Arme, der für uns noch das Deckshaus und die Kabinen aufschloss.

Plötzlich und auf schwindelerregende Weise, als hätte sich das Schiff vom Kai losgerissen und würde von einem Windstoß davongetragen, stand ich vor all den Geschichten und Personen, die ich mit mir herumschleppte: An den Wänden hingen Schwarz-Weiß-Fotos, die Roger Casement aufgenommen hatte, dazu andere von Julio César Arana. Die Bibliothek vereinte nachbarschaftlich die Reiseberichte von La Condamine aus dem achtzehnten Jahrhundert, das Werk des Samenräubers Wickham aus dem neunzehnten Jahrhundert und ein Exemplar des *Blue Book* von Casement vom Anfang des zwanzigsten Jahrhunderts. Ich notierte in einem Notizbuch das köstliche Inventar dieses schwimmenden Schatzes. Zu sehen gab es noch einen Stich mit dem Porträt von Alexander von Humboldt und sein Geländeverzeichnis des Brazo Casiquiare, Porträtaufnahmen von Arana, Casement und Fitzcarrald. Der Wachmann hatte die Batterien angeschlossen. Auf dem Sonnendeck spielte ein Trichtergrammophon leise Verdi. Mir war auf einmal, als hätten wir diese Reise unternommen, um auf dieses Schiff zu gelangen, das ich ohne Pierres Neugier nie entdeckt hätte, und dass die imaginäre Fotoaufnahme dieser kleinen Bande, zu der sie sich Seite an Seite vor dem Objektiv versammelten, auf diesem Deck der *Ayapua* gemacht werden musste, mit Werner Herzog und Casement, Vaca Diez und Fitzcarrald, Lampion und Maria Bonita, Jagger und den Figuren von Jules Vernes, Moravagine und dem Inder Ipavu, Humboldt und Bonpland. Irgendwo müsste auch Henri Michaux aufs Bild kommen. Man könnte dazu das Porträt auswählen, das Claude Cahun, die Nichte Marcel Schwobs, von ihm als jungem Mann gemacht hat.

Am Äquator

> *»In der Piroge den Napo flussabwärts bis Iquitos, einem peruanischen Hafen am Amazonas. Von dort per Schiff durch Brasilien bis Para, einem Hafen am Atlantik.«*
> Henri Michaux, Ecuador

Bevor er sich von diesem Fluss vom Oberlauf bis zur Mündung tragen ließ, war Michaux in Quito. Noch längere Zeit zurück lag seine Geburt in Belgien. Sein Vater verkaufte Regenschirme. Langeweile war ihm nicht fremd, er beobachtete mit der Lupe Insekten und Grashalme. Für diesen winzigen Kosmos war ein Garten groß genug. Michaux bewunderte das Dreigestirn Lautréamont, Rimbaud, Cendrars. Nur Letzterer war noch am Leben. Zu einer Lesung von ihm war er sogar nach Brüssel gereist.

Um der Langeweile eine Weile zu entkommen, heuerte er aus heiterem Himmel als Matrose an, stach in Boulogne in See, fuhr übers Meer nach Savannah, Norfolk, Rio de Janeiro, Buenos Aires, lernte bei seiner Rückkehr nach Paris den Dichter Jules Supervielle aus Montevideo kennen. Dieser wurde sein literarischer Mentor, wie Valéry Larbaud es für Supervielle gewesen war. Er stellt ihm den französischsprachigen Dichter Alfredo Gangotena aus Ecuador vor. Michaux bereist Tunesien, Algerien, doch sein Traum ist jetzt Ecuador. Er liest La Condamine und Humboldt. Die Einladung kommt. Von Amsterdam macht er sich auf nach Panama, fährt die Pazifikküste hinunter bis zur Hafenstadt Guayaquil, wo er den Transandino nimmt, einen Zug, der ihn nach Quito bringt. Die Fahrt dauert noch zwölf Stunden. Er kommt bei Gangotena in der Calle Moreno unter.

Er langweilt sich.

Abends trifft sich die Hautevolee von Quito im Salon zum Plaudern, nicht anders als in Brüssel und Charleroi. Michaux schimpft, aber es ist eine Pose, er möchte keinen Cendrars abgeben, den gibt es ja bereits. Er behauptet, Reisen und Entdecker zu verabscheuen. Gangotena schreibt an *Terre trois fois maudite (Dreimal verfluchtes Land)*. Sie schnüffeln gemeinsam Äther. Doch bevor er sich auf die Rückreise macht, muss Henri Michaux ein Versprechen erfüllen: Jean Paulhan wartet auf ein Buch für die *Nouvelle Revue française*, er schickt es ihm abschnittsweise.

Gegrüßet seist du dennoch, unseliges Land Ecuador.
Aber du bist recht wild,
Region von Huygra, schwarz, schwarz, schwarz,
Provinz des Chimborazo, hoch, hoch, hoch,
Die Bewohner der Hochebenen, zahlreich, streng, eigenartig.

In dreitausend Metern Höhe gerät man schnell außer Atem. »Wir rauchen hier alle das Opium der großen Höhe, leise Stimme, kleine Schritte, kurzer Atem. Kaum balgen sich die Hunde, kaum die Kinder, kaum einer lacht.« Er schimpft und nährt des ungeachtet Träume von Reichtum wie Rimbaud oder Cendrars: »Man will mir die Leitung eines Waldes zum Destillieren übergeben. Warum nicht? Wir werden ja sehen. Dabei entsteht Essigsäure, die man verkaufen kann.« Der Mann, der später verlangen wird, dass seine Bücher höchstens in einer Auflage von zweitausend Exemplaren erscheinen, was darüberliege, sei ein Missverständnis, würde gerne wie Gangotena über ein unerschöpfliches Vermögen verfügen.

Um dem Buch, das sich ein wenig im Kreis dreht, etwas Spritzigkeit zu geben, beschließt er 1928, statt umzudrehen und auf demselben Weg die Rückreise nach Europa anzutreten, dieselbe Route zu nehmen wie Orellana 1541.

Dennoch ist es der Tropenwald.
Man braucht nur zu sehen, wie er prunkt und prasst und
  schleimt.
Aber dieser hier gleicht vor allem einem Abfluss,
Es gibt keinen Pfad, und man geht zu Fuß.

Die Angst mindert die Langeweile, lehrt, dass wir den Tod nicht fürchten sollen, der, weil er alles auslöscht, die Traurigkeit noch sicherer auslöscht als das Glück.

Die Verzweiflung ist süß,
Süß bis zum Erbrechen.
Und ich habe Angst, Angst,
Wenn das Mark selbst zu zittern beginnt,
Oh! Ich habe Angst, ich habe Angst,
Ich bin es nicht mehr, ich bin es fast nicht mehr.

Während der langen Fahrt flussabwärts hört er die Legende von dem winzigen Fisch, der den Urinstrahl hinaufschwimmen kann wie ein winziger Lachs.

Der furchterregende Candirú

Es scheint, man fängt sich das Urtierchen eher in Büchern ein als in Flüssen. Der Candirú schwimmt schon bei Jules Verne am Grund unter der *Jangada*, seit er in seinem gleichnamigen Roman die Fischarten des Amazonas auflistet, darunter eben jene Candirús, »die gefährlich zu fangen, aber gut zu essen sind«. Oberhalb von Manaus stößt man wieder auf sie: »Zu Tausenden fing man auch ›Candirús‹, eine Art kleiner Wels, von denen eine Abart mikroskopisch klein ist und aus den Waden des Badenden, der unvorsichtigerweise zwischen sie gerät, ruckzuck ein Nadelkissen gemacht hat.« Aber vielleicht handelt es sich bei dieser Stelle um eine Verwechslung mit Piranhas. Die Beschreibung bei Michaux ist genauer:

»Im Wasser gibt es auch noch einen kleinen bezaubernden Fisch, dick wie ein Wollfaden, hübsch, durchsichtig und gelatinös.

Man badet, er schwimmt auf einen zu und will in einen eindringen.

Nachdem er sehr zart und äußerst sensibel sondiert hat (er liebt die Körperöffnungen), hat er nur mehr eines im Sinn: Er will wieder raus. Er schiebt sich zurück: Dabei hebt sich unwillkürlich ein Paar nadelförmiger Flossen. Er wird unruhig, zappelt, will als geöffneter Regenschirm wieder hinaus und zerreißt einen mit zahllosen Blutungen.

Entweder schafft man es, den Fisch zu vergiften, oder man stirbt.«

Das Goldschmiedehandwerk könnte sich natürlich der Sache annehmen, einen hübschen Schmuck für das Bad im Amazonas kreieren, einen goldenen Pfropfen für den Hintern, einen Stöpsel, der durch ein Kettchen aus demselben Metall mit der Badehose verbunden ist, doch laut Ipavu, dem Indianer in Callados *Expedition Montaigne*, ist das Tier noch hinterlistiger, »denn jeder Candirú wandert vom Arschloch hinauf zu dem Augloch, das alles sieht, von der Ritze des Weibes zu unser aller Seele und vom Kopf des Ierapiróka, des Schwanzes, zu dem anderen Kopf und ins Gehirn, wo er seine Widerhaken und Flossen entfaltet, sich festhakt und einnistet, und dann bringt niemand Maivotsinims geliebten Fisch mehr von dort fort«.

Und Bernardo Carvalho, den in seiner Kindheit sein Vater häufig auf seine Flüge mit einer einmotorigen Maschine mitgenommen hat, entdeckte laut *Neun Nächte* seinerseits den Candirú: »Wir beide flogen allein über das Ende der Welt, und ich vertrieb mir die Zeit mit einem Handbuch über Erste Hilfe und Überleben im Urwald, in dem die fürchterlichsten Situationen für den Fall einer Notlandung oder eines Absturzes beschrieben wurden, wie zum Beispiel ein winziger Fisch, der mich schon quälte, als ich mir nur vorstellte, er könnte durch die Penisöffnung eindringen und, wenn er sich erst einmal in der Harnröhre befand, seine Schuppen oder sonst was aufstellen, sodass er nicht entfernt werden konnte, alles mit anschaulichen Illustrationen.« Die Aussage steht in der Möglichkeitsform. Es genügt freilich ein wenig Recherche, um festzustellen, dass der Candirú, *Vandellia cyrrhosa*, nicht lediglich eine Legende von Indianern ist, die den Schalk im Nacken haben. Hat er sich einmal im Intimbereich eingenistet, wächst der Blutsauger schnell: Der Arzt Anoar Samad, Chirurg und Urologe in Manaus, schreibt, er habe am 28. Oktober 1997 einen Jungen operiert und ein zwölf Zentimeter langes Tier aus seinem Harnleiter entfernt. Gewiss braucht es mehr Anstrengung, um in diesem Fisch wie im gefälligen Pinseläffchen ein für Empfindungen empfängliches, nichtmenschliches Wesen zu erblicken. Wie groß muss die Einsamkeit des Mannes sein, der einen Candirú im Goldfischglas zum Gefährten hat und sich jeden Morgen in den Finger sticht, um ihn mit einigen Blutstropfen zu versorgen.

In Quito

Schon bei meiner ersten Ankunft in dieser Großstadt wollte ich im abschüssigen Teil der Altstadt das Haus von Gangotena in der Calle Garciá Moreno besuchen, wo Michaux sich gelangweilt hatte. Ziemlich schnell war klar, dass ich im Hotel Reina Isabel in der Avenida Amazonas bleiben und meinen Rückflug stornieren würde. Ich traf mich mit dem Dichter Edwin Madrid, den ich in einem Park der Universität kennengelernt und später, nachdem wir uns nähergekommen waren, fernab vom Stadtzentrum, auf einem Hügel in dreitausend Metern Höhe, in dem von ihm entworfenen Haus aus Holz und Ziegeln in lebhaften Farben besucht hatte.

Damals beschlossen wir, gemeinsam einen Literaturpreis auszuschreiben, für den ich dann Lateinamerika bereiste, um einen Überblick über die Literatur jedes Landes zusammenzustellen. Später besorgte ich eine zweisprachige Ausgabe des Briefromans *Tierra tres veces maldita* (*Terre trois fois maudit* / »Dreimal verfluchtes Land«) von César Ramiro Vásconez, in dem eingangs ein Gedicht von Gangotena zitiert wird: »Oh, Land! Und dieses Mal, dreimal verfluchtes Land! Oh, Land! Ich betrachte dich mit dem ganzen Hass, zu dem meine Augen eines Tages fähig sein werden.« Der Roman besteht aus dem fiktiven Briefwechsel zwischen den Freunden Gangotena, Supervielle und Michaux, die sich nach dem Erscheinen von *Ecuador* zerstritten hatten und getrennte Wege gingen.

Zwischenzeitlich hatte ich viele Kontakte geknüpft und war, wie früher zur Zeit der Sandinisten des *Movimiento Renovador* in Managua, immer wieder in Quito gewesen, hatte zur Zeit der *Revolución Ciudadana* (»Staatsbürgerlichen Revolution«) abwechselnd dort und in Mexiko City in einem Studio im Stadtviertel La Condesa gewohnt, wo ich meinen Recherchen zur Revolution und den Erschütterungen bis zur Ermordung Trotzkis nachging. Damals meinte ich, Quito könne für mich ein Rückzugsort werden, wie es zwanzig Jahre zuvor Montevideo gewesen war. 2008 hatte ich Ramiro Noriega kennengelernt, der gerade zum Kulturminister jener Revolution ernannt worden war, in die man einige Hoffnung setzen konnte. Auf dem Subkontinent schien es in jenem Jahr zu gären, und es fiel nicht allzu schwer, diesen Optimismus zu teilen.

Angesichts meines Enthusiasmus hatte mir die Elektrikergewerkschaft ein kleines Auto und einen Fahrer zur Verfügung gestellt. Wir fuhren zum *Mitad del Mundo*, folgten der Straße nach

Mindo, vorbei an Maisfeldern, den grünen Feldern mit Luzerne und den dunkelgrünen mit Bohnen, wir besuchten die Schmetterlingsgärten entlang unseres Wegs zum Pazifik hinunter durch die Provinz Esmeraldas, wo La Condamine 1736 die erste wissenschaftliche Beschreibung des Kautschukbaums verfasst hatte.

Jahre später lernte ich Ramiros Nachfolger Francisco Borja kennen. Er war im Juli 1979 als junger Journalist von Costa Rica nach Nicaragua gekommen und hatte den Triumph der sandinistischen Revolution erlebt. Quito erkundete ich jedoch nicht mit ihm, sondern mit einem anderen Borja, Luis Borja Corral, der damals über die parallel entstandenen Werke César Davila Andrades und Samuel Becketts arbeitete und mit halsbrecherischer Geschwindigkeit einen klapprigen weißen Jeep fuhr, den er El Chivo nannte. In dem Wagen kauten wir Kokablätter und schlürften Whiskey, rauchten manchmal »à la manzana« und brüllten dabei *Hurricane* von Bob Dylan. Er setzte mich dann mitten in der Nacht vor meinem Appartement oberhalb des Stadtviertels Guápulo ab. Am Morgen nahm ich auf der Terrasse vor dem Lowry'schen Ausblick auf den verschneiten Vulkan Antisana meine Lektüre der ecuadorianischen Literatur und der Lokalgeschichte wieder auf, angefangen bei den Inkas und der Abspaltung von Peru, über die Zeit Simón Bolívars und José de San Martíns, die Kriege, die nachfolgenden Kriege und den Vorschlag, den Gabriel García Moreno nach der Blockade des Hafens von Guayaquil Napoleon III. unterbreitete, Ecuador zur französischen Kolonie zu machen, um es vor seinem bedrängenden Nachbarn zu schützen.

Ich hatte Edwin Madrid vorgeschlagen, für eine Übersetzung seiner Gedichtsammlung *Al Sur del ecuador* (»Südlich des Äquators«) ins Französische zu sorgen und ihn im Anschluss daran nach Saint-Nazaire einzuladen, damit er in Le Croisic die Statue des Mathematikers und Astronomen Pierre Bouguer sehen könne. Den Februar 2015 wollte ich aber in Ecuador verbringen, und so brachen wir am 21. Februar 2015 zu einer gemeinsamen Reise nach Norden zum Vulkan Cotacachi auf, dessen Besteigung Humboldt und Bonpland unternommen hatten. Wir überquerten den Äquator, fuhren mit dem Boot über die Laguna Cuicocha, einen fischlosen Kratersee, und reisten wie Gangotena und Michaux weiter zum Lago San Pablo.

Bevor ich wieder nach Guayaquil fuhr, kehrte ich noch einmal zum *Mitad del Mundo* zurück, wo die Mission von La Condamine ihren Meridianbogen vermessen hatte. Die Männer, von denen einige bei der Expedition zu Tode kamen, hatten La Rochelle 1735 verlassen. In Quito war es zum Streit gekommen, und sie hatten sich getrennt. Der Astronom Pierre Bouguer Le Croisic war als Erster nach Europa zurückgekehrt. Der Botaniker Joseph de Jussieu war nach Süden gereist, bis Puno am Titicacasee, und blieb sechsunddreißig Jahre in Peru, bevor er seine Pflanzensammlung nach Paris zurückbrachte. Charles Marie de la Condamine hatte 1744 die Rückreise auf Orellanas Spuren über den Fluss angetreten, eine Heldentat, von der Jules Verne zu berichten wusste: »Diese ungeheure Reise lieferte höchst wichtige Ergebnisse. Dadurch wurde nicht nur der Lauf des Amazonas wissenschaftlich festgestellt, sondern auch die Vermutung, dass er mit dem Orinoko in Verbindung steht, fast zur Gewissheit erhoben. Fünfzig Jahre später vervollständigten Humboldt und Bonpland die schönen Arbeiten von La Condamine, indem sie eine Karte des Marañon bis zum Rio Napo aufnahmen.«

Alexander & Aimé

Als diese beiden im Sommer 1799 in La Coruña aufbrechen, um den Atlantik zu überqueren, ist die Wahl ihres Reiseziels ein wenig dem Zufall geschuldet. Hauptsache, fort. Alexander von Humboldt finanziert die gemeinsame Reise aus seinem Privatvermögen. »Ich hatte seit meiner ersten Jugend den glühenden Wunsch nach einer Reise in entfernte und von Europäern wenig besuchte Länder. Das Studium von Karten und die Lektüre von Reiseberichten weckten in mir eine heimliche Faszination, die manchmal nahezu unwiderstehlich war.«

Der Mann, der noch zu Lebzeiten der zweitberühmteste Mann der Welt nach Napoleon Bonaparte wurde, ist 1769 geboren, im selben Jahr wie Napoleon, und studierte erst Kameralistik, also Wirtschafts- und Verwaltungswissenschaften, dann Bergbau. Er ist ein begeisterter Leser von Kant und den Romantikern sowie seinen berühmten Vorläufern James Cook und Louis-Antoine de Bougainville, immer wieder besucht er Goethe und Friedrich Schiller in Weimar und Jena. Goethe studiert Insekten und Geologie, arbeitet an seiner Farbenlehre. Wissenschaft und Dichtung sind ein und dieselbe Disziplin. Ein Stich zeigt die drei in Schillers Garten. Sie lesen den englischen Naturforscher und Dichter Erasmus Darwin, dessen Gedichte *The Loves of the Plants* (»Die Liebe der Pflanzen«) und *Zoonomia oder Gesetze des organischen Lebens*. Humboldt möchte fort aus Deutschland. Sucht ein Ziel. Will erforschen.

Mit neunundzwanzig begegnet er in Paris seinem Helden Bougainville, der 1768 in Tahiti angelegt hatte. Die beiden erwägen eine Expedition zum Südpol. Doch man betraut Nicolas Baudin mit der Mission, dann bringt Bonaparte seine wissenschaftliche Expedition nach Ägypten auf den Weg und lässt das Vorhaben fallen. Zusammen mit dem fünfundzwanzigjährigen Aimé Bonpland, einem Botaniker und Marinechirurgen, versucht Humboldt, nach Kairo zu kommen. Sie gelangen bis Marseille. Man verweigert ihnen die Weiterfahrt. Bonaparte ist der Meinung, die bedeutendsten Männer bereits an Bord zu haben. Sie reisen weiter nach Madrid. Humboldt erhält vom König die Erlaubnis, auf eigene Kosten ins spanische Amerika zu reisen. Nach einem Zwischenaufenthalt in Teneriffa, wo sie sich bei einer Besteigung des 3700 Meter hohen Vulkans Teide die Beine vertreten, erreichen sie Venezuela, reisen in den Süden zu den Llanos, befahren den Orinoko, bestätigen die Existenz des legendären Brazo Casiquiare, zeichnen und kartografieren die Flussbifurkation.

Als Begründer der wissenschaftlichen Definition eines Ökosystems und seines Gleichgewichts zwischen Wasser und Bäumen, Tieren und Pflanzen, beschreibt Humboldt die Gefahr von Störungen, die diesem durch menschliche Eingriffe zugefügt werden: »Zerstört man die Wälder, wie die europäischen Ansiedler allerorten in Amerika mit unvorsichtiger Hast thun, so versiegen die Quellen oder nehmen doch stark ab. Die Flußbetten liegen einen Teil des Jahres über trocken und werden zu reißenden Strömen, so oft im Gebirge starker Regen fällt.« Die beiden Männer befahren die Flussarme, zählen die »Reisemenagerie« an Bord auf, einen Hund, acht Affen, sieben Papageien, einen Tukan. Unter dem Einfluss von Goethes Dichtung und Schellings Naturphilosophie sind sie hingerissen von der Schönheit der Landschaft, spüren, dass der Mensch ein Eindringling ist in einer Welt, »in der der Mensch nichts ist«.

Nach zwei Jahren Forschungsreise kehren sie in den Norden zurück, segeln nach Kuba mit dem Plan, von dort nach Mexiko weiterzureisen. Wegen der napoleonischen Kriege ist die Seereise gefährlich. Sie beschließen, die angehäuften Sammlungen von Karten, Zeichnungen, Mineralien, getrockneten Pflanzen zu teilen. Eine Hälfte soll nach Paris, die andere nach Berlin gesandt werden. Während sie in Havanna die inventarisierten Kisten versiegeln, erfahren sie, dass die Baudin-Expedition sich endlich mit zwei Schiffen auf den Weg gemacht hat, um durch den Südpazifik nach Australien zu gelangen. Sie ändern ihre Pläne, wollen Baudin bei seiner Zwischenstation in Lima abpassen und sich, wenn möglich, der Expedition anschließen. Mit ihren Führern und einem Sammelsurium an Messinstrumenten, das auf Maultiere geladen ist, machen sie sich von Cartagena an der karibischen Küste des aktuellen Kolumbien auf den Weg zur Andenkette. Nach neunmonatigem Fußmarsch haben sie zweitausend Kilometer durchquert und sind in Quito. Die Baudin-Expedition hat die östliche Route genommen und ist nicht um Kap Hoorn, sondern um das Kap der Guten Hoffnung in den Indischen Ozean gesegelt. Humboldt und Bonpland können den Wettlauf aufgeben.

Sie besteigen den Vulkan Cotacachi bis in 4000 Meter Höhe, dann den Antisana, wo sie höher hinaufkommen als La Condamine und Bouguer. Sie nehmen sich den über 6000 Meter hohen Chimborazo vor. Am 23. Juni 1802 müssen sie in 5917 Metern Höhe aufgeben. Noch nie war bis dahin ein Mensch so hoch hinaufgestiegen wie diese beiden. Humboldt fertigt eine herrliche kolorierte Zeichnung an, *Tableau physique des Andes et pays voisins* (»Naturgemälde der Anden und benachbarter Länder«), auf der er die dort vorkommenden Gesteinsarten und Pflanzen je nach Höhenlage auf einem Querschnittmodell einträgt, ein Werk, das sich Stanley hingebungsvoll zum Vorbild nahm, als er in Afrika die Hänge des Ruwenzori-Gebirges bis hinauf zum ewigen Schnee zeichnete. Nach fünfmonatigem Aufenthalt in

Quito durcheilen die beiden Männer die 1500 Kilometer, die sie von Lima trennen, studieren die Architektur und Kultur der Inkas. Im Hafen von Callao gehen sie an Bord eines Schiffes, das sie nach Ecuador zurückbringt. Auf See entdeckt und misst Humboldt die Strömung kalten Wassers, die aus Chile kommt und nach ihm benannt ist.

In Guayaquil warten sie auf ein Schiff nach Mexiko, als am 4. Januar 1803 der Ausbruch des Cotacachi beginnt. Humboldt macht sich eiligst auf den Weg zum Geschehen. Er ist noch unterwegs, als Boten, die Bonpland ihm hinterhergeschickt hat, die Nachricht überbringen, dass sie einen Platz auf einem Schiff bekommen haben. Ein Jahr lang werden sie kreuz und quer durch Mexiko reisen, die Kultur der Azteken und der Maya studieren und die Aztekencodices kopieren. In diesen gesegneten Zeiten, als man noch ein wenig von allem wissen konnte, füllen sie ihre Notizbücher mit wissenschaftlichen, poetischen und politischen Betrachtungen, erkennen einen Zusammenhang zwischen kolonialer Ausbeutung und Zerstörung der Umwelt, die wachsende Unfruchtbarkeit der Böden durch Monokulturen. Humboldt ist auch ein scharfer Kritiker der Rolle der katholischen Kirche und des Klerus. Die Idee der Kolonie sei »selbst eine unmoralische Idee«.

Ihre Rückreise von Kuba nach Europa verbinden sie mit einem Abstecher nach Norden, nach Philadelphia und anschließend Washington. Die Hauptstadt der Vereinigten Staaten hat etwas mehr als viertausend Einwohner. Humboldt sucht das Gespräch mit Thomas Jefferson. Der Verfasser der Unabhängigkeitserklärung ist inzwischen sechzig Jahre alt, er hat gerade die Lewis-und-Clark-Expedition über Land zum Pazifik losgeschickt. Humboldt ist seiner Zeit voraus. Thomas Jefferson ist nicht Abraham Lincoln. Es gelingt ihnen nicht, ihre unterschiedliche Sicht auf die Sklaverei zu überwinden, für Humboldt zugleich eine menschliche und ökologische Katastrophe: »Was aber gegen die Natur ist, ist unrecht, schlecht und ohne Bestand.«

Im August 1804, fünf Jahre nach ihrer Abreise, waren die beiden Männer zurück in Paris. Humboldt bezog ein Appartement in Saint-Germain am Quai Malaquais, brachte sich auf den neusten Stand: Sechs Monate zuvor war Kant gestorben, drei Monate zuvor hatte sich Napoleon zum Kaiser gekrönt. Die wissenschaftliche Freiheit war jedoch in Paris größer als in Berlin. In französischer Sprache machte sich Humboldt an die Abfassung seiner *Voyage aux régions équinoxiales du Nouveau Continent*, die dreißig Bände umfassen sollte. Der große Gelehrte, Gegner des Kolonialismus, der Kirche und der Sklaverei, verkehrt in den Kreisen von Chateaubriand und Madame de Staël, befreundet sich mit Gay-Lussac, hat in Großbritannien einen begeisterten Leser in Charles Darwin, dem Enkel von Erasmus Darwin und wie dieser Naturforscher. Der Apfel fällt nicht weit vom Stamm.

In Guayaquil

Ich war mit Pierre im Hotel Continental abgestiegen, von dem aus man tief in den Seminario-Park hineinblicken kann, der oft Bolívar-Park genannt wird, weil dort die große Reiterstatue des Libertador auf einem Sockel mit seitlichen Bronzereliefs steht, von denen eines Bolívars Begegnung mit dem argentinischen General José de San Martín in Guayaquil zeigt.

Von Iquitos aus gab es keine Flüge über die Kordilleren, wir hatten einen Umweg über Lima machen müssen und waren nachts angekommen, zu spät, um die großen gelben und grünen Leguane zu begrüßen, die den Ruf des Parks begründen und die Besucher anlocken, damit diese sie von eigens dazu aufgestellten, dunkelgrünen Parkbänken aus betrachten können. Sobald sich der Tag neigt, werden die Bänke von den scharfkralligen Drachen vollgeschissen, die langsam die Äste der Mangobäume entlanggekrochen sind, um dort die Abenddämmerung abzuwarten, und das hohe Tor wird geschlossen, damit nichts ihren Schlaf und ihre friedliche Verdauung stört. Wir waren um das von hohen Gittern geschützte Geviert herum- und dann über den Platz vor der ebenfalls geschlossenen Kathedrale gegangen, der das Reiterstandbild des Libertadors hochmütig den Rücken und den Hintern seines Pferdes zukehrt. Wie auf jeder Plaza Major in jeder lateinamerikanischen Kleinstadt erfüllte dieses Heldendenkmal nur noch den Zweck, daran zu erinnern, dass es einst den großen Traum Bolívars von der Einheit gegeben hatte und dass dieser zerplatzt war.

Auch wenn ich seit meinem letzten Aufenthalt in Guayaquil drei Jahre zuvor vor allem Afrika und Asien bereist hatte und ebenso viel in Europa unterwegs gewesen war, wo ich am Steuer eines VW Passat kreuz und quer durch Frankreich kurvte, hatte ich immer wieder Abstecher nach Südamerika, nach Chile, Nicaragua, Mexiko und Guatemala gemacht, und jetzt schließlich die große Durchquerung Brasiliens und Perus mit Pierre zum Anlass genommen, diese Stadt wiederzusehen, darauf gefasst, dort denselben Zerfall wie anderswo vorzufinden. Mitte des Jahres 2018 strömten noch immer Flüchtlinge aus der Bolivarischen Republik Venezuela im Norden herbei. Kolumbien beschuldigte die venezolanische Armee, in kolumbianisches Staatsgebiet einzudringen. In Brasilien hatte es gewalttätige Auseinandersetzungen mit Flüchtlingen gegeben. In Ecuador wurde der Notstand ausgerufen.

Während Pierre Guayaquil allein entdeckte, die Pracht der Gebäude im italienischen und französischen Stil, die hohen, glasgedeckten Einkaufspassagen, alles Bauwerke aus derselben Zeit wie die vornehmen Stadtpalais von Manaus, als der Amazonashafen während des Kautschukbooms seine Glanzzeit erlebte und der Pazifikhafen der weltgrößte Exporteur von Kakao war, während Pierre also umherschlenderte und bestimmt seine Notizbücher füllte, unterwarf ich mich der Lektüre der örtlichen Zeitungen, um die drei Jahre Rückstand im Detailwissen über das politische Leben in Ecuador aufzuholen.

Vor etwas mehr als einem Jahr zum Präsidenten gewählt, Nachfolger von Rafael Correa, dessen Vizepräsident er von 2007–2012 gewesen war, wurde Lenín Moreno seinem Vornamen untreu, den ihm seine wahrscheinlich marxistischen Eltern gegeben hatten, und zum Verfechter einer ultraliberalen Wirtschaftspolitik; er beendete die *Revolución Ciudadana*, kündigte brachiale Maßnahmen zur Eindämmung der Staatsschulden an, trug heftige Anklagen gegen Correa vor, der sich nach Brüssel abgesetzt hatte, und verlangte dessen Auslieferung.

Abends spazierten wir, nach Iquitos ein wenig benommen von der Höhe der Gebäude und dem Lärm des Straßenverkehrs, unter Palmen und Mangobäumen auf dem sehr breiten Malecón am Rio Guayas entlang, einer Promenade, die dem Bett des schlammigen Flusses oder der Flussmündung abgetrotzt ist, vorbei an Kinderspielplätzen und dem Sitz des Jachtklubs. Die Promenade war gespickt mit zahlreichen Bronzestatuen von berühmten Männern der Stadt, wir lasen ihre Namen und hätten uns nicht gewundert, unseren Vize-Konsul Charles Wiener zu finden, einen aus Österreich stammenden Diplomaten, der aus Lust am Abenteuer Franzose geworden war und auf der Suche nach Handelswegen von Guayaquil aus Amazonien erforscht hatte, Autor einer »Karte der Entwicklung und des Fortschritts«, die er ans französische Außenministerium sandte, gestorben in Rio de Janeiro 1913. Doch hauptsächlich begleiteten uns die drei großen Geister der Stadt, Orellana, der hier Gouverneur war, Humboldt und Bolívar, die hier für eine Weile Quartier genommen hatten.

Alexander & Simon

In den ersten Wochen ihrer Rückkehr nach Paris im Sommer 1804, nach fünf Jahren Abwesenheit, verkehrten Humboldt und Bonpland, vielleicht aus Nostalgie, in den Kreisen der Südamerikaner in der Hauptstadt, unter ihnen ein junger, zwanzigjähriger Dandy mit langem, lockigem tiefschwarzen Haar. Simón Bolívar tröstet sich über den frühen Verlust seiner Frau, den Tod der schönen María Teresa del Toro, die ein Jahr zuvor in Caracas dem Fieber erlegen war. Ihre Pariser Gespräche drehen sich um Geografie und Politik. Der kleine junge Mann mit dem langen schwarzen Haar wohnt am 2. Dezember der Kaiserkrönung bei, bewundert die Prachtentfaltung und den Pomp. Er fängt an, von Ruhm und militärischen Siegen zu träumen, von der Emanzipation der amerikanischen Kolonien vom spanischen Joch.

Im März 1805 sind Alexander von Humboldt und Joseph-Louis Gay-Lussac in Rom. Gemeinsam untersuchen sie die Ausdehnung von Gasen und den Magnetismus, planen eine Reise nach Neapel. Der Geograf will nach der Besteigung verschiedener äquatorialer Vulkane wie dem Chimborazo den Vesuv besteigen, um dort Messungen vorzunehmen. Einen Monat später nimmt Simón Bolívar in Gesellschaft eines Freundes die Postkutsche nach Lyon und begibt sich von dort zu Fuß nach Italien. Er sucht den politischen Meinungsaustausch mit Humboldt, der ihn in seinen Entschlüssen bestärkt. Bolívar hat sich entschieden. Sein Vorhaben muss noch reifen. Auf den Tag genau ein Jahr nach der Kaiserkrönung am 2. Dezember 1805 siegt Napoleon in Austerlitz. Die napoleonische Welle führt zum Sturz des spanischen Königs und spielt Bolívars Plänen in die Hände.

1807 ist er zurück in Venezuela, schreibt, agitiert, zettelt an, greift zu den Waffen. Er ist an Zusammenstößen, Unruhen beteiligt, muss fliehen. Von Cartagena de Indias an der Karibikküste aus startet er seinen ersten Feldzug. Im August 1813 zieht er siegreich in Caracas ein, muss aber sofort den Rückzug antreten. Seine Zweite Venezolanische Republik besteht fast nur aus der Insel Margarita, die vor ihm Lope de Aguirre schon einmal besetzt hatte. Bolívar geht nach Jamaika ins Exil, dann nach Haiti, eine ehemalige Kolonie, die sich bereits von Frankreich gelöst hat. Bolívars zweiter Anlauf verläuft blitzschnell. Er ist jetzt General. Im Dezember 1821 gründet er die Republik Großkolumbien und wird ihr Präsident. Ruhm währt kurz und ist zerbrechlich: Sechs Monate zuvor ist Kaiser Napoleon als Gefangener auf seiner Insel gestorben. Bolívar zieht weiter in den Süden, marschiert in Guayaquil ein, wo er am 26. Juli 1822 einen anderen Libertador trifft, José de San Martín, der sechs Monate zuvor Lima eingenommen hat. Gegen jede Erwartung und obwohl dieser doppelköpfige Adler gerade den Zusammenschluss der Befreiungskämpfer hergestellt hat, zieht sich San Martín zurück, beendet den Kampf, überlässt Bolívar den Platz und geht ins Exil.

Auf dem Gipfel seines revolutionären Erfolgs verfasst Bolívar 1822 einen merkwürdigen Text, *Mein Traumgesicht auf dem Chimborazo*: »Ich suchte die Spuren von La Condamine und von Humboldt, folgte ihnen unerschrocken – keiner hielt mich auf –, ich gelangte in die Gletscherregion, der Äther benahm mir den Atem.« Vom Ruhm besessen, steigt er im Traum bis zum Gipfel auf, höher als Humboldt und Bonpland: »Und hingerissen von der Gewalt eines mir unbekannten Geistes, der mir ein göttlicher schien, ließ ich die Spuren Humboldts hinter mir und stampfte über die ewigen Kristalle des Chimborazo.« Humboldt wiederum veröffentlicht seinen *Versuch über den politischen Zustand des Königreichs Neuspanien* sowie auf Französisch den *Essai politique sur l'île de Cuba* (»Versuch über den politischen Zustand auf der Insel Cuba«), beides Texte gegen den Kolonialismus und für die Abschaffung der Sklaverei. In der Verfassung von 1826 verbietet Bolívar die Sklaverei. Humboldt zitiert ihn als ein Vorbild, dem die ganze Welt folgen solle.

Aimé Bonpland dagegen beschränkte sich nicht aufs Schreiben. Er hatte in London Männer von Bolívar getroffen, ihnen geholfen, Gelder einzuwerben und Waffen zu kaufen, ihnen eine Druckerpresse geschenkt. Bolívar lädt ihn ein. Man erwartet ihn. Auch auf See herrscht Krieg. Bonpland entscheidet sich dafür, in Buenos Aires an Land zu gehen. Er widmet sich wieder seinen botanischen Forschungen, fährt den Rio Paraná Richtung Brasilien hinauf, akklimatisiert den Mate-Strauch, legt an der Grenze zu Paraguay eine Mate-Plantage an.

Dem Diktator José Gaspar Rodrígez de Francia ist die ökonomische Konkurrenz durch einen Bolívar-Anhänger ein Dorn im Auge. Bonpland wird verhaftet, ins Gefängnis geworfen. Bolívar fordert seine Freilassung, droht vergeblich, eine Armee nach Asunción zu schicken. Francia weiß, dass er den Kontinent nicht durchqueren kann. Bonpland bleibt über lange Jahre sein Gefangener und kommt erst nach Bolívars Tod 1831 frei. Er kehrt nach Argentinien zurück, nimmt seinen Briefwechsel mit Humboldt wieder auf. Vielleicht sieht man sich eines Tages wieder, stellen sich die beiden in ihrem Briefwechsel vor. Die Freunde um sie herum sterben. Der eine ist in Buenos Aires, der andere in Berlin. Bonpland stirbt von der Welt vergessen 1858, der vergötterte Humboldt im Folgejahr mit neunzig Jahren. Im selben Jahr, 1859, veröffentlicht ihr Schüler Charles Darwin *On the Origin of Species*.

Ihr Pariser Freund, der zum Libertador wurde, erreichte nicht ihr hohes Alter. Nach dem letzten Sieg 1824 bei Ayacucho in Peru und der endgültigen Kapitulation der Spanier arbeitet Bolívar daran, die spanischsprachige Staatengemeinschaft von Mittelamerika bis Feuerland in einer Föderation zusammenzuschließen. Ab 1826 bekommt das erträumte schöne Bauwerk der Einheit Risse, dann stürzt es, gebeutelt von inneren Auseinandersetzungen und Plänen, Aufständen, Morden, in sich zusammen. Fortschritte machen bei Bolívar nur noch Bitterkeit und Tuberkulose. Das romantische Ende naht, wie es von Romanschriftstellern und besonders von kolumbianischen so oft beschrieben wurde. Gabriel García Márquez schildert es in *Der General in seinem Labyrinth*, Álvaro Mutis legt dem Todgeweihten gegenüber einem polnischen General seines Generalstabs die Worte in den Mund: »Hier geht jedes menschliche Unternehmen ins Leere. Die schwindelerregende Unordnung der Landschaft, die gewaltigen Flüsse, das Chaos der Elemente, die Unermesslichkeit der Wälder, das erbarmungslose Klima zersetzen den Willen und untergraben die tiefen, wesentlichen Gründe zu leben ...«

Der Libertador spuckt Blut und zieht sich aus Bogotá nach Santa Marta an der Küste zurück. Der Mann, mit dem die neuere lateinamerikanische Geschichte begann, der Kolumbien seinen Namen gab, zu dessen Ehre man Alto Peru in Bolivien umbenannt hat, bereitet sich wie vor ihm San Martín auf ein neues Exil vor, stürzt sich in eine letzte Briefschlacht. In seinem

Rohrsessel mit Blick auf die Wellen schreibt er am 9. November 1830 in einem Brief an General Juan José Florés, Präsident von Ecuador: »Wer sich der Revolution verschreibt, pflügt das Meer.« Er stirbt mit siebenundvierzig Jahren am 17. Dezember in San Pedro Alejandrino. Die Zeit, seine Memoiren zu schreiben, hatte er nicht. Wir werden nie erfahren, was bei der Begegnung in Guayaquil besprochen wurde. Auch San Martín, der ihn immerhin um zwanzig Jahre überlebte, hat den Schleier nie gelüftet.

Wir standen oberhalb des Flusses vor dem Halbkreis der Rotunde am Malecón, zehn hohe Marmorsäulen, aufgestellt zur Ehrung des Zusammentreffens der beiden Helden nicht weit von hier am 26. Juli 1822 in einem Haus an der Kreuzung Pichincha und Bulevar 9 de Octubre, das nicht mehr steht. An jenem Tag war General Simón Bolívar, Befreier Venezuelas und Kolumbiens, neununddreißig Jahre alt, General José de San Martín, Befreier Chiles und Perus, vierundvierzig. Vor den Säulen könnten die Standbilder der beiden Libertadores beim Händedruck die Erinnerung an die Schwarz-Weiß-Aufnahme der Begegnung zweier Revolutionäre in Mexiko 1914 in uns wachrufen, von Pancho Villa, der aus dem Norden, und Emiliano Zapata, der aus dem Süden kam. Doch diese beiden waren umringt von ihren Truppen, jeder von ihnen hatte nach der Begegnung seinen Kampf weitergeführt. Die Begegnung in Guayaquil war ein Treffen ohne Zeugen, es endete damit, dass der Argentinier und Witwer San Martín mit seiner einzigen Tochter Merceditas ein Schiff nach Le Havre bestieg und ins Exil ging.

Nachdem ich hier und da den Spuren Bolívars gefolgt war, seit ich mich vor langer Zeit in Caracas aufgehalten hatte, wo er damals noch im nationalen Panthéon ruhte, bevor Hugo Chávez ihn exhumieren und in das riesige Mausoleum überführen ließ, das an jenes erinnert, das Denis Sassou Nguesso zur selben Zeit am Ufer des Kongo für Brazza errichtete, hatte ich der Dominikanerschule in der Abtei von Sorèze einen Besuch abgestattet, doch wie sich inzwischen herausgestellt hat, hatte der künftige General dort nie die Kunst der Kriegsführung studiert, trotz der Ehrung, die ihm im Saal der Büsten ehemaliger Schüler erwiesen wird. Und bei der Betrachtung seiner Büste vom Kopf bis zu den Epauletten dachte ich an all diese Geschichten von verlorenen und wiedergefundenen Köpfen, dem Kopf von Bolívar, der dem Leichnam im Mausoleum fehlt, dem von Pancho Villa, der nach seiner Ermordung gestohlen wurde, dem von Pizarro, den man in einer Urne in Lima wiederfand, dem von San Martín, der sich in der Kathedrale von Buenos Aires befindet.

Auf dessen Spuren war ich etwa zwanzig Kilometer südlich von Paris von Grigny in den Nachbarort nach Ris-Orangis gefahren. Das Anwesen in der Rue du Général-San-Martin, in das sich der Vater mit seiner Tochter zurückgezogen hatte und das gegenwärtig auf der Gemarkung der Gemeinde Évry liegt, war zum Kloster La Solitude des Sœurs de Notre-Dame de Sion geworden. Esther, die mich begleitete, hatte Geschenke für die oft aus dem Nahen Osten stammenden Nonnen mitgebracht, die sich hier für kurze Zeit zurückzogen, ohne genau zu wissen, wo sie sich befanden. Nach einem Besuch der Kapelle hatten sie uns die Plakette zu Ehren des Helden gezeigt, die jedes Jahr von Argentiniens Botschafter mit Blumen geschmückt wird.

Wir hatten unsere Nachforschungen in der Gegend fortgesetzt, waren durch das Einkaufszentrum Évry-2 zur Cité des Pyramides gefahren, wo es gerade den ersten Skandal um einen Supermarkt gegeben hatte, einen Franprix, der Wein und Schweinefleisch aus seinen Regalen genommen und das Interesse der nationalen Presse auf sich gezogen hatte, die sich fünfzehn Jahre später allenfalls noch für die Eröffnung einer Fleischerei herbemühen würde. Nicht weit entfernt davon besichtigten wir die nagelneue Kathedrale, zu deren Weihe der Papst gekommen war, und am anderen Ende des breiten Boulevards die nagelneue Moschee von Courcouronnes, deren Bau Saudi-Arabien finanziert hatte. Während der revolutionären Unruhen von 1848 war San Martín von hier nach Boulogne-sur-Mer umgezogen, wo man sich im Falle von Auseinandersetzungen leichter heraushalten konnte und wo er zwei Jahre später im Alter von zweiundsiebzig Jahren starb, ohne je das Geheimnis von Guayaquil gelüftet zu haben.

Dreißig Jahre nach seinem Tod hatte Argentinien seine sterblichen Überreste heimgeholt, wie es eines Tages vielleicht gern die von Jorge Luis Borges zurückholen würde, der zum Sterben nach Genf, an den Ort seiner Kindheit, zurückgegangen war und dessen Grab sich auf dem Friedhof der Könige im Stadtteil Plainpalais befindet: In seiner Novelle *Guayaquil* war er hinter das Rätsel gekommen.

Widerwillig stecken zwei Universitätsgelehrte bei einer gedämpften Unterhaltung in Buenos Aires die Köpfe über einem vermeintlich wiedergefundenen Brief Bolívars zusammen, in dem dieser von der geheimnisvollen Zusammenkunft spricht. »Vielleicht waren die ausgetauschten Worte alltäglich. Zwei Männer standen sich in Guayaquil gegenüber; wenn einer die Oberhand gewann, so durch seinen stärkeren Willen und nicht durch dialektische Spiele. Wie Sie sehen, habe ich meinen Schopenhauer nicht vergessen.« Diese Novelle von Borges ist der Beweis, dass Literatur zu einer Wahrheit vordringen kann, die der Geschichtswissenschaft nicht zugänglich ist.

Vater & Sohn

Ein anderer, dessen Name auf dem Malecón eingraviert sein könnte, ist Moritz Thomsen, gestorben in Guayaquil an Malaria oder an Cholera, je nach Quelle, oder auch an Traurigkeit.

Sein Großvater hatte für den Bau der mexikanischen Pazifik-Eisenbahnlinie und die Produktion von Kautschuk geschäftlich mit dem mexikanischen Präsidenten Porfirio Díaz zu tun. Wie der Schweizer Einwanderer Suter, der Held in Cendrars *Gold*, ganz Kalifornien besessen hatte, so besaß der dänische Einwanderer Thomsen die gesamte Bucht von Acapulco. Doch die Revolutionskriege von Pancho Villa durchkreuzten seine Pläne. Er ging wieder in den Norden zurück und gründete Mühlenbetriebe in der Gegend von Seattle. Sein gewaltiges Vermögen war auf seinen Sohn Charles übergegangen, der es durch Spekulationen weiter vermehrte. Moritz hegte einen grenzenlosen Hass auf ihn. Nach seinem Tod fand man in seinen Papieren das Manuskript von *My Two Wars*, ein posthum veröffentlichter Text, in dem er von seinen beiden Kriegen berichtet, dem gegen die Nazis und dem gegen seinen Vater.

Von 1943 an hatte der junge Flieger siebenundzwanzig Luftangriffe auf Deutschland geflogen. In diesem Jahr war der norwegische Schriftsteller und Seemann Nordahl Grieg, der Freund von Malcolm Lowry, gefallen, als sein Bomber über Berlin explodierte. Jahre zuvor hatte Lowry auf einem Schiff angeheuert, um seinen Vater, einen britischen Großbürger, zu provozieren, so wie Buell Quain Matrose geworden war, um seinen Vater, einen amerikanischen Geschäftsmann, zu brüskieren, und wie Michaux, der den seinen, einen reichen belgischen Geschäftsmann, ebenfalls ärgern wollte. Ein mittelloser Vater zu sein, schützt einen allerdings auch nicht vor der Verachtung des Sohns.

Nach dem Krieg packt Thomsen die Lust am einfachen Leben, er versucht, einen Bauernhof zu bewirtschaften, lehnt die väterliche Unterstützung ab, geht pleite. Das schlechte Gewissen bringt ihn zum amerikanischen Peace Corps, auch weil der Vater diese Freiwilligen für eine Bande von Linksradikalen hält, die sich für die Dritte Welt engagiert. Er wird nach Esmeraldas an die Küste Ecuadors entsandt, soll die Bevölkerung, Nachkommen afrikanischer Sklaven, in der Landwirtschaft beraten. Er teilt ihr Elend, hält es in Notizen fest, veröffentlicht 1968 *Living Poor*, dt. *Arm mit den Armen*. Amüsantes Paradox: Von dieser Ode an die Genügsamkeit im Stil von Thoreau werden über hunderttausend Exemplare verkauft, was ihm einen Haufen Kohle einbringt. Auf den militärischen Ruhm folgt der literarische.

Er erwirbt Ländereien entlang des Río Verde am Rand des Dschungels, rodet, lebt allein, ab und zu schickt ihm sein Teilhaber Ramón Nahrungsmittel mit einer Piroge. In seiner Pfahlbauhütte, unter der Hühner und Schweine vor den tropischen Regengüssen Schutz suchen, stapelt er weiter Texte, »verfasst in jenen Stunden vor Sonnenaufgang, wenn die Nacht noch über der Erde liegt, oder während jener endlosen Regentage in der kalten Jahreszeit, wenn das Vieh sich bedrückt und stumm in die Büsche verkriecht«. Im Unterschied zu Thoreau, dem ein paar Bohnenbeete rund um seine Hütte inmitten der Natur genügen, und zu Takashi, der nur nahezu unsichtbare Eingriffe in sie vornimmt, wünscht sich Thomsen wie Bernanos bäuerliche Geschäftigkeit, gackerndes Geflügel, krähende Hähne und Kindergeschrei. Er beansprucht für sich die Bezeichnung Bauer, baut einen Landwirtschaftsbetrieb auf, kauft Traktoren und Herden, stellt Arbeiter ein, legt Bananenplantagen an, von denen Motorboote die Bananenstauden abholen. Ein Misserfolg jagt den anderen, davon erzählt er in *The Farm on the River Esmeraldas* (»Die Farm am Esmeraldas Fluss«).

Selten gibt es die Gelegenheit, einen anständigen weißen Gringo zu rupfen wie eine Taube. Bestohlen, von seinen Nachbarn beraubt, schließlich von seinem Teilhaber Ramón hinausgeworfen, mietet sich Thomsen ein Zimmer in Quito. Die Stadt liegt zu hoch für die Lunge des alten Rauchers. Er ist schon über sechzig Jahre alt. Die Farm, auf der er sein Leben beenden wollte, fehlt ihm. »Ich habe nie daran gezweifelt, dass die Arbeit in der Landwirtschaft meine einzige Leidenschaft ist.« Er geht nach Brasilien, schreibt *The Saddest Pleasure*, und diese todtraurige Freude ist die eines alten, entwurzelten Mannes, der einmal Optimist war, seinen Beitrag zur Entwicklungsarbeit leisten wollte und nun auf das Ergebnis blickt.

In einigen Dörfern Amazoniens haben Pierre und ich jene langen Hütten mit Dächern aus getrockneten Palmblättern gesehen, in denen offene Feuer brennen und man nicht mehr atmen kann, weil die Luft eingeschlossen ist. Doch der Rauch hat vielleicht den Vorteil, dass er Stechmücken und Parasiten fernhält, und während ich hustete, dachte ich an eine Bemerkung von Michaux: »Die Heilsarmee beabsichtigt angeblich, dienstbare Idioten hinzuschicken, um den Indianern beizubringen, wie man Schornsteine baut.« Dabei wäre es das Klügste, sie einfach in Frieden zu lassen.

In den aufstrebenden ebenso wie in den ärmsten Ländern werden junge Leute, darunter Aussteiger wie Moritz Thomsen, die sich aus Buße oder Abscheu vor der eigenen Kultur, aus Hass auf ihren Vater, freiwillig und mit besten Absichten engagieren, von NGOs missbraucht, dieser Plage, hinter deren Oxymoron sich bestenfalls die Aktivitäten ehrbarer Geheimdienstler aller ausländischen Mächte verbergen, die ansonsten aber meist nichts anderes sind als Gaunereien, an denen sich Aktionäre im Wohltätigkeitsbetrieb bereichern, während der andere große Beschiss, der mehr auf lokaler Ebene tobt, im gefährlichen und gewalttätigen Konkurrenzkampf zwischen verschiedenen evangelikalen Kirchen besteht, wie jener, die Javier Bolsonaros Kandidatur in Brasilien unterstützt haben, und die sich um die Seele und das Geld ihrer frommen Anhänger streiten und bei ihren Immobilienspekulationen nicht vor Mord zurückschrecken.

Während Nicaraguaner und Venezolaner 2018 aus ihren abgewirtschafteten Ländern nach Süden flohen, während aus Honduras und Guatemala Menschenkolonnen nach Norden aufbrachen und die mexikanische Grenze überquerten, um von dort die Grenze zu den USA zu überwinden, dachte ich in diesem Jahr, dass es Moritz Thomsen gelungen war, den amerikanischen Traum rückwärts zu leben. Als Millionär in der Welt der Reichen geboren, war er nach Guayaquil gekommen, um als Siebzigjähriger im Elend zu sterben.

Bei Ramiro

In der französischen Botschaft von Quito stellte man mich 2008 einem jungen Paar vor, das dort Zigarette rauchend auf den Gartenstühlen saß. Sie waren schön und freundlich, herzlich. Ramiro Noriega bedauerte an jenem Abend, dass er die Übertragung eines Fußballspiels verpasste, ihm dämmerten die Zwänge und Scherereien, die seine neue Funktion unweigerlich nach sich ziehen würde, aber er dachte arglos, er könne seine Aufgaben als Kulturminister mit seinem Studium an der Sorbonne unter einen Hut bringen. Er arbeitete über das Werk von Ricardo Piglia, dem argentinischen Autor von *Un encuentro en Saint-Nazaire* (»Begegnung in Saint-Nazaire«), und wir hatten uns ein wenig über diese bretonische Stadt unterhalten, die er damals noch nicht kannte.

Später trafen wir uns in einem merkwürdigen Ensemble kleiner, um einen Hof gruppierter Häuser, die seiner Familie gehörten, wir nannten es *La aldea de los Noriegas* (»Das Dorf der Noriegas«), wo man das Leben einer Künstlerkommune und Boheme führte mit Kindern, Hunden, Musik, Freunden, durchreisenden Künstlern, darunter auch sein Bruder Alfredo, der in Europa lebte, aber Romane schrieb, die in seiner Heimatstadt Quito spielten.

Ramiro hatte begonnen, an der Universität San Francisco de Quito Literatur zu unterrichten. Rafael Correa war sein Kollege und lehrte Wirtschaftswissenschaften. Beide waren außerdem frankofon und spielten in der Fußballmannschaft der Universität. Zur Politik war Correa während der Finanzkrise gekommen, die das Land ruiniert und 2000 zur Ablösung der Nationalwährung und zur Dollarisierung der Wirtschaft geführt hatte. Mit einem revolutionären Programm zur Förderung sozialer Gerechtigkeit und der Rechte der indigenen Bevölkerung hatte er im Februar 2007 die Präsidentschaftswahlen gewonnen. Damals forschte Ramiro gerade in Frankreich. Correa hatte ihm das Kulturressort angetragen, das er für zwei Jahre übernahm. Im Anschluss daran, und um seine noch laufende Doktorarbeit fertigzustellen, hatte er den Posten des Kulturattachés an der Botschaft in Paris übernommen, wo wir uns hin und wieder begegnet waren. In der Zeit besuchte er Saint-Nazaire und besichtigte den Hafen, in dem Ricardo Piglia sein Buch geschrieben hatte.

Diese beiden Männer, Rafael und Ramiro, unterschieden sich allerdings darin, dass Ersterer aus Guayaquil stammte, das auf Meereshöhe liegt, während der andere aus Quito kam, der von Vulkanen umgebenen Andenstadt: Beide Städte waren in der Geschichte Ecuadors häufig Gegner. Im Hochland die großen Familien der Landbesitzer wie die von Gangotena, im Tiefland internationale Geschäftsleute. Die Bewohner von Guayaquil behaupteten bisweilen, das Geld zu verdienen, das die Bewohner von Quito verschleuderten. Nach dem Zusammenbruch des Finanzsektors Ende des Jahrhunderts waren die Pleite-Banken in Guayaquil verstaatlicht worden. Dieses Grundvermögen, das seither dem Staat gehörte, wollte Correa für andere Zwecke verwenden.

Am schönsten Fleck der Stadt, in einem jener majestätischen Gebäude unter Glasgalerien, wollte der junge Präsident ein für alle offenes internationales Haus für Kunst und Kultur einrichten. Die Pläne dazu vertraute er Ramiro an, der 2014 promoviert aus Paris zurückgekehrt war. Im Februar 2015 fand die Einweihung der Universidad de las Artes statt, ich war eingeladen worden, weil ich gerade in Quito war, denn wir stellten den Roman *Ardillas* von Felipe Troya vor, dem Preisträger des mit Edwin Madrid organisierten Preises. Drei Jahre später war Ramiro noch immer voller Begeisterung. Er erläuterte uns seine vielen laufenden Projekte, die er ungeachtet der politischen und wirtschaftlichen Gefährdungen unter Lenín Moreno verfolgte. Ramiro hatte die besten Dozenten um sich geschart und die wichtigsten Künstler eingeladen, feste Partnerschaften in Frankreich mit der Pariser Filmhochschule Femis und dem Forschungsinstitut für Akustik und Musik Ircam geschlossen. Sein Optimismus schien unerschütterlich und war ansteckend.

Zu dritt besichtigten wir die Baustelle eines seit über einem Jahrzehnt geschlossenen Bankhauses, eines hohen Gebäudes im

Art-déco-Stil, das gerade restauriert und zu einer öffentlichen Bibliothek umgebaut wurde. Ramiro plante die schönste Innenausstattung aus hellem Holz, mit Bücherregalen, auf denen bald Hunderttausende Bücher für jeden zugänglich sein würden, und Kabinen, in denen man Filme aus dem Archiv und der Geschichte des Kinos würde anschauen können. Von einer gläsernen Kuppel auf dem Dach aus sah man den Fluss, während das einfallende Licht einen mehrere Stockwerke darunter liegenden Innenhof erhellte, in dem mitten zwischen den Büchern eine Kletterwand für Kinder gebaut wurde. In seinen freien Momenten übersetzte Ramiro René Daumals *Der Berg Analog*.

Pierre hatte sich danach wieder allein in die Stadt aufgemacht, während wir in Ramiros Rektorenbüro zurückkehrten, wo an der Wand die Urkunde vom März 2013 für seine Dissertation *Entre Histoire et mémoire. Un aspect du roman espagnol et hispanoaméricain à l'aube du XXIième siècle (Piglia, Bolaño, Cercas)* (»Zwischen Geschichte und Erinnerung. Ein Aspekt im spanischen und lateinamerikanischen Roman zu Beginn des einundzwanzigsten Jahrhunderts – Piglia, Bolaño, Cercas«) hing. Wir sprachen über die Revolution und was davon übrig geblieben war. Ramiro bedauerte, dass man Correas schöne Idee fallen gelassen hatte, die Ölförderung zu stoppen, die den Dschungel und die indigenen Zivilisationen zerstörte, und die Hilfe der internationalen Gemeinschaft einzufordern, damit das Öl im Waldboden bliebe, da die Menschheit künftig saubere Luft notwendiger brauchen würde als fossile Energie.

Niemand hatte sich der Idee angeschlossen. Das ökologische Projekt war unter dem Druck des Haushalts und der Ölgesellschaften aufgegeben worden. Ramiro bedauerte auch, dass Correa die Dollarisierung der Wirtschaft nicht rückgängig machen konnte. Auch wenn ich kein totaler Anhänger dieses Präsidenten war, der zweimal im ersten Wahlgang wiedergewählt wurde, pries ich den Mut, mit dem er beim Putschversuch im September 2010 den Aufrührern entgegengetreten war. Der gewaltsame Tod des Staatschefs ist eine üble Angewohnheit in Ecuador, 1875 wurde García Moreno ermordet, 1912 Eloy Alfaro gelyncht, 1981 starb Jaime Roldos durch Sabotage seines Flugzeugs.

Derzeit lebt Rafael Correa in Brüssel, wo er einst sein Studium absolviert und geheiratet hatte. Sein ehemaliger Vizepräsident Lenín Moreno war abtrünnig geworden und verlangte Correas Auslieferung aus so schwerwiegenden Gründen wie der Entführung eines politischen Gegners in Kolumbien, der Ermordung eines Luftwaffengenerals, der verfassungswidrigen Explosion der Staatsschulden, was Belgien aufgrund der offenkundig politischen Gründe ablehnte. In Ramiros Büro im Zentrum von Guayaquil, wo er jetzt seit mehr als drei Jahren lebt, setzten wir unser Gespräch einen ganzen Nachmittag lang fort. Zum Abschluss seiner Doktorarbeit hatte er eine Analyse der Vater-Sohn-Beziehung im Werk seiner drei Autoren unternommen, deren Schwerpunkt auf dem Tagebuch von Ricardo Piglia lag.

So waren wir von der Geschichte des Landes auf die unserer Söhne gekommen. Sein Sohn hatte sich allein bis nach Manaus durchgeschlagen, inzwischen unterrichtete er an der Hochschule von Cuenca. Ich erzählte ihm von meiner Reise mit Pierre vom Atlantik zum Pazifik und von meinem Vorhaben, über meine Aufenthalte in Ecuador während der letzten zehn Jahre zu schreiben. Mit dem Titel seiner Doktorarbeit – *Zwischen Geschichte und Erinnerung* – kamen die Begriffe »Hypermnesie« und »Amnesie« ins Spiel: Er gestand mir, an einem Punkt in seinem Leben eine Art Gedächtnislücke gehabt zu haben, die nur kleine Einzelheiten betraf, aber zehn Jahre gedauert hatte. Über diese Erfahrung schreibt er in *Las cicatrices inolvidables* (»Narben, die man nie vergisst«), und ich dachte, dass Pierre und ich bestimmt unsere Notizbücher führten, um dieses Risiko zu vermeiden.

Vor unserem Aufbruch an die Pazifikküste, und nachdem wir endlich eine Harpyie hatten fliegen sehen, lud uns Ramiro für einen Abend zu sich nach Hause ein. Sein Appartement sah aus wie das eines Studenten, mit einem Fahrrad, das am Sofa lehnte. Wir saßen Kleinigkeiten knabbernd auf dem Balkon über dem Malecón und dem Fluss, nicht weit entfernt vom Ramada Hotel, das während des Bankrotts ebenfalls mehr oder weniger verstaatlicht worden war und wo man mich damals einquartiert hatte, ein kleines Hotel, das bald im Schatten von zwei riesigen Schweizer Hochhäusern stehen würde, an denen gebaut wurde.

Ein nerviges Riesenrad hatte schließlich um Mitternacht seine blinkenden Neonlichter ausgeschaltet. Freunde von Ramiro waren auf ein letztes Glas vorbeigekommen. Wir rückten alle auf dem schmalen Balkon zusammen. Ein Musiklehrer war dabei und verwickelte Pierre in ein Gespräch, der auf diese Weise von den Vertraulichkeiten erfuhr, die ich womöglich über ihn ausgeplaudert hatte, und sich vielleicht darüber ärgerte. Er antwortete schmallippig, schrieb seine Platten dem Post-Punk zu, nannte Nick Cave als Vorbild, dessen Stimme er mochte, um eine Idee von sich zu vermitteln, räumte ein, man könne seine Musik noch im Internet unter Tomohican und Tina Ratzinger hören, und dass er die Cover selbst entworfen habe. Pierre schien das alles, die Musik und auch die Fotografie, nicht so ganz ernst zu nehmen, als hätte es keine Bedeutung mehr für ihn, wenngleich er dazu stand, doch jetzt, sagte er, interessiere er sich mehr für Archäologie. Nach zehn Jahren, in denen er seinen Grillen nachgegangen sei, plane er, nach unserer Rückkehr nach Paris in den universitären Ameisenhaufen einzutauchen.

Für die Liebenden

Ramiro hatte sogleich einen Besuch im archäologischen Museum und seinen Archiven für ihn organisiert, und ich schloss mich an. Die Konservatorinnen, die uns in dem großen Gebäude über dem Fluss empfingen, bereiteten gerade eine Ausstellung über die lange Tradition indigener Musikinstrumente vor, von denen einige, die sie uns zeigten – kleine Gegenstände, in die man blasen musste –, sich in ihren Formen seit Jahrtausenden tatsächlich kaum verändert hatten. Nur das Auge der Expertinnen – oder ihr Ohr – konnte den alten Schatz von nagelneuem Nippes unterscheiden. Sie klagten über den geringen Etat des Museums. Die Werkstätten der Restauratoren konnten nichts anschaffen, kamen mit der Arbeit nicht voran. Sie zogen Schubladen auf, in denen Hunderte kleiner weiblicher Figuren schlummerten, die bekannten Venusfiguren von Valdivia, einige Tausend Jahre älter als meine Freunde aus der Moche-Kultur, die weiter im Süden an der Grenze zu Peru gelebt hatten.

Wir mieteten einen kleinen Van aus chinesischer Produktion, dessen Besitzer sich bereit erklärte, uns für eine Handvoll Dollars bis zur Küste zu begleiten. Während der stundenlangen Fahrt auf dieser langen, schnurgeraden Horizontalen von Guayaquil nach Santa Elena beobachtete ich von der Rückbank aus Pierre, der auf dem Beifahrersitz saß und die Landschaft betrachtete, die immer sandiger wurde, je näher wir dem Ozean kamen, und häufig durch große Werbeplakate verunstaltet war, während die breite Straße von Abfall gesäumt wurde, den Autofahrer der Restmüll-Kultur aus dem Fenster geworfen hatten, Plastiktüten und

Metalldosen, die vielleicht einmal Archäologen studieren werden, während die Las-Vegas-Kultur, zu der wir unterwegs waren und die noch älter ist als die Valdivia-Kultur, uns vor achttausend Jahren so hübsche Spuren wie zweischalige Muscheln und Tonscherben, Mahl- und Votivsteine, Skelette von menschlichen und nichtmenschlichen Tieren hinterlassen hat.

In den Siebzigerjahren des zwanzigsten Jahrhunderts wurden die Grabstätten in der Gegend von Santa Elena entdeckt, und in einer davon ein Paar, das sich umarmt. Die beiden waren zwischen fünfundzwanzig und dreißig Jahre alt, ein vor achttausend Jahren vielleicht schon ehrwürdiges Alter. Wir standen vor diesem anrührenden Paar – die rechte Hand des Mannes ruhte auf dem verschwundenen Bauch seiner Gefährtin, ihre Beine lagen ineinander –, und sicher dachte jeder von uns an seine Beziehungsgeschichten. Manche von uns erleben eine solche Liebe bis in den Tod. Stefan Zweig und Lotte. Die »Liebenden von Sumpa« und die alten Liebenden im Pariser Hotel Lutetia.

Die ausgebleichten Knochen zeigten, wie viel mehr Zärtlichkeit zwei Skelette ausdrücken können als ein Gemälde von zwei jugendlichen Leibern, die nur so strotzen vor Kraft und straffem Fleisch. Vanitas. Seit achttausend Jahren schlief hier, in Santa Elena, dieser Beweis, dass es Liebe und Zärtlichkeit gab. Kulturen verebben wie Wellen, die Menschen von Valdivia hatten die von Vegas schon vergessen und so weiter: die Ankunft der Inkas als Eroberer, die Landung des kriegerischen Pizarro, dann die Erfindung der Archäologie, die sogar herausfand, woraus das Festmahl dieser beiden Liebenden bestanden hatte, Mais und Muscheln.

Wir waren weitergefahren und hatten nach einigen Kilometern den Fischereihafen La Libertad und die Pazifikküste erreicht. Wir spazierten über den Meeresboulevard. Auf einer kleinen Mauer unterhalb des menschenleeren Strands hockte ein Verrückter, eine Flasche Aguardiente in der Hand, und schmähte die Passanten mit wirren Anwürfen. Pierre machte mich auf die rote Schirmmütze aufmerksam, die er neben sich gelegt hatte. Es war in der Tat ein komisches Indiz, diese rote Schirmmütze, die ich zwanzig Jahre zuvor bei dem unter Amnesie leidenden Victor gesehen hatte, und zwar in der *Cantina de Los Pescadores* in La Libertad, dem anderen, salvadorianischen Libertad, das auch am Pazifik liegt, aber viel weiter nördlich und in der anderen Hemisphäre, jenem Victor, in dem ich den Verrückten Taba-Taba aus meiner Kindheit im Lazarett von Saint-Brévin-les-Pins wiedergefunden zu haben glaubte.

In Gegenwart dieser Schirmmütze und des Ozeans kamen wir uns noch näher. Es ist nämlich eine physikalische und psychologische Regel, dass zwei Menschen, die gedankenverloren nebeneinander den Horizont über dem Meer betrachten, so wie man früher einen Ort auf hoher See mit dem Goniometer durch Funkpeilung bestimmte, einen Kegel bilden, dessen kleine Grundfläche von ein paar Dutzend Zentimetern Durchmesser, die ihre Körper voneinander trennen, von einer Erregung und einer süßen Trunkenheit durchzuckt wird wie von einer elektrischen Welle. Zwei Tage zuvor war hier ein Wal gestrandet, den man im Sand vergraben hatte. Wir betrachteten die Schiffe an ihren Liegeplätzen, die Frachtkähne und weiter weg die Öltanker auf Reede, erwogen in Gedanken die ungefähren Entfernungen und Längengrade, die wir seit Belém am Atlantik bis zu diesem Strand am Pazifik zurückgelegt hatten, immer wenige Breitengrade unterhalb des Äquators.

Fast am Ende angelangt und von Heißhunger übermannt, schlenderten wir unschlüssig am Ufer entlang und durch die Seitenstraßen. Pierre sprach sich für ein Gebäude mit Glasfronten aus, das ein Hotel beherbergte, in dem man den Gästen doch wenigstens eine Mahlzeit anbieten müsse. Ein Fahrstuhl führte in eine Art Speisesaal, doch statt eines Festschmauses gab es auf der Speisekarte die ewig gleiche Auswahl von Huhn oder Fisch mit gekochtem Reis. Vor einer vom Dunst beschlagenen Fensterfront sitzend, hinter der man dennoch den Ozean erahnen konnte, zählten wir die Tiere auf, die wir auf unserer Reise gesehen hatten, vom Weißkehl-Faultier bis zum grunzenden Tapir, aber keinen einzigen Wal, nur ein Walskelett im kleinen brasilianischen Museum von Santarém.

Im Trockendock

Wie jedes Jahr am 21. Februar war ich vor dem Morgengrauen aufgestanden, in jener Phase zwischen Nacht und Tag, in der diejenigen noch heiter bei uns sind, die gewesen und dann von uns gegangen sind, diese Toten, die noch nicht völlig tot sind, solange sie nachts durch unsere Träume geistern. Mehrere Monate nach unserer Rückkehr wartete ich am Fenster der Wohnung, die eine ruhende Schiffskabine sein könnte, mit Blick auf die Dächer von Paris und seine Schornsteine, auf den Sonnenaufgang, so wie ich auf den Tag genau zweiundzwanzig Jahre zuvor an einem Fenster des Morgut-Hotels von Managua an dem Morgen, als ich begann, über Leben und Sterben William Walkers zu schreiben, auf den Sonnenaufgang gewartet hatte, und seit jenem 21. Februar 1997 stand für mich fest, dass ich diesen kurzen Moment dem Fortgang des Abrakadabra-Projekts widmen würde, seinem Verlauf rund um den Planeten.

Während der Himmel zunehmend aufhellte, glitt ich reglos durch Zeit und Raum in ein Hotelzimmer in Haiphong, Nordvietnam, am 21. Februar 2011, und weiter in ein anderes in Tampico am 21. Februar 2014. Im Jahr darauf saß ich im Auto mit Edwin Madrid, ließ Quito auf der Fahrt zu den Vulkanen in den Kordilleren hinter mir, wieder ein Jahr später bereitete ich in Madagaskar meinen Abschied von Taba-Taba vor, und letztes Jahr war ich in Marokko, um das besagte Haus von General Mangin wiederzusehen. Und seit fünfundzwanzig Jahren zucke ich zusammen, wenn mir dieses Datum zufällig begegnet: Am 21. Februar 1541 verließ die Expedition Gonzalo Pizarros die Stadt Quito auf der Suche nach Eldorado. Am 21. Februar 1924 hielt Cendrars, seit einem Monat in Brasilien, dort seinen ersten Vortrag über »Die moderne französische Dichtung«. Am 21. Februar 1928 schrieb Michaux in Ecuador in sein Tagebuch: »Ankunft in der Hacienda von Guadalupe.« Am 21. Februar 1934 wurde Sandino in Managua von den Schergen Somozas ermordet. Am 21. Februar 1942 bereiteten Stefan und Lotte Zweig alles vor, um am selben Abend die kleine Phiole Gift einzunehmen. Inzwischen war es Tag. Am 21. Februar 1888 kam der vierunddreißigjährige Vincent van Gogh in der Provence an. Am selben Tag feierte ein Mädchen aus Arles ihren dreizehnten Geburtstag, Jeanne Calment. Sie sollte uralt werden. An jenem 21. Februar 1997, als ich das Projekt Abrakadabra begann, beging sie ihren hundertzweiundzwanzigsten Geburtstag. Dieses Jahr, 2019, äußerten russische Geriater Zweifel an der Langlebigkeit dieser ältesten Vertreterin der Menschheit.

Während ich seit zweiundzwanzig Jahren versuchte, rund um die Welt die historischen und politischen Zuckungen seit dem schicksalhaften Jahr 1860 zu verfolgen, das die zweite industrielle Revolution einläutete, musste ich feststellen, dass jenseits der Konflikte, Wechselfälle und technologischen Fortschritte der galoppierende Klimawandel das weitreichendste Geschehen in diesen zweiundzwanzig Jahren war, neben dem alles andere anekdotisch erschien. Und am Morgen dieses 21. Februar 2019 verkündete der Rundfunk einen Spitzenwert an Luftverschmutzung und Feinstaubalarm für Paris, riet Kranken und Kindern, und zweifellos auch alten Rauchern wie mir, sich nicht zu lange im Freien aufzuhalten.

Meine Anwesenheit in Paris an diesem Tag war indes ein seltener Sonderfall, und ich hatte mir vorgenommen auszugehen. Wenn es mir nicht gut geht, rede ich mir ein, ich sei Roger Casement, zum Tod verurteilt in seinem Kerker, und aufgrund eines unglaublichen Privilegs dürfte ich die Tür öffnen, in den Fahrstuhl steigen, durch die Straßen wandern, einen Baum, ein Tier sehen und sogar die Seine überqueren.

Xavier Person und mir war es unter Mühen gelungen, einen Tisch auf einer Terrasse an der Place du Trocadéro unweit des Musée de l'Homme zu ergattern. Es war so warm wie früher im Mai, der Himmel war nicht einmal blau, sondern weißlich, und wie im Dunst verirrt erhob sich darin vor uns Gustave Eiffels hoher Turm aus algerischen Eisensprossen. Xavier war stolz auf seinen Sohn, der noch Gymnasiast war und den Unterricht schwänzte, um jeden Freitag vor dem Umweltministerium zu demonstrieren. Am folgenden Tag sollte die junge schwedische Muse, von der die Bewegung ausgegangen war, zur Unterstützung der Demonstration nach Paris kommen, auch wenn zu diesem Zeitpunkt erst eine kleine Truppe von Kindern aus den besseren Vierteln zusammenkam. Nach dem Frühstück hatte ich Véronique angerufen und sie gewarnt, dass es am Abend sicher einen Ansturm auf die Terrassen geben würde und man besser einen Tisch reservieren sollte. Optimistischer als ich, ohne deshalb am Klimawandel zu zweifeln, hatte sie erwidert, die Temperatur würde vor dem Abendessen zwangsläufig sinken. Wir sind trotzdem an diesem Donnerstag, dem 21. Februar 2019, plaudernd auf der winzigen Terrasse des Écailler im 11. Arrondissement sitzen geblieben, bis es geschlossen wurde.

Einige Stunden später rief mich eine Ärztin aus dem Krankenhaus an, meine Mutter liege im Sterben. Die Brustentfernung, die sie vor nicht einmal einem Jahr über sich hatte ergehen lassen, hatte das Übel nicht aufgehalten. Während die Nachricht ihre Wirkung entfaltete und mich stärker erschütterte, als ich dachte, obwohl ihr Tod mit fast neunzig Jahren abzusehen und nicht dazu angetan war, russischen Argwohn zu wecken, rief ich Pierre an, um herauszufinden, ob er zu Hause war, bevor ich mich in den Zug setzte und nach Ivry fuhr.

Seit unserer Rückkehr waren nie zwei Wochen vergangen, in denen wir uns nicht auf ein Glas oder zum Abendessen trafen. Wir tranken Kaffee vor dem weit geöffneten Fenster seiner kleinen Wohnung mit Blick auf einen ummauerten Garten, in dem die Vegetation ihrer Zeit voraus war. Ich blätterte in Fotobänden und Archäologiebüchern, die zusammen mit einer zweisprachigen Ausgabe der *Schutzflehenden* von Äschylos auf seinem Schreibtisch lagen. Unser Gespräch kreiste ein wenig um meine Mutter, dann um den Klimawandel und darum, wie er den alten Griechen für sich entdeckt hatte. Das gedämpfte Rattern der Güterzüge, die in der Ferne vorbeifuhren, war beruhigend. Wir fanden wieder zu der Gelassenheit zurück, mit der wir uns auf der letzten Station unserer Reise unterhielten, als wir von Santa Elena aus die Inseln weit draußen vor Puerto Libertad ansteuerten.

In Santa Cruz

Wer je zuvor die Polynesischen Inseln bereist und ihre Lagunen mit den bunten Fischen gesehen hat wie einst der Seemann Herman Melville, dem kommt das Galapagos-Archipel mit seinem oft undurchdringlichen Dickicht unter einem bretonischen oder schottischen Nieselregen zunächst unwirtlich vor. Im Jahr 1841, sechs Jahre nach Darwins Aufenthalt, sticht Melville in Peru in See. »Am Ende segelten wir, angetrieben von der äquatorialen Brise, schnurgerade nach Westen, auf der exakten Äquatorlinie, spähten nach links und rechts, sahen aber nur das Nichts.«

Nachdem er Lima schon als »die seltsamste, tristeste Stadt (...), die du dir denken kannst« verzeichnet hat, fährt er mit seinen Notizen fort. *Die Encantadas oder die verwünschten Inseln*, von denen er später erzählen wird, haben es ihm nicht gerade angetan: »Es leidet starken Zweifel, ob es irgendein Flecken Erde an Trostlosigkeit mit dieser Inselgruppe aufnehmen kann.« Nur die großen Schildkröten faszinieren ihn. Er vergleicht ihre Sturheit mit der seinen. »Ich habe erlebt, wie sie auf ihren Wanderungen heroisch gegen Felsen anrannten und lange bei dem Bemühen ausharrten, sie durch Stoßen, Schieben, Stemmen wegzuräumen und so den eigenen unabänderlichen Kurs zu halten. Ihr größter Fluch ist ihr knechtischer Drang zur Geradlinigkeit in einer unaufgeräumten Welt.«

Am Taxistand sieht man häufig Haie.

Wenn man keine fiktiven Geschichten schreibt, ist es gut, nach Puerto Ayora zu kommen, um einen solchen Satz zu schreiben, während man vor der Reihe gelber Bootstaxis, von denen man später eines für die Rückkehr zum Hotel heranwinken wird, auf einem rostähnlichen Ponton aus Holzlatten sitzt und den silbergrauen Tieren zusieht, die zwischen den Pfosten majestätisch durchs kalte, klare Wasser schwimmen und die Fischbrut verdrängen, den Schwarm, der sich vor ihnen teilt und hinter ihnen schließt.

In nur drei Jahren war dieses Dorf im Süden der Insel Santa Cruz entlang der Straße nach Baltra um etliche Neubauten gewachsen. Es gibt wohl keine Gattung, die invasiver ist als der Mensch. Plastiktüten waren noch immer nicht verboten, auch wenn es immer mehr Einfuhrbeschränkungen gab und jeder Auswärtige sich insgesamt höchstens sechzig Tage im Jahr auf dem Archipel aufhalten durfte. Das Schauspiel, das sich jeden Morgen auf dem kleinen Fischmarkt bot, war nach wie vor lehrreich, lauter tierische Einakter, aus denen ein La Fontaine oder Äsop Fabeln zu unserer moralischen Erbauung geschmiedet hätten. Die Fischer fuhren in großen, offenen, blau und weiß gestrichenen Booten mit Außenbordmotor hinaus. Wenn sie im Morgengrauen zurückkehrten, reihten sie sich paarweise in der schwarzen, vulkanischen Felsbucht auf, und die ganze Tierschau rückte an.

Auf dem Kai hatte jeder Fischhändler einen fetten, rotfelligen Galapagos-Seelöwen zwischen den Beinen, zerlegte Thunfische, nahm sie aus, ließ Haut und Innereien hinuntergleiten zu dem aufgerissenen schnauzbärtigen Maul, das unter ihm wartete. Diese gezähmten Seelöwen mit Augen und Bärten wie fette Kater harrten erhobenen Kopfes mit aufgesperrten Mäulern geduldig aus, ohne etwas zu stibitzen, denn dann hätten sie ihr Privileg verloren und sich bei den anderen Seelöwen im Hafen wiedergefunden, den wilden, die es fertigbrachten, in die Boote zu springen, wo die Fischer ihnen einen heftigen Schlag auf die

Schnauze verpassten. Im Wasser lieferten sie sich einen großen Kampf mit den Fregattvögeln, die mit angelegten Flügeln im Sturzflug herabsausten. Die am Boden unglaublich, fast möchte man sagen, auf baudelairesche Weise täppischen, schwerleibigen Pelikane, die immer zittern, als frören sie oder hätten Parkinson, bettelten auf dem Kai ungeschickt und watschelnd um die Reste. Beim Fressen lässt der Pelikan der Meerechse den Vortritt, obwohl sie viel kleiner ist, aber sie spuckt und ist aggressiv. Die anderen Fischhäppchen, die als Ganzes und nicht ausgenommen verkauft wurden, spielten bei dem Schauspiel keine Rolle, auch nicht die roten, ihre Fühler schwingenden Langusten in den kleinen Kisten. Ein Haufen diebischer kleiner Vögel pickte an den Abfällen. In diesem Überlebenskampf würden sich nur die stärksten oder wendigsten fortpflanzen: Am Himmel kämpften die Fregattvögel gegeneinander, rissen sich rote Fleischfetzen aus den Schnäbeln, über die Reste, die ins Wasser fielen, machte sich in tausendfachem Gewimmel die silbrig funkelnde Fischbrut her.

Abseits auf den Felsen säugte eine satte Seelöwin ihr Junges. Etwas weiter sprangen kleine Jungen im Kopfsprung von der Mole und lachten, jugendliche Rastas kifften auf einer Bank. Einer der Fischer, Miguel Andagana Yaucha, stach 1985 von diesem Hafen aus in See und trieb nach einer Havarie mit seiner Mannschaft drei Monate lang im Meer, den entgegengesetzten Strömungen des Humboldt-Stroms und El Niños ausgeliefert. Das Boot strandete in Costa Rica, fernab in der nördlichen Hemisphäre, ein Wunder, das der Kapitän und fromme Christ in seinem Bericht *Bitácora sin destino*, den er auf eigene Kosten veröffentlichte und den ich drei Jahre zuvor auf diesem Kai erworben hatte, Gott selbst zuschreibt.

Vom Markt aus folgten wir der langen Avenida Darwin bis zur Forschungsstation Estación Científica Darwin. Pierre wusste mehr darüber als ich und erzählte mir von den Wechselfällen ihrer Geschichte und dass Charles Darwin nicht einmal der Naturforscher der Expedition gewesen war.

An Bord

Hals über Kopf und eher aus protokollarischen denn aus wissenschaftlichen Gründen gelangt Charles an Bord der *Beagle*. Der Kapitän sucht im letzten Moment einen Reisebegleiter. Ende Dezember 1831 rüstet er für eine zweite Weltumseglung. Die Mannschaft ist vollzählig. Er hat bereits Matrosen und Wissenschaftler rekrutiert. Doch sein Vorgänger war aus Mangel an standesgemäßer Unterhaltung verrückt geworden und hatte sich in der Südsee das Leben genommen. Robert FitzRoy ist ein Adeliger, ferner Abkömmling König Karls II., Charles Darwin ist ein Gentleman und der geltenden Etikette nach würdig, seine Mahlzeiten zu teilen. Es beginnt ein fünf Jahre dauerndes Tête-à-Tête in der Offiziersmesse.

Beide sind dünnhäutig und fast noch Jugendliche, auch wenn Männer in der damaligen Zeit schneller reiften. Als Charles an Bord geht, ist er zweiundzwanzig, Robert sechsundzwanzig Jahre alt. Sie teilen das Interesse an Wissenschaft und Geografie, an Gesteinsproben, beide sind aufmerksame Leser von Charles Lyells *Principles of Geology*, nach denen der Planet nicht immer gleich aussah und die Sintflut nicht alles erklärt. An Bord befinden sich außerdem drei Eingeborene aus Feuerland, die wie dreihundert Jahre zuvor die drei Tupi-Indianer nach Europa deportiert worden waren und die man, nachdem sie eine gute englische Ausbildung erhalten haben, in ihre Heimat zurückbringt, damit sie dort missionarisch tätig werden. Das Schiff verlässt die Themse Richtung Kapverdische Inseln. Der Koch läutet die Glocke. Das kulinarische Ritual von Charles & Robert beginnt.

Auch der Vater von Charles heißt Robert. Charles enttäuscht seinen Vater: Er hat das Medizinstudium hingeworfen, das Theologiestudium aufgegeben, mit dem Studium der Botanik und Zoologie angefangen, war hin und her gesprungen, ohne irgendwo zu glänzen. Was soll man mit so einem Sohn machen? Er ist noch kein Naturforscher, auch wenn er an Ratten ein wenig das Sezieren geübt und Insekten, besonders Käfer, gesammelt hat: »Außer Schießen, Hunden und Rattenfangen hast du nichts im Kopf; du wirst noch zur Schande für dich selbst und deine ganze Familie.« In seinen Anfängen ist ein Genie oft unentschlossen und tanzt auf allen Hochzeiten. Charles ähnelt mehr seinem Großvater Erasmus, dem Botaniker und Dichter.

Bei jedem Zwischenstopp unternimmt Charles eine Entdeckungstour, während der Naturforscher der Expedition häufig an Bord festgehalten wird. Er legt Mineralien- und Pflanzensammlungen an, Mappen mit Zeichnungen und Verzeichnisse, er lernt den Beruf bei der Arbeit, füllt Kisten, die nummeriert und in den Laderaum verfrachtet werden. Bei Tisch, während der täglichen Klausur mit dem Kapitän, hält er den Mund. Nur einmal, als sie den brasilianischen Hafen von Salvador de Bahia anlaufen, lässt er sich zu abolitionistischen Reden hinsichtlich der Sklaverei hinreißen. Er wird aus der Offiziersmesse geworfen, da Robert jedoch nicht gern alleine isst, entschuldigt er sich bei Charles und bittet ihn, wieder zu seinem Serviettenring und seinem Silberbesteck zurückzukehren. In seinen Lebenserinnerungen schreibt Charles: »Die Schwierigkeit, mit dem Kapitän eines Kriegsschiffes auszukommen, verstärkt sich dadurch, dass es fast einer Meuterei gleichkommt, wenn man ihm so antwortet, wie man es sonst tun würde.«

Die *Beagle* fährt die Küste Brasiliens hinunter, nach Zwischenaufenthalten in Uruguay, Argentinien, auf den Falklandinseln und in Feuerland segelt sie um Kap Hoorn und die Küste Chiles wieder hinauf bis nach Peru. Vom Hafen Callao im Norden Limas geht die Fahrt weiter nordwestlich in Richtung Galapagos, wo das Schiff im September 1835 anlegt. Vier Jahre sind sie jetzt schon unterwegs. Der Naturforscher an Bord hat längst einen Freigang genützt, um sein Bündel zu schnüren und den Dienst zu quittieren.

Schon lange vor dem Aufenthalt auf dem Archipel war die Idee von der Evolution der Arten in Charles aufgekeimt. Vor Robert hatte er kein Wort darüber verloren. Er schweigt auch jetzt noch. Das Studium der Schnabelformen bei den Galapagos-Finken, die sich von Insel zu Insel unterscheiden und den jeweiligen lokalen Nahrungsquellen angepasst haben, als ob die Populationen derselben Vogelart, die durch den Anstieg des Meeresspiegels voneinander isoliert wurden, sehr schnell, nämlich innerhalb von ein paar Jahrhunderten oder Jahrtausenden – ein Fingerschnippen auf der geologischen Zeitskala –, besondere Merkmale hervorgebracht hätten, das alles beflügelt seine Gedanken. Noch sind es nur Hypothesen. Würde er sie bei Tisch vorbringen, wäre er im Handumdrehen zu Schwarzbrot bei den Marsgasten verdammt.

Er wird sie noch lange Zeit für sich behalten, in allen Bereichen. Der Mann, der sich bei seiner Rückkehr nach England vom Christentum lossagt, wird noch in Polynesien gemeinsam mit Robert einen Aufruf zur Evangelisation unterzeichnen, *The Moral State of Tahiti*. Zwiesprache hält er im Stillen mit dem Werk Humboldts, dessen Bände ihn begleiten. Die *Beagle* ist sehr klein. Charles' Heckkabine ist ein Puppenzimmer von drei auf drei Metern, zudem geht noch der Besanmast hindurch, der Platz reicht für eine Hängematte, das umfangreiche Werk Humboldts und die gelben Notizhefte, die er füllt. Doch es gibt zahlreiche Zwischenstopps, die ihn auch vom Speiseritual befreien. Dann atmet er durch, jagt zu Fuß oder zu Pferde durch Felder und besteigt Berge. Von den fünf Jahren verbringt er die Hälfte der Zeit an Land.

Wieder in England, schreibt er seinen Reisebericht. Das Buch wird ein Erfolg, er lässt Humboldt ein Exemplar zukommen. Jetzt ist er Naturforscher, veröffentlicht in verschiedenen Fachgebieten, wird in Wissenschaftsgesellschaften aufgenommen. Doch noch lange spricht er mit niemandem ein Wort über seine Evolutionstheorie, und vor allem schweigt er über seine Hypothese von der natürlichen Auslese. Diese Zeitbombe könnte sein Leben zerstören und ihn zur Verbannung verurteilen. Doch sein Gesundheitszustand verschlechtert sich. Vierundzwanzig Jahre nach seinem Besuch der Galapagos-Inseln, als er bei der Lektüre der Mitteilungen anderer Wissenschaftler merkt, dass sich einige seiner Idee annähern, ergreift ihn plötzlich die Angst, andere könnten ihm zuvorkommen, veröffentlicht er 1859 *Über die Entstehung der Arten.* In diesem Jahr stirbt Humboldt. Er wird keine Gelegenheit mehr haben, diesem Ersatzvater sein Genie zu beweisen.

Als er sich an die Abfassung seines großen Werkes macht, wälzt er seine gelben Notizbücher aus der Zeit auf der *Beagle.* Er bringt die Finken ein wenig durcheinander und sucht Kontakt zu Robert, der sich die Herkunft jedes Piepmatzes und den Namen seiner Insel besser gemerkt hat. Jetzt haben die beiden Männer einen guten Draht zueinander. Nach zwei Jahren Gouverneurstätigkeit auf Neuseeland hatte Robert ein meteorologisches Messnetz in Großbritannien aufgebaut, den Anstoß zur Veröffentlichung des ersten in einer Zeitung abgedruckten Wetterberichts im Jahr 1860 in der *Times* gegeben, das FitzRoy-Sturmglas erfunden, mit dem alle Fischerhäfen ausgestattet wurden, um Seemänner vor Stürmen zu warnen. 1860 ist aber auch das Jahr der großen Kontroverse. Darwins Theorie schlägt ein wie eine Bombe. Am 30. Juni wird in Oxford eine wissenschaftliche Tagung abgehalten. Robert, schon nicht mehr in bester geistiger Verfassung, sprengt die Versammlung mit einer Ansprache, wandert die Bibel schwenkend als Shakespeare'scher Held im Saal herum und fleht Gott um Verzeihung dafür an, dass er gegen seinen Willen zur Entstehung dieses infamen, gottlosen Werks beigetragen hat. Im selben Jahr 1860 eilt Louis Pasteur nach der Annexion Savoyens durch Frankreich nach Chamonix, um ins Mer de Glace zu steigen. Charles und Louis revolutionieren zu Lebzeiten die Wissenschaft. Vize-Admiral Robert FitzRoy nimmt sich 1865 das Leben.

Charles Darwin, der jahrelang fast gestorben war vor Angst vor seiner eigenen revolutionären Hypothese, überstand die Sache besser als Giordano Bruno oder Tommaso Campanella, sogar besser als Galileo Galilei, ohne Inquisition und ohne Widerruf: Er ruht in Westminster Abbey neben Newton. Noch heute sind diese beiden eine verhasste Zielscheibe, der eine für die Flacherdler, der andere für die Kreationisten.

Jeanne & George

Wir wanderten unter Sprühregen die Wege der Charles Darwin Research Station entlang, und dieses Mal war der ehrwürdige George, Jorge el Solitario, da.

In den Siebzigerjahren entdeckt, als er noch fröhlich durch die Natur kroch, war dieser Vertreter der Riesenschildkröten als letzter Überlebender seiner Art in die Station gebracht und in Pflege genommen worden, wo man viele Jahre nach einem passenden Weibchen für ihn suchte. Erfolglos. Entweder war er kapriziös oder anderes gewohnt. Der alte Schildkrötenmann war 2012 ohne Nachkommen im geschätzten Alter von einhundertzehn oder einhundertzwanzig Jahren gestorben, etwa so alt wie Jeanne Calment, die, bis das Gegenteil bewiesen ist, mit 122 Jahren starb. Und wenn man ihr als Kind eines dieser kleinen Tiere überreicht hätte, mit denen man häufig Kinder beglückt, dann hätte dieses schöne Geschenk lange gehalten, wenngleich George mit der Zeit ein ziemlich sperriger Gefährte in ihrer Wohnung in Arles gewesen wäre.

Der schwere Leichnam von George wurde in die Vereinigten Staaten zu Spezialisten der Taxidermie von Reptilien geschickt, auch um ihm bestimmte Zellen zur möglichen Klonung zu entnehmen. Bei meinem Zwischenaufenthalt auf dem Archipel 2015 war er noch dort. Im Jahr darauf kehrte er zurück und erhielt einen ganzen Saal mit konstanter Temperatur und Luftfeuchtigkeit. Der Koloss steht im Dunkeln. Aus dem alten, verbeulten Panzer ragt ein sehr langer Hals, und mit ernstem, nachdenklichem Blick richtet er seine Augen auf uns, wie es sich für einen Tyrannen in seinem Mausoleum gehört.

Von Seemännern auf seiner Insel zurückgelassene Ziegen hatten das Aussterben seiner Artgenossen bewirkt. Von den fünfzehn Unterarten der Galapagos-Riesenschildkröte auf dem Archipel zu Zeiten Darwins und Melvilles sind noch elf übrig und werden geschützt. Man wacht über die Eier und das Schlüpfen der Jungtiere, zieht diese eindeutig nichtmenschlichen Wesen mehrere Jahre groß, dann verfrachtet man sie auf die Weide im Inselinnern, bevor man sie in ihrem jeweiligen Habitat wieder ansiedelt. Von Puerto Ayora fuhren wir einige Dutzend Kilometer auf schlammigen Straßen mitten durch die satte und feuchte Vegetation nach Norden, um die Tiere auf der El Chanto Ranch im Gras weiden zu sehen, so langsam und seelenruhig wie große Kühe in Rüstung.

Wer weiß, ob nicht eines Tages wieder irgendwelche Russen, wenn die Beziehung mit Ecuador und der Regierung Lenín Moreno kriselt, die lange Lebensdauer des alten George aus geopolitischen Gründen infrage stellen.

Zurück im Dorf, im splittbestreuten Hof eines Bistros, wo ich drei Jahre zuvor allein gesessen hatte mit Blick auf eine hässliche, bunt bemalte Büste Darwins mit langem weißen Bart – sie sieht den x-fach vervielfältigten Ernest-Hemingway-Porträts in den Straßen von Key West zum Verwechseln ähnlich, dabei war der junge Charles bei seinem Aufenthalt auf dem Archipel gerade sechsundzwanzig –, tranken wir Kaffee im Schatten einer roten Bougainvillea und rauchten. Wir genossen den angenehmen Vorteil, unsere Gedanken aussprechen und sie durch ein Gespräch anreichern zu können, das auf wechselseitigem Vertrauen und unserer gemeinsamen Leselust beruhte. Während ich durch Pierre erfuhr, dass Charles nicht der Naturforscher an Bord gewesen war, konnte ich ihm die Fortschritte von Darwins Theorie gegenüber der des Naturkundlers Jean-Baptiste Lamarck darlegen und welche Rolle die englische Naturdichtung, auf die Darwin zurückgreifen konnte, für die Entwicklung seiner Theorie spielte, englische Gedichte, die weitaus philosophischer und wissenschaftlicher waren als die *Betrachtungen* Victor Hugos, von denen wir ab und an einige lasen.

Erasmus Darwin hatte mit seinem Gedicht *The Loves of the Plants* die botanische Klassifikation von Linné in Verse gebracht und damit Humboldt beeinflusst, wie dieser Samuel Taylor

Coleridge und seinen Freund William Wordsworth begeisterte, dessen Haus in Grasmere Malcolm Lowry noch wenige Tage vor seinem Tod besucht hatte. Diese englische Dichtung hatte den Ozean überquert und die von Neuengland bereichert, die Verse von Emerson und Whitman und die Prosa von Thoreau, den wir schon bei Takashi erwähnten, jenen Thoreau, der überzeugt war, dass »ein wahrer Bericht des Wirklichen (...) die erlesenste Dichtkunst« sei; von Thoreau stammt auch die amüsante Bemerkung über den Menschen – »das meiste von ihm ist bald als Dünger unter die Erde gepflügt« –, und dennoch fällt einem dieser Dichter bisweilen auf die Nerven mit seinen griesgrämigen, misanthropischen Äußerungen, denn er ist sehr viel weniger herzlich als Takashi, bei dem wir besser aufgehoben waren.

Nicht an unserem poetologischen Kolloquium interessiert, und weil sie wissen, dass sie unter Schutz stehen und daher glauben, ihnen sei alles erlaubt, gaben die Darwinfinken den Schelm und strapazierten ihr Privileg übergebührlich; sie flatterten um uns herum, setzten sich auf den Tisch, pickten Zuckerkörnchen und Tabakkrümel, tappten sogar im Aschenbecher herum. Wir mussten sie mit dem Handrücken verjagen, schließlich wollten wir nicht für den ersten Lungenkrebs eines Finken oder seine eventuelle Diabetes verantwortlich gemacht werden.

Nachmittags nahmen wir oft von der Finch Bay aus einen sehr schmalen Pfad zwischen schwarzen Basaltfelsen und Baumkakteen, von dem ich drei Jahre zuvor noch nichts wusste und den Pierre entdeckt hatte. Wir wanderten entlang der zartrosa Landschaft des einzigen Salzsumpfs der Insel, erlaubten uns einen Abstecher auf einem Privatweg zum hübschen blau-weißen Haus des italienischen Konsuls, das einen eigenen Bootssteg hat, auf dem Seelöwen schliefen, und gingen dann im kalten

Wasser des Las Grietas Canyon zwischen großen Fischen schwimmen. Eines Abends hatte bei unserer Rückkehr ein junger, verirrter Seelöwe den Strand überquert, dann die kleine Mauer überwunden oder die Holztür genommen, die ein Badender vielleicht zu schließen vergessen hatte, und war mit einem Kopfsprung ins Schwimmbecken getaucht, während wir an der Bar Caipirinhas à la Cachaça und andere hochprozentige Cocktails schlürften, die ein exzellenter Barkeeper zubereitete, seines Zeichens ein Guayaquileño, der mit einer Insulanerin verheiratet war und deshalb ständiges Aufenthaltsrecht genoss und der sich bei uns nach den Preisen in Paris und dem Leben in dieser Stadt erkundigte, die er gerne einmal besuchen würde.

Nachdem er das Hotelpersonal alarmiert hatte und man sich darum bemühte, das Tier herauszufischen, erzählte er uns, während er weiter den Shaker schüttelte, dass zwei Jahre zuvor die Tortuga Bay während einer besonders heftigen Phase des El Niño gesperrt worden war, weil aggressive Tiger- und Hammerhaie plötzlich alles angriffen. Und eines Nachts habe er in der Bar Weinen und Klagelaute gehört, die von einem Kind zu stammen schienen, sei mit der Lampe zum Strand gegangen und habe einen alten Seelöwen gefunden, der, zur Hälfte gefressen, am Verbluten war und den er habe töten müssen.

Zur Jahresmitte 2018 brachte die wahnwitzige Beschleunigung des Klimawandels für die nördliche Hemisphäre eine nie da gewesene sommerliche Hitzewelle und überall Waldbrände bis nach Skandinavien und Grönland. Schwindende Ressourcen, der Sauerstoffmangel in den Ozeanen unter Kontinenten von Plastikmüll, die möglicherweise das Leben auf diesem Planeten auslöschen würden, führten schon zum Aussterben zahlreicher Vogelarten und Säugetiere wie auch zum Rücktritt des französischen Umweltministers Nicolas Hulot, der, wie wir hier erfuhren, angesichts des Drucks von den Lobbys der Agrar- und

Lebensmittelindustrie und der Ölgesellschaften zurückgetreten war.

Wenngleich das populäre Darwin-Bild ihn zu einer Art ersten Umweltschützer à la Hulot macht, sollte man sich stets vor Anachronismen hüten. Darwin war ein Mann seiner Zeit. Er würde sich wundern, wenn er wüsste, dass ein Zentrum zum Schutz von Schildkröten seinen Namen trägt. Denn nach fünf Wochen am Ankerplatz, in denen sich die Mannschaft auf die Abreise nach Tahiti vorbereitete, waren die Frachträume der *Beagle* voll von Schildkröten, die man unterwegs zu verspeisen gedachte. Im Laderaum auf dem Rücken liegend aufgereiht, war jedes dieser Tiere ein Versprechen auf gut hundert Kilogramm zähes Fleisch.

Charles & Alexander

Als er nach fünf Wochen das eintönige Leben in seiner Heckkabine und das verhasste, immer gleiche Speiseritual wieder aufnimmt und stumm vor seiner Schildkrötensuppe sitzt, weiß Darwin, dass aus seinen Notizen über die Finken, die er von Neuem liest, sich nach und nach eine Theorie herauskristallisieren wird, auch wenn sie lange Zeit benötigt. Nach seiner Rückkehr schickt er seinen Bericht *Die Reise der Beagle* an den bewunderten Humboldt, der sich bedankt: es sei ein »ausgezeichnetes und bewundernswertes Buch«. Der Kontakt zu seinem Helden ist hergestellt. »Sie haben eine hervorragende Zukunft vor sich«, beglückwünscht Humboldt ihn voller Enthusiasmus.

Während er in unterschiedlichen Forschungsgebieten seiner Theorie zuarbeitet, liest Darwin weiter jedes Buch, das von

Alexander erscheint. Dieser unternimmt mit sechzig Jahren eine lange Expedition nach Russland, die ihn bis nach China und nach Sibirien führt, dieses Mal ohne Bonpland, der noch immer in Paraguay im Kerker sitzt. Humboldt kann schon auf ein umfangreiches, universelles Werk zurückblicken, als er in den folgenden Jahren ein noch größeres Werk, *Kosmos, Versuch einer physischen Weltbeschreibung,* in Angriff nimmt, eine enzyklopädische Gesamtschau des Wissens über den Planeten, der Techniken und der Landwirtschaft, der Politik und der Botanik, der Geologie und der Geschichte, der Dichtung und der Malerei.

Vor allem ist es ein ganzes Werk über das Universum, in dem kein einziges Mal das Wort »Gott« auftaucht.

Darüber würde Charles gerne mit ihm sprechen, während er noch zögert, seine Theorie zu veröffentlichen. Schließlich begegnen sich die beiden 1842 in London. Charles ist zweiunddreißig, ein brillanter Naturforscher, aber noch weit davon entfernt, das Wissen über das Leben zu revolutionieren. Er wird von einem dreiundsiebzigjährigen weißhaarigen Greis empfangen, der redet wie ein Wasserfall. Charles, der nichts lieber getan hätte, als endlich zu sprechen, kann keine einzige Frage anbringen. Mehr wird man von dieser Unterredung nicht erfahren, so wenig wie über jene in Guayaquil.

Darwin schreckt vor der Veröffentlichung zurück, weil er damit unseren fortschreitenden Abstieg, das Scheitern des anthropozentrischen Weltbilds weiter befördern würde, das mit der Ablösung des geozentrischen Weltbilds durch Kopernikus und Galilei eingesetzt hat, standen wir doch zuvor stets im Zentrum des Universums, lebten auf einem stabilen und unbewegten Planeten. Dann machte Kepler anhand der astronomischen Erhebungen von Tycho Brahe als Erster die schwindelerregende

Entdeckung, aus der seine drei Gesetze resultierten, dass die Erde sich nicht nur dreht, sondern dass sie sich zudem auf ihrer Ellipse mit nicht konstanter Geschwindigkeit bewegt und wir auf einer Kugel unterwegs sind, die in Sonnennähe beschleunigt und in Sonnenferne bremst. Bei seinem Zeitgenossen Descartes waren wir wenigstens noch vollkommen verschieden von den Tieren, die er nur als seelenlose Gliedermaschinen ansah.

Als Nächstes musste Darwin uns verkünden, dass wir nicht von einem wohlwollenden Gott in den Mittelpunkt seiner Schöpfung gestellt worden waren, sondern dass wir uns zufällig entwickelt hatten. Ihm folgte Pasteur mit der Botschaft, dass es in uns von unsichtbaren Lebewesen wimmelt, die uns bisweilen töten. Dann verkündete uns die Paläontologie, dass sich seit drei Milliarden Jahren zahllose Arten entwickelt hatten und wieder verschwunden waren, und dass die Menschheit ebenfalls verschwinden würde. Anschließend erfuhren wir durch die Thermodynamik vom unweigerlichen Erlöschen der Sonne, sobald die Umwandlung ihrer Wasserstoffatome in Helium abgeschlossen sein würde. Es folgte Einstein mit der Einsicht, dass weder die Zeit auf unseren Uhren noch die Räume auf unseren Karten absolute Gültigkeit haben, und Freud brachte uns bei, dass der Mensch kein unmissverständliches und klares Bewusstsein besitzt, das von der Vernunft geleitet wird, sondern unbekannte Monster in uns schlummern. Dann lernten wir von Mikrophysik und Astrophysik, dass unser Universum seit fünfzehn Milliarden Jahren expandiert und wir auf einem winzigen Planeten am Rand einer bescheidenen Galaxie neben Millionen anderen Galaxien leben, von der Tektonik, dass sich auf der Oberfläche dieses winzigen Globus der Boden fortstiehlt, dass die Kontinente jährlich um mehrere Zentimeter auseinanderdriften und wir auf diesen Flößen balancierend umherwandern. Und von den Nanotechnologien wissen wir, dass sie imstande sind, das menschliche

Gehirn, seine Gefühle und Empfindungen zu verändern, und dass kein Mensch je wieder einen Schachcomputer schlagen wird. Aus Angst, dass diese intelligenten Technologien eines Tages den Menschen unterjochen könnten und dass die Menschheit selbst eine niedere Spezies werden könnte, kam in einer merkwürdigen Kehrtwendung der Antispeziesismus auf mit der Behauptung, dass wir dem Tierreich angehörten, dass wir Abbitte bei den Tieren leisten sollten, und dass wir, sofern wir keiner dieser japanischen Fanatiker seien, keinen Moby Dick mehr töten würden, versprochen.

Darwin wollte uns sagen, dass sich das Leben fortentwickelt, aber richtungs- und bedeutungslos. Im Gegensatz zu Lamarck gibt es bei ihm keine Stufenleiter, die die Menschheit hinaufsteigt, es ist eine Evolution ohne Plan, die Veränderung ein Ergebnis des Zufalls. Dass seine Theorie zuerst nicht verstanden wurde, ob absichtlich oder nicht, hat Charles jedoch bis zu seinem Tod vor Schimpf und Schande bewahrt. In einer Ideologie, die zur zweiten industriellen Revolution passte und zum Kolonialismus, seiner logischen Konsequenz, verwechselte man Evolution mit Fortschritt. In London akzeptierte man den Nachweis einer Evolution vom Affen zum Engländer über die Zwischenstufen des Inders und des Franzosen, des Chinesen und des Arabers. Man machte die arbeitenden Massen glauben, ihr Leben sei höher entwickelt als das der Jäger und Sammler, redete den Arbeitern ein, die zwölf Stunden am Tag in den Fabriken und Bergwerken eingesperrt waren, sie trügen damit zum Fortschritt bei.

Doch in Darwins Theorie hat die Evolution der Arten kein Ziel, ist der Mensch keine Krone der Schöpfung, gibt es keine Stufenleiter, auf deren höchster Stufe wir stünden, und das Aussterben ist die Zukunft aller Arten, hervorgerufen meist durch Klimaumschwünge und die Konkurrenz seitens besser angepasster Lebensformen. Was ihn während all der Jahre nach seiner

Rückkehr von den Galapagosinseln in Schrecken versetzte, war mehr der Materialismus als der Evolutionsgedanke. Die Bombe bestand darin, dass der Geist, wie wir heute wissen, das Resultat materieller Hirnfunktionen ist, die Gefühle und spirituellen Überschwang hervorrufen, ohne dass man eine unsterbliche Seele annehmen müsste, und dass unsere erhabensten Gedanken ebenso wie unsere Liebesgefühle das Ergebnis organischer chemischer Prozesse und der Verbindung von Milliarden Neuronen in neuronalen Netzen sind.

Als er sich endlich entschließt, seine Gedanken niederzuschreiben, haben sich seit zweitausend Jahren idealistische Vorstellungen gegenüber den antiken Materialisten durchgesetzt, trotz Spinozas genialem Einfall, der sie transzendierte. Wenngleich Darwin sich an den Agnostizismus hält, weiß er genau, dass seine Theorie den Atheismus bestätigt und den heiligen Texten des Monotheismus widerspricht, laut denen die Schöpfung viertausend Jahre vor Jesus Christus stattgefunden hat und von Adam bis Jesus Christus fünfundsiebzig Generationen von Vätern und Söhnen aufeinander gefolgt sind. Vielleicht hatte Robert FitzRoy in seinem mystischen Wahn diese blasphemische Dimension begriffen und sich das Leben genommen, um so schnell wie möglich darüber Gewissheit zu haben.

All diese Gedanken wälzten wir weiter, immer den verirrten Seelöwen im Blick, der an seinen nächtlichen akrobatischen Kunststückchen im hell erleuchteten Schwimmbecken offenbar Gefallen fand, ein junges, knapp einen Meter großes Männchen oder Weibchen, schwarz und glänzend, geschmeidig wie Kautschuk. Bisweilen warf Pierre mir meinen kompromisslosen Atheismus vor, und dass ich ihn als Kind weder in den Katechismus-Unterricht noch zum Koranunterricht in eine Medrese geschickt hatte: Später, als Erwachsener, hatte er sich diese Doktrinen selbst beibringen müssen, und er hatte nicht die spirituellen Krisen erlebt, die mich als Jugendlichen dazu gebracht hatten, die Kirchenväter zu lesen, und mich später, während meines jahrelangen Aufenthalts im Nahen Osten, mit dem Islam auseinanderzusetzen. Ich erinnerte ihn daran, dass auch 2018 Muslime nahezu überall auf der Welt anlässlich des islamischen Opferfests Eid ul-Adha Ende August Schafe schlachteten, um Abraham zu gedenken, der auf Gottes Befehl hin Vorbereitungen traf, seinen Sohn zu schlachten.

Was seine religiöse Erziehung anging, so hatte ich ihn als Kind in Kantabrien immerhin ins Museum der Inquisition in Santillana del Mar mitgeschleppt, damit er die Beißzangen sah, mit denen man die Ungläubigen zwickte, die Foltermaschinen, mit denen man sie streckte und verbrühte, bis sie zugaben, dass es einen gütigen und barmherzigen Gott gab. Während die katholische Kirche, die sich nach wie vor weigert anzuerkennen, dass ihre Priester menschliche Tiere mit den Trieben aller sich geschlechtlich fortpflanzenden Arten sind, in den vergangenen Tagen mit zahllosen Pädophilie-Skandalen konfrontiert war, erklärte der Papst, der kein Fettnäpfchen auslässt, eine bei Kindern entdeckte Homosexualität könne durch die Psychiatrie geheilt werden. Der argentinische Senat lehnte die Legalisierung der Abtreibung ab: Alle Männer müssten Väter werden, und die Frauen müssten das hinnehmen. Bolsonaro führte seinen Wahlkampf mit Unterstützung der Evangelikalen, mit denen er sich verständigt hatte, in den Schulen die kreationistische Lehre einzuführen. General Aléssio Ribeiro, in dem man seinen künftigen Bildungsminister sah, erklärte, es sei »nicht falsch«, in der Schule den Kreationismus zu lehren. Nach dem Brand im Nationalmuseum, bei dem zahllose Werke aus der Vergangenheit in Flammen aufgingen und der ein unheilvolles Vorzeichen war, kündigte

Bolsonaro die baldige Abschaffung des Kulturministeriums sowie die Öffnung der Indianergebiete für die Forstindustrie an. Angesichts dieser Vorzeichen und der Explosion der Bevölkerungszahlen ausgerechnet in den Regionen des Planeten, die vom schlimmsten Obskurantismus beherrscht werden, scheint es mir nicht müßig zu sein, auf den Galapagosinseln Reservate für vom Untergang bedrohte Darwinisten zu schaffen.

Atheismus ist im Jahr 2018 in Ägypten und vielen anderen Ländern ein Vergehen, das mit Gefängnis oder Todesstrafe geahndet werden kann. In der Türkei ist es verboten, Schüler in Darwins Lehre zu unterrichten, und offenkundig prokurdische Werke wie die von Spinoza oder Camus hat man aus den Bibliotheken entfernt. Überall haben Glaubenslehren zu Krieg und Grausamkeiten geführt. Für Materialisten hat die Existenz der Menschheit keine größere Notwendigkeit als die Existenz der Welt, und dennoch setzen sie sich für Humanismus, Altruismus und Toleranz ein, unterschreiben sie Kants Moralgesetz, nach dem wir stets »nach derjenigen Maxime« handeln sollen, »durch die du zugleich wollen kannst, dass sie ein allgemeines Gesetz werde«.

Schönheit ist eine Propädeutik der Gutherzigkeit, das ist das großartige Rätsel der kleinen gelben Mauerecke bei Proust, die beharrliche Absicht Vermeers, sich der Perfektion in der Malerei zu nähern: »die Umstände unseres Erdendaseins bedingen keineswegs, dass wir uns für verpflichtet halten, Gutes zu tun, zartfühlend, ja höflich zu sein, oder dass ein atheistischer Künstler sich verpflichtet fühlen sollte, zwanzigmal ein Werk von Neuem zu beginnen, dessen Bewunderung seinem von den Würmern zerfressenen Leib wenig bedeuten wird (…).«

Die Ordnung der Natur ist ein Zufall wie unsere Ordnung, aber sie ist eine Ordnung ebenso wie unser Körper, und sie besteht aus einer Gesamtheit harmonischer Formen. Der ästhetische Genuss ist der bis zum Überschwang gesteigerte Genuss dieses Vibrierens im Zusammenspiel zweier Mengen aus vollkommenen und vergänglichen Formen, wenn das menschliche Gehirn außerhalb seiner selbst Formen wiedererkennt, die wir teilen: ganz einfache mathematische Formen wie die Verzweigung, die wir an Ästen und Wurzeln und an Blättern beobachten ebenso wie an unserem spinalen System, dem Nerven- und dem Bronchialsystem, oder die 120°-Winkel, die auf kürzestem Weg drei isoliert im Raum liegende Punkte verbinden, die wir an Bienenwaben oder auf Schildkrötenpanzern bewundern, oder die arithmetische Fibonacci-Folge in Flusswirbeln und Spiralgalaxien, Schneckenhäusern und den Herzen vieler Blüten, im Spiel klanglicher und farblicher Formen in Landschaften und im Vogelgesang, die Musik und Malerei unerschöpflich miteinander kombinieren und verbinden. Während zwei Männer den Seelöwen ritterlich zum Strand zurückbegleiteten, fragte ich mich, ob er in seinem Kopf eine Erinnerung daran behalten würde, dass er einmal nachts in leicht gechlortem Süßwasser herumgetollt hatte, das wie von einer Unterwassersonne beleuchtet war.

Vater & Sohn

Mehr als das des Seelöwen – aber noch wissen wir ja nicht alles über die Seelöwen *galapagoensis* – ist unser Gedächtnis vielleicht das Einzige an uns, was bleibt, während unser Körper wie der seine eine dissipative Struktur ist, die sich erneuert, durchströmt von den Molekülen der Getränke, die wir schlucken, den

Lebensmitteln, die wir verdauen, der Luft, die wir atmen; nie sind wir dieselben, und trotzdem bleibt etwas gleich: Es kam mir vor, als wäre ich in den drei Jahren zwischen meinen Aufenthalten in diesem Hotel nie weg gewesen, von dem aus jeden Morgen das Wassertaxi zu nehmen und über die Bucht zum Hafen zu fahren ich mir angewöhnt hatte. Als wäre ich nicht in der Zwischenzeit von Panik ergriffen von China in die USA, von Ägypten nach Japan, von Mali nach Madagaskar kreuz und quer durch die Welt gereist, aus Angst, jung zu sterben, bevor ich überall gewesen wäre – eine deswegen berechtigte Angst, weil ich sie seit jetzt sechzig Jahren spüre.

In diesen drei Jahren hatte ich Pierre seltener gesehen, und es wühlte mich auf, mit ihm hier zu sein, da er der einzige Mensch ist, mit dem ich so häufig zusammen lache – was mich betrifft, jedoch nur, wenn wir nur zu zweit sind, wie es bei ihm ist, weiß ich nicht. Unser Blick fiel auf dieselbe Landschaft, und dennoch unterschied sich, was wir sahen, worauf auch immer wir unsere Aufmerksamkeit richteten. Ich las nicht, was er schrieb, aber er zeigte mir seine Zeichnungen von Baumkakteen und Finken, bevor er sie an seine Liebste schickte. Wir teilten die Sprache und die Kultur und die Hälfte unseres Erbguts, aber uns trennten zweiunddreißig Jahre Geschichte – im Unterschied zum Seelöwen ist der Mensch ein Tier mit Chronologie –, der eine unter der Präsidentschaft François Mitterands geboren, der andere unter René Coty. Und zweiunddreißig Jahre vor meiner Geburt hatte die Zeitzählung meines Vaters unter der Präsidentschaft von Paul Doumergue begonnen, fünfunddreißig Jahre nach der seines Vaters unter Präsident Sadi Carnot: Generationen sind auch ein guter Maßstab für das politische Leben.

Hinsichtlich der letzten beiden hatte ich versucht, beim Lesen ihrer Archive, ihrer Briefwechsel, herauszufinden, wie es um ihren Optimismus im Alter von sechzig Jahren bestellt gewesen sein könnte – der eine war 1950 immer noch Sportlehrer an der École de Sorèze, der andere saß 1985 in seinem Büro in der psychiatrischen Anstalt von Mindin – und was ihren Optimismus im Alter von neunundzwanzig hatte beflügeln können, als der eine 1919 aus dem Kriegsgefangenenlager in Bayern zurückkehrte, der andere 1954 seine Clownsnummern auf der Anstaltsbühne zum Besten gab. Ich wusste von ihrem großen Einvernehmen, als sie im Sommer 1942 als Kriegsflüchtlinge zusammen Arbeit in der Landwirtschaft im Périgord fanden, und der Brief, mit dem der aus dem Widerstand zurückgekehrte zwanzigjährige Sohn dem fünfundfünfzigjährigen Vater antwortete, der gerade nach Sorèze berufen worden war und ihm vorgeschlagen hatte, dort die freie Stelle des Bürogehilfen anzunehmen, zeugte von ihrem späteren Zusammenhalt: »In diesem Fall könnte ich mit Dir in einem Zimmer wohnen und in der Schule essen, und da wir ungefähr zu denselben Zeiten freihätten, könnten wir zusammen spazieren gehen.«

Zusammen spazieren gehen – das taten Pierre und ich seit Monaten. Seit Jahren.

Es nervt immer, wenn man Leute trifft, die einen als Kind kannten. Dieser Ärger verfliegt mit der Zeit und wenn diese Leute verschwinden. Allerdings war es uns nicht möglich, so zu tun, als hätte ich Pierre nicht als Kind gekannt: Kurz nach seiner Geburt im März 1989 hatte sich eine Reihe weitreichender Dinge ereignet, an die er keine eigene Erinnerung haben konnte, im Juni die Unruhen auf dem Tien'anmen Platz in Peking, im Juli die Zweihundertjahrfeier der Revolution in Paris, im November der Mauerfall und das Ende des Kalten Kriegs. Nachdem ich in den Jahren darauf begonnen hatte, Reisen in alle möglichen Länder des ehemaligen Ostblocks zu unternehmen, hatte ich mich 1993, zu Beginn der *Período especial en tiempo de paz* (Sonderperiode in Friedenszeiten), in Havanna niederlassen wollen, dem letzten Dominostein. Ich hatte diesen sechsmonatigen Aufenthalt in Kuba Ende des Jahres für eine Reise nach Europa unterbrochen, hatte Pierre nach Berlin mitgenommen, wo ich den Schriftsteller Jésus Díaz besuchen wollte, der dem Regime gerade den Rücken gekehrt hatte.

Am Flughafen hatten wir zwei identische Teddybären gekauft, einen für Pierre und den zweiten für Jean Toussaint, den Sohn von Jean-Philippe Toussaint. Beide waren damals vier Jahre alt, zwischen ihren Geburtstagen lagen drei Wochen. Wir wohnten bei Hans Christoph Buch am Tiergarten. Die Gehwege waren vereist. Während wir Richtung Ku'damm marschierten, trug ich in der linken Hand den Bären, den wir Jean schenken wollten, und hielt mit der Rechten die Hand von Pierre, der auf dem Eis ausrutschte. Ich fing ihn auf, während er mit seiner anderen Hand die Pfote des Zwillingsbären festhielt. Fünfundzwanzig Jahre später war ich nicht mehr der gute Riese, der ihn vor dem Sturz bewahrte, sondern der Klotz am Bein, den man mit sich schleppen muss, wenn es bergauf geht.

In Tortuga Bay

Neben Puerto Ayora schlängelte sich ein gepflasterter, zwei Meter breiter Fußweg durch stacheliges Gestrüpp, Baumkakteen mit langen Sprossen und andere stechende Gehölze, eine undurchdringliche, graue und blassgrüne Vegetation, von der die Seemänner zur Zeit Melvilles sicher abgeschreckt wurden, die dort zweifellos, nachdem sie sich Arme und Beine zerkratzt hatten, durch Brandrodung vorgedrungen sind. Pierre, der unter dem Vorwand, etwas im Zimmer vergessen zu haben, oder einfach, um sich die Beine zu vertreten, zum Hafen hätte zurückkehren können, einmal hin und zurück mit dem Wassertaxi, um dann nicht weit entfernt von der Stelle, wo er mich verlassen hatte, wieder zu seinem ächzenden Vater zu stoßen, bewies große Geduld mit mir.

Der mit Lavaplatten gepflasterte Weg, zu beiden Seiten von einer kleinen Mauer eingefasst, wand sich mehrere Kilometer bergauf und bergab die Hügel entlang, sodass er aussah wie eine wogende kleine chinesische Mauer. Auf halbem Weg vor einem neuen, entmutigenden Aufstieg lud eine Hütte mit Bänken dazu ein, ein wenig Atem zu schöpfen, bevor man weiter durch das Dickicht wanderte, in dem hier und da Vögel herumflatterten. Ein letzter Abstieg führte zur Playa Brava, dem Wilden oder auch Gefährlichen Strand, dem Meer voll großer, opalisierender Wellen, die mit einem Sprühregen heranrollten. Wir waren noch gut einen Kilometer an diesem Strand entlangspaziert, wo man am Rand der Dünen die kleinen Sandhügel mit den frisch gelegten Eiern der Meeresschildkröten sah. Um sie nicht zu stören, war der Zugang über die kleine chinesische Mauer und folglich auch zu diesem Ufer nur bis zum Spätnachmittag erlaubt, die Zahl der Wanderer und möglichen Eierdiebe wurde bei der Ankunft wie bei der Rückkehr in einem Wachhäuschen notiert.

Tausende kleiner Jungtiere würden nach dem Schlüpfen kopflos in Richtung Wasser losrennen, eine große Zahl von ihnen würde, bevor sie das Meer erreichten, von Fregattvögeln gefressen, die sich im Sturzflug auf sie hinabstürzten. Und eine noch größere Zahl würde in den darauffolgenden Tagen von Seelöwen und Haien gefressen werden. Sie setzten also auf die große Anzahl, auf die Methode »Sättigung der Räuber« als einzige Verteidigung ihrer Art, einige würden überleben und zum Eierlegen stur hierher zurückkehren. Während des mühsamen Gangs durch den Sand, bei dem ich mich schweigend auf meine Atmung konzentrierte, hatte Pierre das kleine Holzschild erwähnt, das wir seit Tagen nicht mehr übersehen konnten, weil es an der Bar in der Finch Bay angeschraubt war: *Olas del Mundo – Worldwide Waves*. Es sollte an jenen Freitag, den 11. März 2011, erinnern, an dem für die Küste der japanischen Provinz Miyagi um 14 Uhr 46 örtlicher Zeit ein Tsunamialarm ausgelöst wurde, und auf den Galapagosinseln um 15 Uhr 38 örtlicher Zeit, nachdem die Welle fast fünfzehntausend Kilometer zurückgelegt hatte.

Um die Zeitunterschiede und die Geschwindigkeit zu errechnen, mit der sich die Welle damals bewegte, hatte ich den zweisprachigen englisch-spanischen Text abgeschrieben, ohne jenen Morgen zu erwähnen, an dem ich, kurz zuvor aus Asien zurückgekehrt, Pierre besucht hatte. Wir sagten nichts. Er hatte mir sofort das Wort abgeschnitten, mir bedeutet, dass wir diesen Tag im Gedächtnis behalten würden, aber tief vergraben, versiegelt, und dass wir niemals wieder darauf zurückkommen würden.

An der Spitze der Halbinsel, nachdem er in einer vor Brechern geschützten Bucht geschwommen war, sahen wir auf der anderen Seite eines Felsenbands und eines nicht sehr tiefen Mangrovenwalds den Nistplatz mehrerer Kolonien von Meerechsen, die sich aufeinanderfläzten, um sich fortzupflanzen oder um ihre Temperatur zu halten, und als wir näher kamen, hörten wir sie durch ihre Nasenlöcher eine stinkende salzige Flüssigkeit ausschnauben. Man muss sich schon anstrengen, um die schwarze Meerechse zu mögen, diese Schreckensgestalt, die offenbar genauso dumm und aggressiv ist wie die afrikanische Siedleragame und imstande zu beißen, als würde sie denken, wenn die Evolution zu ihren Gunsten verlaufen wäre und sie die Größe eines Menschen hätte und wir so groß wären wie sie, sei es keineswegs sicher, dass sie die Menschheit zur geschützten Art erklären würde.

Trotzdem kann man Mitgefühl mit diesen Echsen haben, auch kollektive Verantwortung für sie übernehmen. Einige Wochen nach unserem Aufenthalt zählte ein Artikel in der *New York Times* vom 19. Dezember 2019 die Umwälzungen auf, die der planetarische Klimawandel für die Galapagosinseln bringen wird, darunter die schwindende Größe der Meeresechsen, die künftig zeitweise nichts Fressbares mehr finden und Hungerperioden durchmachen würden, in denen sie sich von ihrem eigenen Skelett ernähren könnten. In dem Artikel wurde auch die Invasion der »Feuerameisen« auf dem Archipel erwähnt, die die Eier von Landschildkröten fressen, aber auch die Augen und die Pfoten der erwachsenen Tiere angreifen, sich festbeißen und sich von ihnen ernähren. Und die Vorstellung, diese schweren, wehrlosen Tiere, die sich, blind, mit leeren Augenhöhlen, weder wehren noch fliehen konnten, würden bei lebendigem Leib verspeist, war entsetzlich.

Seite an Seite am Ufer des Ozeans sahen wir reglos auf die gewaltige Landschaft am Ende der Welt, das sehr helle Jadegrün der schäumenden Wellen, die vom kräftigen Wind hin- und hergeworfenen Fregattvögel am Himmel, den weißen Sand und die schwarzen Lavafelsen. Wie in der Schnee- und Eiswelt der Aiguille du Midi hätte Pierre an der Tortuga Bay nahezu Schwarz-Weiß-Aufnahmen machen können, die an Jim Jarmushs Film *Stranger Than Paradise* erinnert hätten: menschenleere Weite, nirgends Schiffe, Dunst über dem kalten Humboldtstrom, der zwischen den beiden Inseln Santa Cruz und Isabela hindurchströmt.

Wir blickten nach Südwesten Richtung Polynesien, als sähen wir vor uns die *Beagle* unter Segeln am letzten Landzipfel dieser pazifischen Inseln vorübergleiten, die tausendfünfhundert Kilometer vom nächsten Kontinent entfernt auf dem Äquator liegen wie Sansibar und Pemba im Indischen, São Tomé und Príncipe im Atlantischen Ozean, und der Äquator führte Richtung Westen nur noch über Wasser bis nach Indonesien und zu den Batu-

Inseln, es sei denn, diese sind nicht schon auf die andere Seite der Scheibe gerutscht oder ins Nichts gefallen, wie die idiotischen Flacherdler meinen.

Ich stand ein wenig hinter Pierre, beobachtete sein ernstes Gesicht, an dem Salzwasser vom Schwimmen und Süßwasser vom Regen hinabrieselten, das gelockte Haar, das er von seiner Mutter hat, und die schwarzen Augen – er hatte etwas von einem Griechen. Nach all diesen Tagen engen Zusammenlebens, vor dem man uns immer gewarnt hatte, wären wir, glaube ich, gern auf den Spuren von Darwin, Melville und all den anderen zu den Juan-Fernández-Inseln vor Chile, dann zu den Osterinseln und schließlich nach Tahiti aufgebrochen. Schweigend, wie von der Erde gelöst, einem Gefühl, das ich seit jenem Nachmittag auf der Amantaní-Insel im Titicacasee drei Jahre zuvor nicht mehr empfunden hatte, flog ich über Jahrhunderte und Kontinente, kam ganz am Ende des Weges zurück zu den Büchern, über die wir uns während der langen Reise ausgetauscht hatten, zu den Geschichten, die wir uns in Schiffskabinen und Hotelzimmern erzählt und diskutiert hatten, zum Strudel all dieser Lebensgeschichten und auch zu unseren beiden inmitten des Mahlstroms, und ich war überzeugt, dass es zumindest für diese eine Minute wert war zu leben, als hätte ich seit neunundzwanzig Jahren auf diese flüchtige Epiphanie gewartet.

Eine kleine Bordbibliothek

Moravagine, Blaise Cendrars, Grasset & Fasquelle, 1926.
Cendrars, Miriam Cendrars, Balland, 1984.
A Aventura brasileira de Blaise Cendrars, Alexandre Eulalio, Edusp., 2001.
Brésil, des hommes sont venus, Blaise Cendrars, Fata Morgana, 1987.
La Mort à Venise, Thomas Mann, übers. v. Félix Bertaut, Geneviève Bianquis u. Charles Sigwalt, Fayard, 1987.
Les Essais, Michel de Montaigne, Gallimard, 2009.
O Brasil de Marc Ferrez, IMS, 2005.
Jours de Faulkner, Antônio Dutra, zweispr. Ausgabe, übers. v. Sébastien Roy, MEET, 2008.
Les Pensionnaires, Lygia Fagundes Telles, übers. v. Maryvonne Lapouge-Pettorelli, Stock, 2005.
La Première Balle, Harry Laus, zweispr. Ausgabe, übers. v. Claire Cayron, MEET, 1989.
Marcel Gautherot, Norte, hrsg. v. Milton Hatoum u. Samuel, Titan, IMS, 2009.
Histoire de la province de Santa Cruz, Pedro de Magalhães de Gândavo, übers. v. Henri Ternaux-Compans, Le Passeur, 1995.
Les Tribulations de Maqroll le gabier, Álvaro Mutis, übers. v. Annie Morvan, Grasset & Fasquelle, 2003.
Le Dernier Visage, Álvaro Mutis, übers. v. François Maspero, Grasset, 1991.
Hautes Terres, Euclide da Cunha, übers. v. Jorge Coli u. Antoine Seel, Métailié, 1997.
Diadorim, João Guimarães Rosa, übers. v. Maryvonne Lapouge-Pettorelli, Albin Michel, 1991.
Lampião, Élise Grunspan-Jasmin, PUF, 2001.
Guerreiros do Sol, Frederico Pernambucano de Mello, Girafa, 2004.
Sergent Getúlio, Jão Ubaldo, übers. v. Alice Raillard, Gallimard, 1978.
Soldados da borracha, Frederico Alexandre de Oliveira Lima, Valer, 2014.

Histoire du caoutchouc, Jean-Baptiste Serier, Desjonquères, 1993.
Bestiario tropical, Alfredo Iriarte, Espasa, 1986.
Un aventurier au Brésil, Peter Fleming, übers. v. Isabelle Chapman, Phébus, 1990.
Les Enfants humiliés, Georges Bernanos, Gallimard, 1949.
Sous le soleil de l'exil, Sébastien Lapaque, Grasset, 2003.
Le Brésil, terre d'avenir, Stefan Zweig, übers. v. Jean Longueville, L'Aube, 1992.
Expédition Montaigne, Antônio Callado, übers. v. Jacques Thiériot, Presses de la Renaissance, 1989.
Rondon, Todd A. Diacon, Companhia Das Letras, 2006.
Tristes Tropiques, Claude Lévi-Strauss, Plon 1955.
Neuf nuits, Bernardo Carvalho, übers. v. Geneviève Leibrich, Métailié, 2005.
La Ville au milieu des eaux, Milton Hatoum, übers. v. Michel Riaudel, Actes Sud, 2018.
Crônica de duas cidades, Belém e Manaus, Benedito Nunes u. Milton Hatoum, Secult, 2006.
Fundação de Manaus, Mário Ypiranga Monteiro, Conquista, 1971.
Un paradis sur l'Amazone, Carlos Franz, übers. v. Isabelle Gugnon, Seuil, 1999.
Aves da Amazônia, Francisco Ritta Bernardino, Editora Escala, 2014.
Vie et mort de l'Inca Atahuallpa, Gilbert Vaudey, Bourgois, 2018.
Amazonie, ventre de l'Amérique, Gaspar de Carvajal, übers. v. Laure Técher, Jérôme Millon, 1994.
Ayacucho, Alfredo Pita, übers. v. René Solis, Métailié, 2018.
La procesión infinita, Diego Trelles Paz, Anagrama, 2017.
Relation du voyage et de la rébellion d'Aguirre, Francisco Vásquez, übers. v. Bernard Emery, Jérôme Millon, 1997.
La Jangada, Jules Verne, Le Serpent à plumes, 2005.
Le Superbe Orénoque, Jules Verne, Le Rocher, 2005.
Orénoque-Amazone, Alain Gheerbrant, Gallimard, 1952.
La Passion des Maufrais, Daniel Thouvenot, Scripta, 2004.
Conquête de l'inutile, Werner Herzog, übers. v. Coralie Courtois et al., Capricci, 2008.
Le Rapport Brazza, Vorwort v. Catherine Coquery-Vidrovitch, Le passager clandestin, 2014.

Le Rêve du Celte, Mario Vargas Llosa, übers. v. Albert Bensoussan u. Anne-Marie Casès, Gallimard 2011.
Œuvres romanesques, Mario Vargas Llosa, Gallimard, 2016.
Les Barons du caoutchouc, Jean-Baptiste Serier, Karthala, 2000.
Amazonie mangeuse d'hommes, Ricardo Uztarroz, Arthaud, 2008.
Ecuador, Henri Michaux, Gallimard, 1929.
Henri Michaux, Jean-Pierre Martin, Gallimard, 2003.
Terre trois fois maudite, César Ramiro Vásconez, zweispr. Ausgabe, übers. v. Françoise Garnier, MEET, 2015.
Historia del Ecuador, Enrique Ayala Mora, Universidad Andina, 2008.
Un voyage fait dans l'intérieur de l'Amérique méridionale, La Condamine, Classic Reprint, 2018.
Correspondance 1805–1858, Alexander von Humboldt – Aimé Bonpland, L'Harmattan, 2004.
L'Invention de la nature, Andrea Wulf, übers. v. Florence Hertz, Noir sur Blanc, 2017.
Œuvres complètes, Jorge Luis Borges, Gallimard, 2010.
Le Plaisir le plus triste, Moritz Thomsen, übers. v. Gérard-Henri Durand, Phébus, 2003.
Une rencontre à Saint-Nazaire, Ricardo Piglia, zweispr. Ausgabe, übers. v. Alain Keruzoré, MEET, 1989.
Œuvres complètes, Herman Melville, übers. v. Pierre Leyris, Gallimard, 2006.
Les Encantadas, Herman Melville, übers. v. Pierre Leyris, Gallimard, 2006.
Bitácora sin destino, Miguel Angagana Yaucha, im Selbstverlag, 2014.
Feuilles d'herbe, Walt Whitman, übers. v. Jacques Darras, ¡Gallimard, 2002.
Walden ou la Vie dans les bois, Henry David Thoreau, übers. v. Louis Fabulet, Gallimard, 1990.
L'Origine des espèces, Charles Darwin, übers. v. Edmond Barbier, Maspero, 1980.
L'Autobiographie, Charles Darwin, übers. v. Jean-Michel Goux, Seuil, 2011.
Darwin et les grandes énigmes de la vie, Stephen Jay Gould, übers. v. Daniel Lemoine, Seuil, 1997.
Galapagos, Footsteps in Paradise, Hugo Idrovo, Libri Mundi, 2005.

Quellenangaben

Für diese Übersetzung haben wir folgenden Büchern Zitate und Anleihen entnommen und nötigenfalls dem Text von Patrick Deville angepasst.

Lope de Aguirre, *Brief an König Philipp II. von Spanien*, in: Matthias Meyn et. al. (Hrsg.), *Die großen Entdeckungen*, Dokumente zur Geschichte der europäischen Expansion Bd. 2, München 1984, S. 448–453.

Georges Bernanos, *Das Haus der Lebenden und der Toten. Brasilianisches Tagebuch*, übers. v. Carl-Heinz Eickert, Düsseldorf 1955.

Simon Bolívar, *Mein Traumgesicht auf dem Chimborazo (1822)*, in: Jürgen von Stackelberg (Hrsg.), *Grenzüberschreitungen, Studien zur Literatur, Geschichte, Ethnologie und Ethologie*, Göttingen 2007, S. 77 f.

Jorge Luis Borges, *Gesammelte Werke Bd. 3/III, Erzählungen 1949–1970*, nach der Übers. v. Karl August Horst u. Curt Meyer-Clason bearb. v. Gisbert Haefs, München 1981.

Antônio Callado, *Expedition Montaigne*, übers. v. Karin von Schweder-Schreiner, Köln 2016.

Bernardo Carvalho, *Neun Nächte*, übers. v. Karin von Schweder-Schreiner, München 2006.

Blaise Cendrars, *Moravagine*, übers. v. Lissy Rademacher, bearb. v. Stefan Zweifel, Berlin 1994.

– *Ich bin der Andere. Gesammelte Gedichte*, übers. v. Peter Burri, Basel 2004.

– *Brasilien. Eine Begegnung*, übers. v. Giò Waeckerlin Induni, Basel 1988.

Charles Darwin, *Mein Leben 1809–1882*, übers. v. Christa Krüger. Frankfurt 2008.

– *Die Fahrt der Beagle*, Einleitung v. Daniel Kehlmann, übers. v. Eike Schönfeld, Hamburg 2006.

Patrick Deville, *Taba Taba*, übers. v. Holger Fock u. Sabine Müller, Zürich 2019.

Peter Fleming, *Brasilianisches Abenteuer – Wie ich versuchte, den größten Amazonasforscher aller Zeiten zu finden*, München 2010.
Carlos Franz, *Wo einst das Paradies war*, übers. v. Willy Zurbrüggen, Hamburg 1999.
Alain Gheerbrant, *Welt ohne Weisse: im Urwald zwischen Orinoko und Amazonas*, übers. v. Fritz Montfort, Wiesbaden 1953.
Werner Herzog, *Eroberung des Nutzlosen*, Frankfurt am Main 2012.
Immanuel Kant, *Grundlegung zur Metaphysik der Sitten*, in: *Kants Werke* (Akademie-Ausgabe), Berlin 1968.
Elena Kapralik (d. i. Bernd Mattheus), *Antonin Artaud, Leben und Werk des Dichters, Schauspielers und Regisseurs*, München 1977.
Valéry Larbaud, *Sämtliche Werke des A. O. Barnabooth*, übers. v. Georg Goyert, Frankfurt am Main 1986.
Jean de Léry, *Brasilianisches Tagebuch 1557*, übers. v. Ernst Bluth, hrsg., durchges. u. mit e. Anh. vers. von Karl H. Salzmann, Stuttgart/Basel 1967.
Claude Lévi-Strauss, *Traurige Tropen*, übers. v. Eva Moldenhauer, Frankfurt am Main 1978.
Mario Vargas Llosa, *Der Traum des Kelten*, übers. v. Angelica Ammar, Berlin 2012.
Thomas Mann, *Der Tod in Venedig*, zit. n.: *Die Erzählungen*, Frankfurt am Main 1986.
Thomas Mann – Stefan Zweig, *Briefwechsel, Dokumente und Schnittpunkte*, hrsg. v. Katrin Bedenig u. Franz Zeder, Frankfurt am Main 2016.
Gabriel García Marquez, *Der General in seinem Labyrinth*, übers. v. Dagmar Ploetz, Köln 1989.
Raymond Maufrais, *Abenteuer in Guayana. Eine Reise ohne Rückkehr*, übers. v. Kurt Wagenseil, Wien 1955.
Herman Melville, *Moby Dick*, übers. v. Matthias Jendis, München 2003.
Henri Michaux, *Ecuador – Reisetagebuch*, Übersetzer unbekannt, Graz 1994.
Michel de Montaigne, *Essais*, übers. v. Hans Stilett, Frankfurt am Main 1998.
Blaise Pascal, *Gedanken*, übers. v. Wolfgang Rüttenauer, Darmstadt 1964.

Marcel Proust, *Auf der Suche nach der verlorenen Zeit*, Bd. 5, *Die Gefangene*, übers. v. Eva Rechel-Mertens, rev. v. Luzius Keller u. Sibylla Laemmel, Frankfurt am Main 2004.
Arthur Rimbaud, *Sämtliche Dichtungen*, übers. v. Thomas Eichhorn, München 2005.
Arthur Rimbaud, *Briefe Dokumente*, hrsg. u. übers. v. Curd Ochwadt, Heidelberg 1964.
Moritz Thomsen, *Arm mit den Armen*, übers. v. Hans-Georg Noack, Baden-Baden 1972.
Jules Verne, *Die Jangada – 800 Meilen auf dem Amazonas*, Übersetzer unbekannt, Leipzig 1882, überarb. v. Christian Döring, Berlin 2018.
– *Der stolze Orinoko. Bekannte und unbekannte Welten*, Übersetzer nicht genannt, Leipzig u. Wien, 1899.
Stefan Zweig, *Brasilien – Ein Land der Zukunft*, Frankfurt am Main 1984.
– *Tagebücher*, Frankfurt am Main 1984.

Inhalt

Vater & Sohn	7
Die Blauen Indianer	9
An Bord	12
»Über die Ähnlichkeit der Kinder mit ihren Vätern«	16
In Guanabara	20
Vater & Tochter	24
An Bord	26
Mit Antônio	30
Am Mittelpunkt der Welt	33
Im Wald	37
In Pernambuco	39
Vater & Sohn	44
Von Grund auf Gummi	51
In Santarém	57
Ein bolivianischer Waisenjunge	60
Vater & Sohn	62
Über den Optimismus	70
An Bord	75
Die Nacht bei Takashi	78
Die Expedition Montaigne	86
Komische Vögel	89
Cândido & Auguste	91
Vater & Sohn	99
Der Tod des Vaters	103
An Bord	105
Unterwegs mit dem Konsul	107
In Manaus	110

Unterwegs zum Inka	115
Die lange Fahrt flussabwärts	119
Das Wasser, das bei den Ruinen entspringt	125
In Iquitos	132
Vater & Tochter	135
Ein Rebell	137
An Bord	147
Eine Verstimmung	149
Bei Alberto	151
Pierre & Jules	158
Vater & Sohn (dann Tochter)	161
Wolfgang & Frederik	165
Vater & Sohn	168
An Bord	173
Carlos & Antonio	177
Mit Werner	182
Sirenen & Amazonen	189
Pierre & Roger	193
Im Putumayo	197
An Bord	203
Am Äquator	206
Der furchterregende Candirú	209
In Quito	211
Alexander & Aimé	215
In Guayaquil	219
Alexander & Simon	222
Vater & Sohn	229
Bei Ramiro	232
Für die Liebenden	238
Im Trockendock	241
In Santa Cruz	245

An Bord	248
Jeanne & George	252
Charles & Alexander	257
Vater & Sohn	264
In Tortuga Bay	267
Eine kleine Bordbibliothek	273
Quellenangaben	276

Patrick Deville im Unionsverlag

Pest & Cholera
Der Lebensroman über den Arzt und Abenteurer, der in China als Erster den Pestbazillus entdeckte.

Kampuchea
Könige und Bauern, Generäle und Kommunisten – das Drama der kambodschanischen Geschichte.

Äquatoria
Eine Collage über Freundschaft, Chaos, Gier und Schuld, auf den Spuren Pierre Savorgnan de Brazza.

Viva
Auf den Spuren von Frida Kahlo, Leo Trotzki und Malcolm Lowry in Mexiko.

Taba-Taba
Weltbewegende Ereignisse und persönliche Wendepunkte – der Schlüsselroman in Devilles Buchzyklus.

Amazonia
Deville folgt dem Lauf des mächtigen Amazonas und den labyrinthischen Flüssen der Weltgeschichte.

»Patrick Deville ist ein begnadeter literarischer Globetrotter mit dem Ehrgeiz, den Atlas, in den er sich in der Kindheit vertieft hat, vollständig zu durchwandern. Er erzählt in seinen ›Romanen ohne Fiktion‹ die Welt und was sie im Innersten zusammenhält – und wie sie wieder auseinanderfällt.« *Die Zeit*

Mehr über Autor und Werk auf *www.unionsverlag.com*

Julia Blackburn im Unionsverlag

Des Kaisers letzte Insel
Die faszinierende Geschichte der Insel Sankt Helena und ihres wohl legendärsten Bewohners – Napoleon Bonaparte, verbannt ans Ende der Welt. Doch selbst auf der kargen, sturmumtosten Insel können sich die Bewacher und der klägliche Rest eines Hofstaats der Aura des einstigen Herrschers nicht entziehen.

Goyas Geister
Der Hofmaler des spanischen Königs ist lange fort gewesen. Er hat Angst vor den ersten Worten seiner Frau, denn er wird sie nicht hören können. Eine Krankheit hat ihn vollständig taub gemacht. Im Alter von siebenundvierzig Jahren verlor Francisco José de Goya das Gehör – Julia Blackburn erzählt die stumme Lebenswelt des großen spanischen Malers.

Daisy Bates in der Wüste
Auf dem vergilbten Foto in der Wüste sieht Daisy Bates Furcht einflößend aus, stolz, traurig, schön und so gefährlich, wie eine Frau ihres Schlags nur sein konnte. Dreißig Jahre verbringt sie bei den Aborigines, taucht in ihre Traditionen ein. »Kabbarli« nennen sie sie, die Großmutter. Julia Blackburn spürt diesem beeindruckenden Leben nach.

»Es ist Mode geworden, Bücher zu schreiben, in denen sich Fakten mit Fiktion vermischen, aber Blackburn war nie daran interessiert, modisch zu sein. Sie war eine Pionierin dieses doppeldeutigen, liminalen Feldes, das sie sich zu eigen gemacht hat. Sie schreibt, als male sie ein Stillleben: Sie wählt jedes Bild sorgfältig aus, so vorsichtig, als gelte es, eine Frucht zu betasten und zu prüfen.« *The Guardian*

Mehr über Autorin und Werk auf *www.unionsverlag.com*

Karl-Markus Gauß im Unionsverlag

Abenteuerliche Reise durch mein Zimmer
Das handgeschriebene Kochbuch der Großmutter, der alte Überseekoffer mit den eisernen Beschlägen oder der Brieföffner des mährischen Industriellen – das sagenhafte Reich der Gegenstände lädt ein zu Expeditionen durch ferne Zeiten und fremde Länder. Karl-Markus Gauß findet Abenteuer in nächster Nähe: auf einer Reise durch sein Zimmer.

Im Wald der Metropolen
Karl-Markus Gauß erzählt von der Erfindung Jugoslawiens, von schlesischen Täuschungen und sprachlosen Sprachen. Er macht halt im slowenisch-kroatischen Niemandsland, unternimmt einen Exkurs zur Verwirrung und lauscht türkischen Großstädten und italienischen Friedhöfen. Eine epische Reise durch Europas Kulturgeschichte.

Die versprengten Deutschen
In abgeschiedenen Dörfern und pulsierenden Metropolen wie Vilnius und Odessa stößt Karl-Markus Gauß auf versprengte Deutsche, auf Gemeinschaften, die eine eigentümliche Lebenskultur bewahrt haben. Schon längst taugen sie nicht mehr für das einst gängige großdeutsche Pathos – und doch erlebt Gauß unter ihnen Wundersames, Trauriges und Unerwartetes.

Die sterbenden Europäer
In Sarajevo lässt sich Karl-Markus Gauß bei Mokka und Schnaps von der Vergangenheit der Sepharden erzählen, wird in der slowenischen Gotschee von wortkargen Bauern empfangen und lauscht im Zigarettendunst den Geschichten der Abëreshe in Süditalien. Aus dem Strom der Erzählungen erschafft er eine Geschichte der vergessenen Völker Europas.

Mehr über Autor und Werk auf *www.unionsverlag.com*

Im Bilgerverlag erschienen

Simon Froehling *Dürrst*
Ein waghalsiger Roman, der den Bogen von James Baldwins
»*Giovanni's Room*« zu Fritz Zorns »*Mars*« und bis hin zu
Édouard Louis' »*Im Herzen der Gewalt*« spannt.
»DÜRRST« – Simon Froehlings zweiter Roman entführt uns
nach Athen, Kairo, Edinburgh, Berlin und Zürich, hinein in die
Landschaft eines exzessiven, auseinanderbrechenden Lebens.
In der paradoxen Realität scheinbarer Freiräume der Besetzer-,
Kunst- und Schwulenszene mäandernd erzählt Simon Froehling
den Weg einer brutal schmerzhaften Selbstfindung in Bildern
von stupender Schönheit.

»Simon Froehlings zweiter Roman öffnet den Blick in die Lebensrealität eines homosexuellen Mannes, der zwischen Dating- und Künstlerszene seinen Weg sucht und immer wieder mit den Abgründen seiner bipolaren Erkrankung konfrontiert ist. Konsequent in der zweiten Person erzählt, hält das Buch Leser:innen auf Distanz und geht doch unter die Haut. So schonungslos die Schilderungen sind, so kunstvoll verbinden sich die Zeitebenen zu einer Lektüre von ungewöhnlicher Intensität.«
Shortlist Schweizer Buchpreis 2022

Mehr Informationen auf *www.bilgerverlag.ch*